*Buch*

Worüber könnte sich Joy beschweren? Ihre Ehe ist glücklich, sie ist schwanger, ihr Mann Lanny ein Muster an Fürsorglichkeit, und gerade sind die beiden in ein neues Zuhause gezogen. Doch in ihrem Kopf flackert immer öfter diese schreckliche Erinnerung an ihre Kindheit auf: Ihr geliebter Bruder Buddy wurde entführt und getötet, als er dreizehn Jahre alt war. In ihren Träumen erscheint immer aufs neue das Bild, wie er aus dem davonfahrenden Wagen ihren Namen ruft, wie er an seinem Kragen reißt, als würde er gewürgt. Und sie steht, unfähig zu handeln, am Fenster und sieht ihn verschwinden. Nach Buddys Tod hatte ihre Mutter alle seine Sachen aus dem Haus verbannt und damit auch jegliche Erinnerung an ihn. Doch jetzt schleicht sich die ernüchternde Wahrheit Stück für Stück in ihr scheinbar so wohlgeordnetes Leben. Die klaffenden Lücken ihres Gedächtnisses schließen sich langsam wieder. Doch die auftauchenden Erinnerungsfetzen versetzen sie noch mehr in Angst – in Angst darüber, was sie noch entdecken wird.
Dunkle Tage folgen unheimlichen Nächten, und Joy wird in eine Vergangenheit zurückgeworfen, an die sie sich aus guten Gründen nicht erinnern wollte. Sie weiß, daß sie die Wahrheit aufdecken muß, wenn sie dem Wahnsinn, der mit langen Klauen nach ihr greift, entkommen will...

*Autorin*

Nancy Star ist eine junge Autorin, deren Erstling sie als kommende Meisterin des modernen Frauenthrillers ausweist. Sie lebt, zusammen mit ihrem Mann und ihren Kindern, in New Jersey.

Aus dem Amerikanischen
von Carla Blesgen

**GOLDMANN VERLAG**

Die Originalausgabe erschien unter dem Titel
»Buried Lives« bei Fawcett, New York

## *Für Larry*

*Umwelthinweis:*
Alle bedruckten Materialien dieses Taschenbuches
sind chlorfrei und umweltschonend.
Das Papier enthält Recycling-Anteile.

Der Goldmann Verlag
ist ein Unternehmen der Verlagsgruppe Bertelsmann

© der Originalausgabe 1993 by Nancy Star
© der deutschsprachigen Ausgabe 1994
by Wilhelm Goldmann Verlag, München
Umschlaggestaltung: Design Team München
Umschlagfoto: Frank Schott, Köln
Druck: Elsnerdruck, Berlin
Verlagsnummer: 43079
Ge · Herstellung: sc
Made in Germany
ISBN 3-442-43079-8

1 3 5 7 9 10 8 6 4 2

# Eins

Die schwarze Tür knallte zu. Buddy starrte sie durch die Heckscheibe trübsinnig an. Der Wagen kroch den Berg hinab, brachte ihn fort.

Joy machte einen Satz nach vorn und bekam die hintere Stoßstange zu fassen. Die scharfe Kante grub sich in ihre Handflächen, zerschnitt ihre Finger. Ihre Leinenturnschuhe färbten sich schwarz und rissen schließlich auf, als der Wagen sie hinter sich her schleifte. Ihre blutenden Hände packten noch fester zu, während sie »Anhalten!« kreischte.

Die Stoßstange fiel ab. Joy prallte auf die Bordsteinkante, das stumpfe Metall landete direkt neben ihren Füßen. Sie wollte aufspringen und ihm nachrennen, aber ihre Beine waren wie Gummi. Sie schien am Boden festzementiert.

»Joy!« brüllte ihr Bruder aus dem Wageninnern. Er zerrte am Kragen seines blaugrünen Flanellhemds, als würde er ihm die Luft abwürgen.

Als Lanny seinen Wecker abstellte, saß sie bereits aufrecht im Bett, schwitzend und hellwach. Er flitzte unter die Dusche, und wenig später war das Prasseln des voll aufgedrehten Wasserstrahls zu vernehmen. Beim Zuziehen des Duschvorhangs stießen die Plastikringe ein protestierendes Quietschen aus. Dann wehte das Echo von fröhlichem Summen zu ihr herüber.

»He! Was machst du denn für ein Gesicht!« rief Lanny, als er von seinem exakt fünfminütigen Duschbad zurückkehrte. Mit einer Hand hielt er ein flauschiges weißes Handtuch um die Hüften zusammen. Er ließ es los und verwuschelte ihre lange, leuchtende Lockenpracht. Er spielte gern mit ihrem Haar, dessen rote, blonde und bernsteinfarbene Strähnen ihn immer an Flammen erinnerten.

Joy mußte lächeln; ihre Anspannung löste sich. Sie war zu Hause und in Sicherheit, bei ihrem Mann, in ihrem gemeinsamen neuen Heim. Ihre Hände wanderten über ihren Bauch, ertasteten die Umrisse des Rests ihrer Familie. Nach sieben Jahren Ehe und zwei Fehlgeburten hatten sie es doch noch geschafft. Sie war dick und rund und hart, im sechsten Monat schwanger mit Zwillingen.

»Wir werden hier ekelerregend glücklich sein«, flüsterte Lanny ihr ins Ohr, gab ihr einen Kuß auf den Nacken und verschwand im angrenzenden Raum. Am vergangenen Abend, dem ersten in ihrem neuen Haus, hatte er das winzige Durchgangszimmer in einen gewaltigen, begehbaren Schrank verwandelt, während Joy die Sachen auspackte. Bis in die frühen Morgenstunden hinein hatte er an Eichenregalen aus dem Keller und staubigen Kleiderstangen vom Dachboden herumgesägt und herumgebohrt, bis er schließlich einen perfekten Hafen für seine Flut marineblauer Anzüge und die Kollektion Freizeitpullis fürs Wochenende konstruiert hatte.

»Man wird mich rausschmeißen«, verkündete er, während er mit einem gestärkten weißen Hemd zurückkam, nicht ohne den Kragen sorgsam auf die richtige Form zu untersuchen. »Weil ich schlecht bin für die Moral. Weil neben unserem Leben das aller andern verblassen muß.« Er schlüpfte in das Hemd und verschwand noch einmal, um eine passende Krawatte auszusuchen.

Sein Kopf erschien im Durchgang. »Wir sollten besser ein bißchen Elend in unser Leben bringen. Schließlich soll auf unseren Grabsteinen am Ende nicht stehen: Joy und Lanford Bard, die so glücklich waren, daß keiner etwas mit ihnen zu tun haben wollte.«

Dann war er endgültig verschwunden, und Joy dachte, vielleicht war das tatsächlich der Grund, warum sie so wenig Freunde hatten – ihr Glück vergraulte jeden. Schwanger mit Zwillingen, verheiratet mit einem Mann, der sie abgöttisch liebte, und obendrein als freiberufliche Illustratorin von Schauerromanen hochgefragt. Wirklich perfekt – und doch traute sie dem Ganzen nicht. Sie war nicht sicher, ob sich nicht plötzlich alles in Luft auflösen würde. Ob sie nicht eines Tages aufwachen und sich genauso wiederfinden würde, wie sie gewesen war, bevor sie Lanny getroffen hatte. Einsam.

Da war er wieder und rückte seine sorgfältig gebundene, rotblau gestreifte Krawatte zurecht. Als Joy ihren schweren Körper aus dem Bett hievte, reckte er auffordernd das Kinn, wodurch die volle Breite seines kräftigen Halses sichtbar wurde. Sie watschelte schwerfällig zu ihm hin und machte mit ihren schlanken, feingliedrigen Fingern seinen Kragenknopf zu. Er küßte die Innenseite ihrer Hände.

Hab' ich das wirklich verdient, dachte sie, während sie den Kopf leicht nach vorn fallen ließ, so daß er an seiner Schulter lehnte. Sie schüttelte den Gedanken hastig ab, doch nicht schnell genug. Er hatte etwas gemerkt.

»Raus mit der Sprache. Wo drückt der Schuh?«

Geradezu unheimlich war das. Lanny nahm ihre Stimmungen wahr, als wären es seine eigenen. Sie brauchte sich lediglich mit der Hand übers Haar zu fahren, schon fragte er sie, ob sie nervös sei. Hoben sich ihre Schultern um Millimeter, sagte er ihr, sie wäre mal wieder unentschlossen.

»Ich hatte einen schlechten Traum«, gab sie zu.

Lanny ließ sich auf der Kante des Rosenholzbettes nieder. Es war das Bett seiner Eltern und am Kopfteil mit einer Schnitzerei geschmückt, die für Joy wie ein leidendes Kind aussah. Er band seine Schnürsenkel zu absolut gleichmäßigen Schleifen. »Was für einen?«

Joy schüttelte den Kopf. »Keine Ahnung. Ich kann mich nicht mehr erinnern.« Sie überlegte kurz, ob sie ihm auch den Rest erzählen sollte, daß es nämlich nicht das erste Mal war. Daß sie als Teenager oft unter Alpträumen gelitten hatte, daß sie sich nachts gewaltsam am Einschlafen gehindert hatte, um ihnen zu entgehen. Sie hatte diese Träume bislang nicht erwähnt, weil sie schlagartig verschwunden waren, und zwar in ihrer Hochzeitsnacht. Und jetzt war nicht der richtige Zeitpunkt, es ihm zu sagen. Nicht an ihrem ersten Tag im neuen Zuhause.

»Es war bloß ein dummer Traum, sonst nichts«, meinte sie lächelnd und griff nach Lannys breiter Holzbürste. Dem goldgerahmten Spiegel, einer weiteren geerbten Antiquität, wandte sie geflissentlich den Rücken zu. Sein Schnitzwerk bestand aus einem derart wütenden, bizarren Kopf, daß sie immer ganz schnell wegschauen mußte. Sie wandte sich zu Lanny um und ließ die weichen Borsten durch seine goldenen Locken gleiten.

»Dein Job liegt dir im Magen«, spekulierte er, während er sich mit der Rückseite seiner Finger die Wangen rieb, um zu testen, ob die Rasur stimmte. »Durch den Umzug bist du nicht zum Arbeiten gekommen. Wahrscheinlich war es ein Streßtraum.«

Joy akzeptierte seine Theorie und drückte ihm die Bürste in die Hand, damit sie in ihren marineblauen Umstandsanzug schlüpfen konnte. Ohne in den Spiegel zu sehen, band sie ihr Haar zu einem Pferdeschwanz hoch.

»Mein Gott, du bist umwerfend!« platzte Lanny heraus. Er packte sie und zog sie fest an sich.

Sie entwand sich der Umarmung, wobei sie ihr Spiegelbild auch diesmal sorgsam mied. Sie kam sich ganz und gar nicht umwerfend vor – sie fühlte sich so unförmig wie eine rohe Kartoffel. Ihre Nase erschien ihr zu lang, ihre rehbraunen Augen zu klein, der Ausdruck darin verschreckt.

»Und das beste daran ist, daß du es nicht mal weißt.«

»Geh zur Arbeit«, sagte Joy. »Geh und mach deinen Anwaltskram. Hilf Firmen zu expandieren oder dem Bankrott zu entkommen. Geh und gewinn einen Fall.«

Lanny überprüfte im Spiegel sein Lächeln. Dann fuhr er sich mit der Zunge über die Zähne. »Und du bringst deine Zeichnerei zu Ende und sagst Anna-Marie, du machst erst weiter, wenn die Babys größer sind. Dann hast du auch keine Alpträume mehr.« Er packte sie wieder, diesmal so fest, daß sie fast keine Luft mehr bekam, und küßte sie hart auf den Mund. Ehe sie auf Wiedersehen sagen konnte, war er die Treppe hinunter verschwunden. Die Tür fiel krachend hinter ihm ins Schloß.

Sie war allein. Allein mit den Geräuschen ihres neuen Heims. Die Rohre stießen ein leises Wimmern aus und verstummten wieder. Das periodisch auftretende Rasseln des eisernen Heizkörpers verriet ihr, daß der Herbstmorgen kühl genug war für künstliche Wärme. Ihre Augen wanderten prüfend durch den Raum, erfaßten die offenstehende Tür zu ihrem neuen, begehbaren Schrank, den Fensterplatz, von dem aus der Vorgarten zu sehen war, die dunklen Eichendielen. Wie gemütlich das alles war. Sie konnte sich kaum noch erinnern, warum sie sich zuerst so gesträubt hatte, die Stadt zu verlassen.

Aber Lanny war hartnäckig geblieben. Manhattan sei kein

Pflaster für Kinder; er wollte, daß sie einen Hof hatten, in dem sie spielen konnten, einen Keller mit einer Tischtennisplatte, einen Gemüsegarten zum Pflanzen von Kürbissen. Er war so überzeugend gewesen, daß sie eine Woche nachdem sie von ihrer Schwangerschaft erfahren hatten, ihre gemeinsame Wohnung zum Verkauf anboten. Drei Monate später wurde sie mit beträchtlichem Verlust verkauft.

Aus zwei Gründen hatten sie sich für Edgebury entschieden: erstens wegen der günstigen Verkehrsverbindung im Dreißig-Minuten-Takt, zweitens weil Berger, der Seniorpartner der Firma, ebenfalls dort wohnte.

»Stell dir mal vor, im Dezember zum Schwimmen in Bergers hauseigenem Hallenbad eingeladen zu werden oder auf seinem Privatplatz Softball zu spielen. Wir können uns solche Extravaganzen nicht leisten, jedenfalls jetzt noch nicht. Aber wär's dann nicht toll, bloß um die Ecke zu müssen?«

Da für Joy eine Kleinstadt wie die andere war, erklärte sie sich einverstanden. Nach sechswöchiger, hektischer Suche hatte sie endlich ein passendes Haus gefunden.

Als Lanny dann aber durch das riesige, blaßblaue viktorianische Ungetüm stapfte, war seine Enttäuschung unverkennbar. Sie versuchte, es mit seinen Augen zu sehen. Die Zimmer waren klein; die Wände hatten Risse; der Garten war vollkommen zugewachsen. Dennoch war es das einzige Haus unter den beinah vierzig, die sie sich angeschaut hatte, in dem sie sich wohl, ja fast augenblicklich zu Hause fühlte.

Also ging er ein zweites Mal hin. Joy wartete in ihrem winzigen Apartment am Gramercy Park, ohne viel von der samstagmorgendlichen Golfübertragung im Fernsehen mitzubekommen und in der sicheren Überzeugung, Lanny würde jeden Augenblick hereinspaziert kommen und ihr entschieden mitteilen, daß dieses Haus nicht das richtige für sie war. Statt dessen erschien er mit einer Flasche Moet und einem Dutzend roter Rosen. Der zweite Blick hatte seine Wirkung getan.

Er handelte einen annehmbaren Preis aus und vereinbarte einen baldigen Einzugstermin. Einen Monat später waren sie drin.

Und der Alptraum kehrte zurück.

## Zwei

Sie mußten zweimal ins Haushaltswarengeschäft, bis sie all die Dinge besorgt hatten, deren Unentbehrlichkeit ihnen in der ersten Woche nicht aufgefallen war. Lanny hatte eine Liste zusammengestellt: Glühbirnen für die Garage; Batterien für den Rauchmelder; waschbärensichere Mülltonnen; einen Hochleistungsstaubsauger. Dinge, die sie endlich unterbringen konnten. Das Haus war alt, die Schränke klein, aber es gab einen Keller von labyrinthischen Ausmaßen und zwei geräumige Speicherkammern, in denen man alles, was nicht zum täglichen Gebrauch gehörte, wunderbar verschwinden lassen konnte. Die Garage war groß genug, daß beide Fahrräder darin Platz fanden. In ihrem Apartment hatten sie auf Haken im vorderen Dielenbereich gehangen und sich mit ihren ölschmierigen Ketten in Joys Pullovern verfangen und verkrallt, wann immer sie dort vorbeikam.

Joy stand auf der Veranda vor der Haustür, endlich mit den morgendlichen Einkäufen fertig. Während sie die beiden Tüten mit starkem Industriereiniger auf einem Knie balancierte, versuchte sie den Schlüssel ins Schloß zu bringen. Er glitt ihr schließlich aus der Hand, und sie stellte die Tüten ab und bückte sich nach ihm. Als sie sich wieder aufrichtete, sah sie aus den Augenwinkeln plötzlich etwas Weißes, das im Briefkasten steckte. Sie ging hin.

Der Postbote benutzte gewöhnlich die Messingklappe in der Haustür – von der Existenz des gußeisernen Briefkastens hatte sie bislang nichts gewußt. Im gleichen Blaßblau gestrichen wie die Schindeln, hing er gut getarnt und nahezu unsichtbar in einem Winkel. Erst der weiße Briefumschlag hatte sie darauf aufmerksam werden lassen.

Sie zog den hineingezwängten Umschlag heraus. Wann er dort deponiert worden war, blieb ein Geheimnis, doch handelte es sich eindeutig um eine Einladung zum Tee schon am nächsten Tag.

Als sie am selben Abend im Bett lag und Lanny die harte Wölbung ihres schwangeren Leibes massierte, mußte sie befremdet feststellen, daß er über die Party bereits im Bilde war.

»Warum hast du mir nichts davon gesagt? Konntest du mir das nicht ersparen?«

»Du wirst hinterher sicher froh sein, daß du hingegangen bist«, versicherte er ihr, während seine Finger die Ausbuchtungen umrundeten, die auf das unaufhaltsame Wachstum der Babys hinwies. »Ich habe einfach vergessen, es dir zu erzählen. Barb hat mich letzte Woche auf dem Weg zur Arbeit abgefangen, um mich zu fragen, ob du wohl kommen würdest. Ich sagte, klar, und dann hab' ich nicht mehr dran gedacht.« Er quetschte noch etwas Vitamin-E-Creme aus der Tube, verteilte sie auf seinen Handflächen und begann mit kräftigen, kreisenden Bewegungen ihren Bauch einzureiben. »Wenn du dich jetzt von mir scheiden lassen willst, krieg' ich aber die Kinder.«

»Eine Teeparty! Bei dem Gedanken wird mir ganz schlecht.« Joy schauderte. Die Babys regten sich. Sie stützte sich auf, um zu beobachten, wie die Wölbung in Bewegung geriet.

»Ein Ellbogen«, flüsterte Lanny, wies auf eine Ausbuchtung, die sich gerade zurückzog, und küßte die nun wieder glatte Stelle. Joy ließ sich mit zufriedenem Lächeln zurücksinken.

»Ist doch eine großartige Gelegenheit, die Nachbarn kennenzulernen«, fuhr er fort. »Außerdem wird es dir guttun. Du bist zuviel allein.«

Er hatte recht. Von ihm einmal abgesehen, zog sie die eigene Gesellschaft der der meisten Menschen vor.

»Komm doch mit«, sagte sie, während sie die Arme nach ihm ausstreckte.

Er drückte sie lachend an sich. »Ich kann nicht. Aber du.«

»Mir bleibt gar nichts anderes übrig. Ich muß hin. Schließlich hast du schon gesagt, daß ich's tun würde.« Sie seufzte. »Und was in aller Welt soll ich zu einer Teeparty anziehen?«

Ehe sie länger darüber nachdenken konnte, war Lanny schon mit drei Umstandskleidern aus ihrer Hälfte des Schrankzimmers zurück. Er breitete sie zu ihren Füßen aus und reichte ihr dann das Schälchen Vanilleeis, das er aus der Küche geholt hatte. Sie schob sich einen gehäuften Löffel in den Mund und deutete auf das Kleid, das ihr am wenigsten gefiel. »Das ist goldrichtig. Es sieht am artigsten aus.« Nach einer weiteren Ladung der klirrendkalten Speise versuchte sie vergebens, ihn zu überreden, sich den nächsten Tag freizunehmen und mitzukommen.

So fand sie sich also am kommenden Vormittag allein vor der Haustür ihrer Nachbarin ein, gehüllt in ein mattgrau-blaues Zelt, in der Hand einen Strauß orangefarbener Chrysanthemen. Exakt zur verabredeten Zeit drückte sie auf den Klingelknopf. Als die Tür geöffnet wurde, hörte sie Barb rufen: »Schluß jetzt. Sie ist da.«

Barb Cast war der Inbegriff dessen, was man sich unter einer erfolgreichen Immobilienmaklerin vorstellte. Sie führte – Heiterkeit und Frohsinn versprühend – Joy durch ein Haus, das sich durch nichts von mindestens der Hälfte aller Häuser in Edgebury unterschied – abgesehen von dem, für das Joy sich schließlich entschieden hatte: das Haus genau gegenüber. Im Verlauf ihrer unzähligen Spritztouren in dem angeberischen roten Mercedes hatte sie eine Menge darüber erfahren, warum Barb von einem Mercedes mehr hielt als von einem Jaguar, verschwindend wenig indes über das Leben ihrer neuen Nachbarin. Joy wußte lediglich, daß Barb glücklich geschieden war. Sie war munter wie ein Vogel und neugierig wie eine Katze.

»Wir haben gerade darüber gesprochen«, zwitscherte sie, während sie Joys Hand nahm und sie durch ihr schneeweißes Wohnzimmer ins Eßzimmer bugsierte, wo sich Tabletts mit Obst, Käse und dreieckigen Sandwiches auf einem Glastisch türmten, »was für ein Prachtbursche Ihr Gatte ist. Als ich ihm sagte, ich würde ein paar Nachbarinnen zusammentrommeln, um sie mit Ihnen bekannt zu machen, war er richtiggehend besorgt. Er meinte, Sie wären ziemlich schüchtern. Dieser Mann ist Gold wert. Sie sollten ihn besser mit beiden Händen festhalten.«

Joy stieg das Blut in die Wangen, aber ihr festgefrorenes Lächeln behielt sie bei. Sie nickte den beiden Frauen, die bereits am Tisch saßen, grüßend zu. Eine von ihnen hob ihr Glas und leerte es in einem tiefen Zug.

»Das einzige Mal, als mein Göttergatte sich Sorgen wegen meiner Schüchternheit gemacht hat«, verkündete sie in gereiztem Ton, »war in meiner Hochzeitsnacht.«

»Unsere Sue, wie sie leibt und lebt«, flötete Barb und nahm ihren Platz am Kopfende ein. »Leute, das ist Joy.«

Sue hob noch einmal das Glas wie zu einem leeren Toast. Die andere Frau stand auf, um eine dickliche Hand über den Tisch zu strecken.

»Donna. Keine Angst – ich bin völlig normal.«

Sue hustete ein heiseres Glucksen hervor, woraufhin Barb ihr einen tadelnden Blick zuwarf.

»Unsere Sue ist eine kleine Unruhestifterin«, meinte sie liebevoll. »Sie hat einfach keine Ahnung, wie man um den heißen Brei herumredet.«

»Ach, jetzt fällt's mir wieder ein.« Sue schnippte mit den Fingern, ohne sich weiter um die Bemerkung zu kümmern. »Ihr seid die beiden, die Charlie zwanzig Mäuse gegeben haben, damit er euch beim Auspacken hilft, stimmt's?«

Das helle Rot in Joys Wangen verwandelte sich in Burgunder. Mitten im Umzug, als der Himmel unvermittelt die Schleusen geöffnet hatte und sie von einem monsunartigen Wolkenbruch bis auf die Knochen durchnäßt worden waren, hatte Lanny Sues Sohn Charlie und zwei seiner Teenie-Freunde angeworben, um ihnen beim Ausladen des LKW zu helfen. Die Jungs waren mit ihren schmutzigen Turnschuhen durchs Haus gestampft, als gehöre es ihnen, hatten die kostbaren Brücken über triefende Laubhaufen gezerrt, Geschirrkartons herumgehievt, als ob sie mit unzerstörbaren Ziegeln gefüllt wären. Joys Bitte, vorsichtig zu sein, hatten sie vollkommen ignoriert, so daß sie sich schließlich vorgekommen war wie ein unnützes, übermäßig gepolstertes Möbelstück.

Charlie hatte ihr am meisten zugesetzt. Er sah aus wie ein Engel mit seinen rosigen Wangen, der dichten, glänzendschwarzen Haarpracht, dem breiten Lächeln. Aber als sie ihn gebeten hatte, den Karton mit Gläsern nicht mitten auf dem Küchenboden stehen zu lassen, hatte er es einfach überhört. Später dann, als sie ihn endlich zu fassen bekam, um ihm die Tiffany-Vase aus der Hand zu reißen, die er lässig am Henkel schwang, hatte er vielsagend die Augen verdreht und offenbar geglaubt, sie hätte nicht mitbekommen, wie er zu seinen Freunden sagte, sie sei eine überspannte Kuh.

»Können wir sonst noch was für Sie tun, Mr. Bard?« fragte er anschließend, die Freundlichkeit in Person, und sah dabei geradewegs durch sie hindurch.

Lanny legte ihm einen Arm um die Schultern. »Wollen mal sehen«, überlegte er laut, während sein Blick über die aufgetürmten Kisten an der Peripherie des Wohnzimmers glitt. »Warum fangt ihr nicht an, die da auszupacken?«

»Das ist unser Porzellan«, warf Joy hastig ein. »Das möchte ich selbst auspacken.«

»Komm schon, Schatz«, beharrte Lanny. »Du sollst doch nichts heben. Die Jungs werden schon aufpassen. Hab' ich recht, Jungs?«

»Klar, Mr. Bard«, versicherte Charlie, von einem Ohr zum andern grinsend, und machte sich vorsichtig daran, das zerknüllte Zeitungspapier, in dem die Teetassen verborgen waren, Schicht für Schicht zu entfernen.

Seine Freunde schauten ihm feixend zu. Sie hatten Joy am Haken – nervös, verzagt, ein leichtes Opfer. Charlie hatte das Terrain sondiert, eine lautlose Schlacht geführt und die erste Runde gewonnen.

»Charlie hat uns beim Umzug geholfen, ja«, sagte Joy. Sie gab sich alle Mühe, so zu klingen, als meine sie es ehrlich. »Er war eine große Hilfe.«

»Haha!« prustete Sue los, wobei es ihr gelang, Joy gleichzeitig anzusehen und durch sie hindurchzuschauen. »Eine Hilfe! Wie hübsch. Eine Hilfe.« Sie ließ die Eiswürfel in ihrem Glas kreisen und schlürfte das bißchen Wasser, das inzwischen geschmolzen war.

Die Unterhaltung schleppte sich mühsam dahin. Joy versuchte krampfhaft, sich an ihr Versprechen zu halten, aufgeschlossen zu sein.

Schließlich trudelte der andere Ehrengast ein. Man hatte sie bereits auf Molly vorbereitet. Sie war ebenfalls neu in der Siedlung, vor drei Monaten eingezogen, zusammen mit ihrer vierjährigen Tochter und ihrem Hund. Dem Gerücht nach sollte ihr verblichener Mann einen Haufen Geld gehabt haben, doch niemand wußte etwas Genaues, da Molly jetzt mit Rieseneifer an der juristischen Fakultät studierte und sich bislang nicht besonders bemüht hatte, die anderen näher kennenzulernen. Barb machte keinen Hehl daraus, daß dies ihre letzte Chance war.

Trotz der Warnung, oder vielleicht gerade deswegen, war sie Joy auf Anhieb sympathisch. Molly stand ganz offensichtlich draußen. Selbst ihre Kleidung weigerte sich, sich einzufügen. In langem schwarzem Rock, schwarzem Rollkragenpullover, schwarzen Stiefeln und mit schlicht geschnittener schwarzer Kurzhaarfrisur platzte sie in ein Zimmer voll mintgrüner Jogginganzüge und leuchtend pinkfarbener Wadenwärmer. Das Auffallendste aber war, daß sich die Atmosphäre im Raum mit ihrer Ankunft merklich änderte. Es herrschte plötzlich eine Kühle, die Joy augenblicklich zur Verfechterin ihrer Interessen werden ließ.

Es ging um ihren Hund Cookie und die Jungen – Charlie, Seth und Dennis. Sobald sie am Tisch saß, kam Molly ohne Umschweife zur Sache.

»Ich hätte eine Bitte an euch.«

Barbs Züge zerflossen zu einem breiten Lächeln. Sue starrte in ihr Glas. Donna hob die übermäßig dezimierten Brauen und wartete ab.

»Könnt ihr euren Kindern wohl einschärfen, nach Möglichkeit daran zu denken, daß sie mein Gartentor schließen, wenn sie auf dem Heimweg von der Schule durch mein Grundstück rennen? Cookie ist schon wieder entwischt. Deshalb bin ich auch so spät dran.«

Barb erstarrte auf der Stelle zu Stein. »Hier geht jedermann davon aus, daß Hunde an der Leine gehalten werden.« Sie goß ein wenig Milch in eine Tasse Tee und reichte diese unaufgefordert an Molly. »Gibt es nicht sogar Leinenzwang in der Stadt?« wandte sie sich fragend an Donna, die zustimmend nickte. »Donna arbeitet im Rathaus«, flüsterte sie Joy dann mit falscher Vertraulichkeit ins Ohr. »Sollten Sie also irgendwelche Fragen haben, wenden Sie sich an sie.«

Molly holte tief Luft und fuhr fort: »Ich sehe wirklich nicht ein, warum ich sie auch noch im eigenen Garten anbinden soll. Wenn die Jungen also immer wieder vergessen, das Tor zuzumachen, wäre es vielleicht am besten, sie trieben sich dort gar nicht erst rum.«

Von dem Klirren der Eiswürfel abgesehen, als Sue erneut ihr Glas kreisen ließ, war es totenstill. Nach einer Weile stellte sie es vorsichtig ab, zündete sich eine Zigarette an und blies den Rauch an die Decke. »Was macht Sie so sicher, daß es unsere Kinder waren?« meinte sie zwischen zwei Zügen, den Blick unverwandt in die rauchgeschwängerte Luft gerichtet.

»Sie können sie gerne fragen«, gab Molly zurück. »Aber Sie dürfen mir ruhig glauben, Sue. Sie mögen mich ja für blöd halten, aber blind bin ich nicht. Ich habe sie vom Küchenfenster aus gesehen.«

»Seth wird Ihnen keine Schwierigkeiten mehr machen«, warf Donna schnell ein. »Dafür sorge ich.«

»Ehrlich, was soll denn das?« fragte Barb mit zunehmender Schmollmiene. Doch ehe sie ein ernsthaftes Stirnrunzeln aufsetzen konnte, flog die Haustür derart heftig auf, daß sie wie von der Tarantel gestochen hochschnellte. Der dumpfe Laut eines Basketballs, der immer wieder auf dem Teppich aufsprang, kam näher, bis ihr Sohn Dennis schließlich im Durchgang zum Eßzimmer auftauchte.

»Du sollst im Haus nicht mit diesem Ding spielen! Was hast du überhaupt hier zu suchen?« Ihre grauen Augen verengten sich zu einem wütenden Blinzeln.

»Wir hatten früher aus«, erklärte Dennis und rief dann im Sprechgesang: »Hallo, Mrs. Fischel. Hallo, Mrs. Bard.«

Joy war völlig neu, daß er ihren Namen kannte.

»Seth hat kein Wort darüber verloren, daß ihr früher aus habt«, begehrte Donna auf. »Seth? Bist du auch da draußen?«

Daraufhin erschien der dritte Junge, der ihnen beim Ausladen geholfen hatte, auf der Bildfläche. Er war ein dürrer Bursche mit einem Kopf voller Locken, ungepflegt und nervös wie am Tag ihres Einzugs, als er um ein Haar den kostbaren Uhrenkasten hätte fallen lassen, der ihnen von ihrer Mutter zum ersten Hochzeitstag kredenzt worden war.

»Früher aus?« erkundigte sich Donna.

Joy sah, wie Molly ein Grinsen zu unterdrücken versuchte, und auch, daß es Donna nicht entging.

»Können wir das nicht später besprechen, Ma?« winselte Seth.

»Sicher. Heute abend, und zwar mit deinem Vater. Weil du nämlich zu Hause sein wirst. Weil du Stubenarrest hast!«
»Ach, komm schon, Ma.«
Molly entwirrte ihre schlaksigen Glieder und stand auf. »Eigentlich wollte ich nur kurz Hallo sagen. Ich muß Trina vom Kindergarten abholen.«
Joy blickte automatisch auf ihre Armbanduhr, atmete tief durch und begegnete dem Starren ihrer Nachbarinnen mit einem matten Lächeln. »Ich hab' vollkommen vergessen, daß meine Mutter heute vormittag kommt. Mit dem Zug. Jetzt haben Sie sich soviel Mühe gemacht, und ich kann nicht bleiben.«
»Was soll's«, sagte Barb; ihr Lächeln vereiste ein wenig, wodurch ihre Grübchen sich vertieften. »Wir können's ja bald wiederholen.«
Joy bedankte sich bei der Runde und folgte Molly nach draußen. Barb winkte ihnen von der Tür aus nach.
»Die sind nichts anderes als ein Pack Hexen mit jugendlichen Straftätern als Söhnen«, meinte Molly gedämpft, während sie die Straße überquerten. »Die Schicksalsschwestern höchstpersönlich.«
»Ich bin froh, daß Sie da waren«, gestand Joy. Sie freute sich sehr, Lanny sagen zu können, daß sie jemand kennengelernt hatte, mit dem sie gern befreundet wäre.
Molly lächelte warm. »Geht mir auch so. Warum rufen Sie mich nicht einfach mal an? Wir könnten uns hin und wieder treffen. Kennen Sie zufällig einen männlichen Single?«
Joy dachte kurz an Ray, Lannys Sozius, schüttelte dann aber den Kopf. »Niemand, den ich empfehlen würde.«
»Na toll«, lachte Molly. »Für den Ausschuß bin ich noch nicht weit genug gesunken.« Sie rannte los und schrie dabei über die Schulter: »Rufen Sie mich an!«
Joy sah ihr nach, bis sie in einem dunkelbraunen Haus oben an der Stelle verschwand, wo die Straße einen Knick machte. Dann öffnete sie schwungvoll die Haustür, um vom wütenden Klingeln des Telefons überfallen zu werden, das unbarmherzig von den kahlen Wänden widerhallte.

## Drei

»Seit einer halben Stunde versuche ich schon, dich zu erreichen«, sagte ihre Mutter Dorothy scharf. »Ich stehe hier mitten im Niemandsland. Gott sei Dank gibt es wenigstens ein Telefon. Hast du vergessen, daß ich kommen wollte?«

Joy versprach, in einer Minute bei ihr zu sein, riß ihren Schlüsselbund mit dem herzförmigen Silberanhänger von dem antiken Sekretär in der Halle und stürzte aus dem Haus. Das automatische Garagentor hatte sich bereits zur Hälfte geöffnet, als ihr einfiel, daß Lanny den Wagen zur Inspektion gebracht hatte. Also rannte sie den ganzen Weg zum Bahnhof und preßte dabei beide Hände fest auf den Bauch, um die heftigen Kontraktionen ihrer Gebärmutter einzudämmen; seit kurzem hatte sie Vorwehen.

Schon ein gutes Stück vorher erkannte sie die aufrechte Haltung ihrer Mutter, die im perfekten, grünkarierten Wollkostüm mit vernehmlichem Klicken ihrer dünnen Absätze vor der Treppe zum Bahnhofsgebäude auf und ab marschierte. Statt einer Begrüßung stritten sie sofort darüber, wer Dorothys schweren, mit Tapeten- und Stoffmustern vollgepfropften Lederkoffer tragen sollte. Joy zog wie üblich den kürzeren.

Sie gingen schweigend nebeneinander her. Von Zeit zu Zeit wechselte Dorothy den Koffer unter gerade so lautem Ächzen, daß Joy es eben noch hören konnte, ungeschickt von einer Hand in die andere. Als sie vor dem Haus angelangt waren, berührte sie ihre Mutter am Arm. Dorothy riß den Koffer zur Seite und knurrte: »Ich habe gesagt, ich trage ihn.«

»Wir sind da«, verkündete Joy. »Mein neues Heim.«

Dorothy verrenkte ihren langen Hals, um alles genauestens in sich aufzunehmen, während Joy resigniert wartete. Hätte Lanny das Haus ausgesucht, wäre ihre Mutter in wahre Lobestiraden ausgebrochen. Doch leider hatte er bereits damit geprahlt, daß Joy diejenige gewesen war, und zwar ganz allein. Die Kritik würde vernichtend sein.

Sie ließ ihre Mutter hinein und folgte ihr von Zimmer

zu Zimmer. Die großen, argwöhnischen Augen registrierten das verblichene Blumenmuster der Tapeten, die abgetretenen Eichendielen, die mit Farbe überpinselten Kerben in den Stuhllehnen.

»Willst du den Rest auch noch sehen?« fragte Joy, nachdem sie den Rundgang beendet hatten und am Fuß der Treppe standen.

Dorothy schüttelte übertrieben entsetzt den Kopf und zog sich auf das dunkelgrüne Samtsofa in dem kleinen Salon zurück, der direkt von der Eingangshalle abging. Lanny hatte es gerade erst aus dem Lager geholt. Sie versuchte nach Kräften, es sich darauf bequem zu machen, doch für menschliche Glieder war das Ding offenbar nicht konstruiert. »Ich weiß nicht, ob ich noch mehr verkraften kann«, erklärte sie erschöpft.

Joy setzte sich steif in den Ohrensessel ihr gegenüber und schlug die Beine fest übereinander.

»Mir fehlen die Worte«, hauchte ihre Mutter.

Joy heftete den Blick auf die hohe Zimmerdecke und wartete.

»Es ist ein richtiger Schock, ehrlich«, fuhr Dorothy in ihrem tiefenttäuschten Tonfall fort. »Davon hast du mir nichts gesagt. Du hättest es mir wirklich erzählen können.«

»Was erzählen?«

»Daß es mit unserem Haus praktisch identisch ist.«

Joy spürte die Wände näher rücken, hatte das Gefühl, keine Luft mehr zu bekommen.

»Welches Haus?«

»Welches Haus? Das Haus in Toney's Brook natürlich! Welches wohl sonst?«

Joy brach in nervöses Gelächter aus, beherrschte sich wieder und verstummte.

»Was ist daran so komisch? Willst du dich über mich lustig machen?«

»Nein«, sagte Joy. Mit aller Macht kämpfte sie gegen das alberne Kichern an, das unaufhaltsam und völlig unangebracht in ihr aufbrandete. Schließlich verschaffte sich die unterdrückte Erheiterung gewaltsam Luft, was ihr ein wütendes Funkeln von Dorothy einbrachte. »Entschuldige. Ich muß lachen, weil es so verrückt ist. Ich bin verrückt. Ich habe seit Jahren nicht mehr an dieses Haus gedacht. Wenn du mich fragen würdest, wie das Haus aussieht, in dem ich aufgewachsen bin, ich könnte es dir nicht sagen. Meine Erinnerung daran ist wie ausgelöscht. Und jetzt erzählst du mir, es hätte genauso ausgesehen wie das hier.«

»Komm mir bloß nicht wieder mit diesem Erinnerungstick«, grollte Dorothy monoton.

Dieses Thema war ein wunder Punkt zwischen ihnen. Joy fehlten große Teile ihrer Kindheit. Als stecke alles, was vor dem Umzug in die Wohnung an der Upper West Side, die Dorothy immer noch ihr Zuhause nannte, geschehen war, hinter einem dichten Nebelschleier. Sie war irgendwann im Teenageralter dort eingezogen, und seit dieser Zeit hatten die Erinnerungen an Farbe eingebüßt wie das Muster einer alten Tapete. Sie waren schwächer und blasser geworden, bis sie schließlich verschwunden waren, ohne daß sie sich des Vorgangs bewußt gewesen wäre. Ohne zu merken, daß sie plötzlich keine Erinnerung mehr hatte.

Dann, in den Weihnachtsferien während ihres ersten Jahrs an der Designerschule in Rhode Island, kam sie aufgebracht nach Hause und beschwerte sich, daß ihre Zimmergenossin Liv jede Menge detaillierte Erinnerungen an ihre Kindheit und Jugendzeit besaß. Sie erinnerte sich deutlich an ihre erste Übernachtung außer Haus, ihre erste Periode, den Tag, an dem sie von ihrer Mutter aufgeklärt worden war. »Warum weiß ich nichts mehr davon?« wollte Joy vorwurfsvoll wissen.

»Man vergißt nichts ohne Grund.« Ihre Mutter war heftig geworden. »An das, was zählt, kannst du dich noch sehr gut erinnern. Es hat absolut keinen Sinn, an der Vergangenheit zu kleben.« Mehr hatte sie dazu nicht zu sagen.

Auch Lanny war diesbezüglich keine Hilfe, obwohl er zu dem wenigen gehörte, woran sie sich tatsächlich erinnerte. Er hatte in Toney's Brook ein Haus weiter gewohnt und war der beste Freund ihres Bruders gewesen. Nach dem Umzug hatten sie sich aus den Augen verloren, bis Lanny, frisch von der juristischen Fakultät, ihrer Mutter eines Abends aus heiterem Himmel einen Besuch abstattete. Dorothy nahm ihn enthusiastisch in Empfang und scharwenzelte um ihn herum, als sei er ihr lang vermißter Sohn. Dann zog sie sich diskret ins Schlafzimmer zurück, um Joy mit dem Gast allein zu lassen. Sie hoffte auf das Unmögliche – daß die beiden sich ineinander verlieben würden.

Was sie auch taten. Während sie über die vergangenen Jahre plauderten, machten sie die aufregende Entdeckung, verwandte Seelen zu haben. Für Joy war es eine sehr angenehme Überraschung. Der Nachbarsjunge mit den schmutzigen Fingernägeln und Hummeln im Hintern hatte sich in einen gutaussehenden Mann mit Charisma verwandelt. Für Lanny dagegen war genau das eingetroffen, womit er gerechnet hatte. Buddys quirlige, dürre Schwester war zu einer aparten Schönheit erblüht.

Gleich an jenem ersten Abend fand Joy den kritischen Punkt heraus. Während Lanny die Skizzen in der Sammelmappe begutachtete, die sie bei diversen Verlegern einreichen wollte, ließ sie die Frage einfließen: »Erinnerst du dich noch gut an Buddy?«

»Wenn wir unsere Beziehung aufrechterhalten wollen, was ich immer gehofft habe«, gab er hastig zurück, ehe sie weiterfragen konnte, »müssen wir ein Abkommen treffen. Wir müssen uns versprechen, Buddy zu vergessen, nicht mehr darüber zu reden, was damals geschah, diesen Teil unseres Lebens auf sich beruhen zu lassen. Sonst wird uns Buddys Geist in alle Ewigkeit verfolgen.«

Es war kein großes Problem, nicht mehr über etwas zu reden, woran sie sich ohnehin nicht erinnern konnte – um etwas zu bekommen, das sie ganz sicher haben wollte. Mit Lanny kehrte schlagartig Frieden ein.

»Du kannst mir ruhig glauben«, holte Dorothy sie in die Gegenwart zurück. »Die Häuser gleichen sich wie ein Ei dem anderen. Lassen wir's damit gut sein.« Sie ließ ihren Blick über die alten, rissigen Wände gleiten und seufzte. »Sogar der Geruch ist derselbe. Dieser typische Alte-Häuser-Mief. Den wird man einfach nicht los.«

Joy atmete tief durch die Nase ein. Es roch nach feuchtem Mauerwerk und brüchigem Mörtel. Das war auch Lanny aufgefallen, als sie ihn durch die Zimmer geführt hatte. Er meinte, er müsse dabei an tote Würmer denken, und wunderte sich, daß Joy den Geruch mochte, ihn auf sonderbare Weise tröstlich fand. Die frappierende Ähnlichkeit mit dem Haus in Toney's Brook hatte er mit keinem Wort erwähnt. Wieder entfuhr ihr ein nervöses Kichern.

»Dieses Spielchen ist nicht im geringsten amüsant«, versetzte die schneidende Stimme ihrer Mutter.

Joy versuchte das heraufdrängende Lachen hinunterzuschlucken. »Warum hat Lanny nichts davon gesagt? Er muß es doch bemerkt haben. Warum hat er nichts gesagt?«

»Weil ihm dein selektives Erinnerungsvermögen vermutlich ebenso auf die Nerven geht wie mir.« Dorothy stellte ihren Koffer auf den Couchtisch und ließ die Riegel aufschnappen. »Du hast das Haus gekauft, und damit basta. Laß uns jetzt versuchen, etwas zu seiner Verschönerung zu tun.« Sie breitete eine Reihe von Tapetenmustern auf der Mahagonifläche aus. »Beginnen wir mit diesen schauderhaften Wänden.«

In der Hoffnung auf einen plötzlichen Gedankenblitz wanderten Joys Augen prüfend durch den Raum. »Hat unser Haus wirklich haargenau so ausgesehen?«

Dorothy stand auf. »Weißt du, die Leute zahlen mir einen Haufen Geld für meine Dienste als Raumausstatterin. Wenn du also meine Hilfe willst, die du – wie ich hinzufügen möchte – verzweifelt brauchst, wirst du mich in Zukunft wie jemand behandeln müssen, der für dich arbeitet. Ich habe weder heute, noch hatte ich früher ein Interesse daran, mit dir in der Vergangenheit herumzuwühlen. Ist das klar?«

Joy schloß die Augen und versuchte, sich in die Zeit zurückzuversetzen, als sie ein kleines Mädchen gewesen war, sich ihren Bruder vorzustellen. Ohne Erfolg. Als sie die Augen wieder öffnete, begegnete sie einem besorgten Blick ihrer Mutter. Sie ließ nicht locker. »Wie kommt es, daß ich kein einziges Foto habe? Hast du denn gar keine Bilder von mir als Kind gemacht?«

»Großer Gott. Ich weiß es wirklich nicht mehr!« Dorothy stöhnte vernehmlich auf und zog die restlichen Muster aus ihrem Koffer. »Würdest du jetzt bitte aufhören, dir unnötig das Leben schwerzumachen?«

Joy brach erneut in irres, hektisches Gelächter aus. »Wieso kann ich mich nicht an dieses Haus erinnern?«

Dorothy seufzte noch einmal und schien um einige Zentimeter zu schrumpfen. »Laß es gut sein, Joy. Vergiß das Ganze.«

»Sag mir nur eins: Wie alt war ich, als wir in die Wohnung in Manhattan gezogen sind?«

Ihre Mutter preßte die Lippen zu einem unnachgiebigen Strich zusammen, als könne das dem Gespräch Einhalt gebieten, als würde es die Worte am Entweichen hindern. »Ich werde dir diese letzte Frage beantworten, wenn du mir versprichst, daß es wirklich die allerletzte ist.«

Joy nickte und stülpte wartend die Zähne über die Unterlippe.

»Du warst dreizehn«, sagte Dorothy. »Ende der Diskussion.«

Ein ziemlich betriebsames Jahr muß das gewesen sein, überlegte Joy; das Jahr, in dem ich dreizehn wurde, das Jahr, in dem man Buddy entführt hat.

»Joy! Was hältst du hiervon?« rief ihre Mutter.

Damit war der Gedanke auf und davon. Sie betrachtete das nichtssagende Rosenmuster, das ihre Mutter ihr unter die Nase hielt, und spürte den salzigen Geschmack ihres eigenen Bluts auf der Lippe, in die ihre Zähne sich fest hineingegraben hatten.

## Vier

Zerstreut tat Joy, was von ihr erwartet wurde, brachte jedoch alles durcheinander. Sie strich über ein kleines Flanellrechteck und bezeichnete es als Seide. Sie reichte Dorothy ein blaßgelbes Muster, als diese um ein schneeweißes bat.

Schließlich raffte Dorothy entnervt ihr Anschauungsmaterial zusammen, warf es unsanft in den Koffer und ließ ihn heftig zuschnappen.

»Mir ist egal, welche wir nehmen«, erklärte Joy matt. »Sie sind alle sehr hübsch.«

»Ich habe nicht vor, über deine Wände zu entscheiden«, stellte ihre Mutter klar, »nur damit du dich dann nachher darüber beschwerst.«

Joy wollte ihr eben vorschlagen, die Prozedur ein andermal zu Ende zu bringen, da bellte Dorothy auch schon: »Wo ist meine Jacke?« Joy half ihr in das Tweedjackett. Während ihre Mutter die Arme ins seidene Ärmelfutter gleiten ließ, schimpfte sie leise: »Das war ein gewaltiger Fehler.« Dann begleitete sie sich selbst hinaus und zog die Tür fest hinter sich zu.

Joy verfolgte durch den Spion, wie Dorothy an dem Häuserblock entlang in Richtung Bahnhof verschwand. Anschließend streifte sie deprimiert, aber gleichzeitig wie auf heißen Kohlen durch die Zimmer, auf der Lauer nach irgendeinem Gefühl von Vertrautheit. Sie marschierte quer durch das kleine Wohnzimmer, dem einzigen Raum, in dem ihre eigenen Möbel standen. Das Modulsofa aus dem Apartment am Gramercy Park wirkte hier vollkommen fehl am Platz, dennoch zog sie es den verstaubten, düsteren Möbelstücken im Salon vor, die Lanny von seiner Großmutter geerbt hatte. Genau wie den mächtigen Rokoko-Exemplaren seiner Eltern, derentwegen sie in ihrem Schlafzimmer stets von Platzangst befallen wurde.

Sie schlenderte langsam an der verlassenen Frühstücksecke vorbei, dann an dem ursprünglich für den Butler gedachten Anrichteraum, wo noch immer unausgepackte Kisten herumstanden. Sie umschiffte einige Kartons und ging weiter bis zu der winzigen, blaßrosa Damentoilette. Dort blieb sie kurz stehen. Während sie die papierdünne Falttür zuzog, dachte sie, das muß einmal die Besenkammer gewesen sein. An den Wänden lehnten Kleiderbesen und Staubwedel, auf den oberen Borden der hohen Regale drängten sich Reinigungsmittel, auf den unteren stapelten sich gebügelte Küchenhandtücher.

Sie schüttelte ein Frösteln ab, und mit ihm verschwand die Erinnerung. Lanny hatte recht. Sie war vollkommen erschöpft. Beunruhigt, weil sie sich mit ihrem Arbeitspensum im Rückstand befand. Die Babys regten sich, und ihr Bauch wurde unter einer neuerlichen Kontraktion hart. Höchste Zeit, sich zu entspannen. Sie schleppte ihren schweren Körper die knarrenden Stufen zu dem Studio im zweiten Stock hinauf.

Kaum hatte sie die Tür zu dem merkwürdig geformten Raum geöffnet, der die fertige Hälfte des Dachbodens ausmachte, durchströmte sie tiefe Erleichterung. Hier war es hell, hier gab es Fenster unterhalb der Dachschräge, von denen aus sie auf die Straße und in den Hof sehen konnte. Durch zwei weitere, bleiverglaste Fenster in der Form von Halbmonden fiel das Licht der

Nachmittagssonne in bizarrem Fleckenmuster auf den Hartholzboden. Auf dem sonnigsten Platz, direkt neben dem größten Fenster, das nach hinten raus ging, hatte Lanny ihren Zeichentisch aufgestellt.

Als hätte er vorausgeahnt, was sie zu tun gedachte, hatte er ihr X-Acto-Messer hervorgekramt und mitten auf den Tisch gelegt. Mit ihm schlitzte sie nun das Paketband des nächststehenden Kartons auf und holte die Kaffeedosen heraus, in denen sie gewöhnlich ihre Pinsel aufbewahrte. Die Pinsel selbst steckten gleich darunter, vorsichtig in kleinen Schachteln verpackt. Sie packte sie aus und strich mit den weichen Borsten des dicksten leicht über ihre Wange. Ihre Schultern entkrampften sich.

Sie verstaute die Pinsel in den Dosen und deponierte sie ganz oben auf dem mit Farbklecksen übersäten Bücherregal, das an der Wand stand. Auf dem darunterliegenden Bord reihte sie, sorgfältig nach Farbtönen geordnet, die zusammengedrückten Ölfarbentuben auf. Ganz nach unten kamen das Terpentin und die Fläschchen mit Nelkenöl und Kobaltpulver. Sie befreite ihre gläserne Palette vom Zeitungspapier und sog den Duft der Ölfarben ein. Als sie die winzigen Spachteln auf den Tisch legte, begannen sich die Knoten in ihrem Nacken zu lösen.

Die beiden Kisten mit Nachschlagewerken, alten Kontaktabzügen und Fotografien würden sich noch gedulden müssen. Anna-Marie, ihr Art-director, wartete auf eine fertige Bleistiftskizze. Fand diese ihren Beifall, konnte Joy sofort mit dem Bild für das Buchcover anfangen. Sie lechzte danach, sich endlich aufs Malen zu stürzen.

Nach einigem Herumwühlen in zwei weiteren Kartons fand sie die Mappe mit den Fotos, die sie vor einer Woche bei den Probesitzungen gemacht hatte. Sie zog die künstlerischen Anweisungen heraus, zwei mit Schreibmaschine geschriebene Seiten, auf denen alles stand, was sie über das vorliegende Buch wissen mußte. Anhand der Kurzübersicht frischte sie ihr Gedächtnis ein wenig auf.

»Okkultroman, Strandszenerie, Sommer, Strandhaus. Eine Leiche baumelt an einem Seil, das am Brausekopf einer Stranddusche befestigt ist; die Kehle ist durchtrennt, das Blut bereits getrocknet.«

Sie suchte die Blechdose mit ihrem Drehbleistift und den verschiedenen Minen heraus. Mit der dünnsten fing sie am liebsten an. Sie schob sie in den Stift und begann zu zeichnen. Ihre Hand fuhr die Umrisse eines Zimmers nach, eines sehr kleinen Zimmers, entwarf dann die Duschkabine, doch diese war größer, erinnerte mehr an einen Schuppen, an eine alte Holzhütte. Zwischen den Bäumen am Horizont tauchte eine rennende Gestalt auf. Sie schaute auf und blickte plötzlich in die Vergangenheit zurück.

Es gab keinen Mond, nur Myriaden von Sternen. Überall um sie herum blinkten Glühwürmchen auf und ließen eine langsam verblassende Leuchtspur zurück, wenn sie wieder verschwanden.
»Das ist unser Klubhaus«, wisperte Lanny, woraufhin ihre Augen angestrengt die Finsternis zu durchdringen versuchten. »Willst du mal rein?«
Irgend etwas würde geschehen. Lanny tastete nach ihrem dicken Zopf und begann sanft daran zu ziehen. Es war so dunkel, daß sie ihn kaum erkennen konnte. Langsam ging sie hinein. Ihre Schritte erzeugten ein dumpfes Geräusch auf den Holzbohlen, als schwebe der Schuppen ein Stück über dem Boden.
Es war zu heiß, zu finster. Sie öffnete den Mund, um etwas zu sagen, da schoß eine Gestalt mit wildem Gebrüll aus der undurchdringlichen Schwärze. Das Phantom streifte ihren Körper, und sie fühlte den weichen Flanellstoff von Buddys Lieblingshemd, das er jeden Tag trug; das grün-blaue Karomuster war verblichen, an beiden Ellbogen nagte der Zahn der Zeit.
Sie riß sich von ihm los und stürzte die Straße hinunter, in ihrem Rücken Buddys naturgetreue Imitation von Lannys herzhaftem Gelächter. Dennoch drehte sie sich nicht um und hörte erst zu rennen auf, als die Laute verklungen waren und durch das Geräusch eines nahenden Zuges ersetzt wurden.

Die Spitze des Bleistifts bohrte sich ins Papier, riß es auf und brach ab. Sie starrte auf die Zeichnung und fuhr wie zur Versicherung, daß sie tatsächlich existierte, mit dem Finger die Figuren nach. Seit Jahren hatte sie nicht mehr an das Klubhaus gedacht. Die Beunruhigung, die sie bei der Erinnerung überfiel, erstaunte sie. Bei dem Anblick der Zeichnung zog sich alles in ihr zusammen, als wäre eine alte Kränkung, die sie längst verarbeitet geglaubt hatte, plötzlich zu neuem Leben erwacht.

Sie steckte das Blatt in ein Buch, das auf dem nächsten Karton zuoberst lag, ein Bildband mit Aufnahmen aus Horrorfilmklassikern. Dann, nach diesem Akt etwas ruhiger, brachte sie den Stift wieder in Ordnung und ging ihre Notizen weiter durch.

»Im Vordergrund die Leiche einer wunderschönen Frau im Badeanzug; im Schatten eine schemenhafte Männergestalt mit hagerem, dämonischem Gesicht; im Hintergrund das Haus, am äußersten Bildrand das Meer.«

Unten auf der Seite hatte Anna-Marie das aus einer Illustrierten ausgeschnittene Foto eines finster dreinblickenden Kerls mit eingefallenen Wangen und pickliger Haut angeheftet. Am oberen Rand klebte ein gelbes Post-it-Zettelchen über einem seiner zusammengekniffenen Augen. »So etwa soll er aussehen, nur jünger«, stand darauf.

Sie schloß die Augen, um einen klaren Kopf zu bekommen, und machte sich dann an die Arbeit. Das Dach wurde mit einem Türmchen, die Fenster mit klapprigen Läden versehen, die mit halbmondförmigen Aussparungen verziert waren. Jede Seite des Hauses erhielt einen breiten Backsteinschlot für prasselnde Kaminfeuer in kalten Nächten. Nicht gerade ein Strandhaus, dachte sie, während sie die Spitzen der Schornsteine mit Zinnen spickte, so daß sie den Türmen eines Schachspiels ähnelten. Trotzdem fuhr sie fort.

Unter Zuhilfenahme ihres Radiergummis verwandelte sie den schlichten Vordereingang in rosafarbenen Staub und ersetzte ihn durch eine breite Veranda, die sich über eine ganze Hausseite zog. Auf der anderen fügte sie einen quadratischen Raum mit sechs kleinen Fenstern an der Oberkante und einem Metallgriff an der unteren hinzu. Er gehörte zu einem Garagentor. Das Haus besaß nun also eine Anbaugarage.

Eins nach dem anderen färbte sie die Fenstervierecke dunkel, bis die Mine erneut abbrach, wodurch das letzte aussah, als wäre die Scheibe gesplittert. Dann nahm sie das Blatt in die

Hand und starrte es an. Nein, das war bestimmt kein Strandhaus – das war ihr Haus, das, in dem sie jetzt wohnte, nur fehlte irgend etwas.

Sie stand langsam auf, ging aus dem Studio, lief in die Halle hinunter und durch die Haustür auf die Straße hinaus. Während sie die Zeichnung fest umklammert hielt, glitt ihr Blick forschend über die blaßblauen Schindeln. Es gab nur einen Schornstein, und in den Fensterläden waren keine Halbmonde ausgespart. Die freistehende Garage stand, wie eine entfernte Cousine, auf der anderen Seite des Hinterhofs. Der Rest aber – die Dachschräge, die Veranda, die Fenster, Form, Stil und Größe – war vollkommen identisch.

»Du bist das Haus in Toney's Brook«, sagte sie zu der Skizze. Dann schaute sie abrupt auf, sich plötzlich bewußt, daß sie laut vor sich hin gesprochen hatte und nicht allein war. Gegenüber, auf den Stufen vor Barbs Haus, hockten Charlie, Seth und Dennis und beobachteten sie.

Wie in Zeitlupe stand Charlie auf, hob den Kopf und starrte auf das Haus. Dann wandte er sich ab, langsam, mit einem benommenen Gesichtsausdruck. Dennis schloß sich ihm an, dann Seth. Die drei Jungen drehten sich träge auf dem Fleck, starrten verdutzt auf das Haus, die Bäume, den Himmel, auf Joy. Plötzlich realisierte sie, daß die drei sie nachäfften.

Mit hochrotem Kopf floh sie ins Haus, den Blick unverwandt auf die Zeichnung in ihrer Hand geheftet. Drinnen angelangt, packte sie den Telefonhörer und begann mit einem Gefühl von Dringlichkeit, das sie selbst überraschte, zu wählen.

»Dies ist der Anschluß von Dorothy Ash«, tönte ihr die übertrieben artikulierte Anrufbeantworterstimme ihrer Mutter ins Ohr. »Ich würde gern mit Ihnen sprechen, also hinterlassen Sie bitte Ihren Namen und Ihre Telefonnummer. Ich rufe umgehend zurück.«

»Ich bin's, Mama. Joy.« Sie machte eine kurze Pause, um ihre wirren Gedanken besser ausdrücken zu können. »Ich habe eine Frage zu unserem Haus in Toney's Brook.« Ihr wurde unvermittelt klar, wie albern das klingen mußte, dennoch fuhr sie fort: »Hatten die Fensterläden Halbmonde?« Sie lachte über sich selbst, nervös, und vergaß einen Moment lang, daß jeder Laut von ihr aufgenommen wurde. Schließlich fing sie sich wieder und war schlagartig ernüchtert. »Falls du irgendwelche Fotos hast, könnte ich die vielleicht sehen? Es muß doch welche geben«, fügte sie hastig hinzu, als hätte Dorothy ihr die Bitte bereits abgeschlagen.

Als sie den Hörer sacht auf die Gabel legte, spürte sie einen kräftigen Adrenalinstoß. Zum erstenmal seit Jahren waren die Erinnerungen zum Greifen nah. In dem Moment wurden sie von dem plötzlichen Prasseln eines Wolkenbruchs vertrieben.

Sie stürzte ins Eßzimmer, um die Fenster zu schließen, aber sie stellte verblüfft fest, daß sich die Regenfluten anscheinend nur über die Vorderfront des Hauses ergossen. Sie zerrte ihren Schirm aus dem vollgepfropften Dielenschrank. Die beiden Wintermäntel, die bei der Aktion von den Kleiderbügeln rutschten, ließ sie auf dem Boden liegen.

Sie lief den Fußweg durch den Vorgarten hinunter, um den sonderbaren Schauer eingehender unter die Lupe zu nehmen. Dann sah sie die Jungen. Sie standen am Rand ihres Rasens, ihren Gartenschlauch gen Himmel gereckt. Der Strahl überflutete die Vorderfront des Hauses.

»Was macht ihr da«, schrie sie, während sie aus dem Sprühregen floh und ihren Schirm zuzumachen versuchte. Er widersetzte sich ihren Bemühungen und blieb auf halbem Weg hängen.

Charlie gab Seth ein Zeichen, woraufhin dieser verschwand, um den Wasserhahn abzudrehen. Als die Fontäne zu einem mickrigen Sprudeln geschrumpft war, erklärte er leichthin: »Mr. Bard hat uns für'n bißchen Gartenarbeit angeheuert.«

»Und was für eine Art Gartenarbeit soll das gewesen sein?« fragte sie mit gepreßter, leicht schriller Stimme.

Dennis trat vor. »Bei uns heißt das ›den Rasen sprengen‹.« Die drei brachen in brüllendes Gelächter aus.

»Ich kann meinen Rasen selbst sprengen, danke.« Sie riß Charlie den Schlauch aus den Händen. Er musterte seine leeren Hände, als wüßte er plötzlich nichts mehr mit ihnen anzufangen.

»Mr. Bard hat uns gebeten, das Laub zusammenzurechen und wegzuräumen«, verkündete er, ohne sich vom Fleck zu rühren.

»Und ich sage, laßt es bleiben.« Ihre Stimme überschlug sich, aber ihr Blick blieb unerschrocken und direkt.

»Sie sollten sich besser mal einig werden«, sagte Dennis. Charlie drehte sich um und marschierte quer über das feuchte Gras. Seine Freunde stiefelten ihm in den matschigen Fußstapfen hinterher – so großkotzig, als gehöre ihnen die Welt.

Als sie den Bürgersteig erreicht hatten, wirbelte Charlie noch einmal herum und schaute ihr direkt ins Gesicht. »Mr. Bard hat uns zehn Mäuse gegeben, damit wir vorne und hinten das Laub zusammenrechen, und wir werden vorne und hinten das Laub zusammenrechen.«

Joy sah ihm nach, wie er von dannen schlenderte. Sie spielte mit dem Gedanken, die Polizei zu rufen, wußte aber genau, wie albern es klingen würde, sich darüber zu beschweren, daß ihr jemand das Laub zusammenrechen wollte. Statt dessen ging sie hinein, um Abendessen zu machen. Während sie Zwiebeln und Knoblauch andünstete und das Huhn unter warmes Wasser hielt, ließ sie alles von sich abfallen, zwang sie sich zu vergessen. Inklusive der Skizze des Hauses, in dem sie aufgewachsen war; sie lag vor ihr auf dem Tisch wie eine Blaupause ihrer Erinnerung.

## Fünf

»Ich wollte dich anrufen, aber ich bin nicht dazu gekommen«, flüsterte Lanny ihr ins Ohr; sie standen dicht aneinandergedrängt in einer Ecke der Küche. »Wir müssen diesen Antrag heute abend unbedingt noch fertig schreiben. Auf die Art krieg' ich dich wenigstens beim Abendessen zu sehen.« Er drückte sie ungestüm an sich.

Sie machte sich los und warf einen skeptischen Blick auf das Hähnchen. »Ich glaube nicht, daß das Essen reicht. Alles, womit ich dienen kann, sind Erbsen und Kartoffelpüree.«

»Unsinn, mach dir deshalb keine Sorgen. Ray ist Junggeselle. Er ist ganz verrückt drauf, zur Abwechslung mal in den Genuß von ordentlicher Hausmannskost zu kommen.«

Die Stufen knarrten unter Rays schwerem Schritt, der soeben

von einem auf eigene Faust unternommenen Rundgang durchs Haus zurückkehrte. »Was für ein himmlisches Plätzchen!« rief er begeistert, als er sich ihnen anschloß. Sein Blick wanderte neugierig umher. »Ihr seid richtige Glückspilze.« Mit riesengroßen Augen marschierte er kreuz und quer durch die Küche. »Und diese Küche! Groß genug, daß man sogar darin essen kann! Mit Mikrowelle und allem Pipapo.«

»Lanny meint, Sie hätten eine ganz phantastische Wohnung im Village.«

»Ach was, kein Vergleich. Ein Wohnklo ist das, sonst nichts.« Ray zupfte einen Fetzen knusprige Haut von dem Geflügel, das Joy gerade fertig tranchiert hatte. Dann nahm er sich eine Papierserviette, wischte Mund und Finger ab und putzte sich anschließend die Nase. »Ich würde mal so sagen – wenn ich wollte, könnte ich den Herd von der Toilette aus erreichen. Aber ich esse niemals dort. Ich weiß nicht mal, ob der Toaster funktioniert.« Er schlenderte zum Küchentisch und nahm die Skizze in die Hand, die Joy völlig vergessen hatte. »Tolle Zeichnung. Für einen Buchumschlag, an dem Sie arbeiten?«

Lanny trat hinter ihn, um ebenfalls einen Blick darauf zu werfen.

Sie ließ Rays Frage unbeantwortet. »Erkennst du's nicht, Lanny? Das ist unser altes Haus in Toney's Brook.«

Lanny nahm Ray, der ein weiteres Stück Hähnchen von der Platte stibitzte und sich anschließend zu einer Flasche Bier verhalf, um es damit hinunterzuspülen, die Zeichnung ab.

»Stimmt, du hast recht! Wie hast du das gemacht? Von einem Foto abgezeichnet?«

Joy atmete tief durch, um die Frage zurückzudrängen, warum ihm die Ähnlichkeit mit ihrem jetzigen Haus nicht auch aufgefallen war. Sie kämpfte mühsam gegen den Wunsch an, ihm von ihrem sonderbaren Gefühl zu erzählen, von den Erinnerungen, die auf sie einstürmten, die sie zunehmend quälten. Sie wünschte sich sehr, ihm zu beschreiben, wie die Skizze völlig ungebeten aus ihr herausgeflossen war. Aber vor Ray wollte sie nichts dergleichen zur Sprache bringen.

»Was seid ihr beiden eigentlich, das begabteste Paar in ganz Edgebury?« Rays Frage riß sie aus ihren Gedanken.

Lanny legte ihm den Arm um die Schultern. »Nun, alter Knabe, was hältst du erst mal von einem Drink, ein bißchen Relaxen und einem guten Abendessen? Danach können wir uns auf die Arbeit stürzen.«

Die Männer begaben sich ins Wohnzimmer und ließen Joy allein in der Küche zurück. Sie dachte kurz daran, Lanny zurückzurufen, doch als sie sein fröhliches, unbekümmertes Lachen hörte, nahm sie sich vor, bis später zu warten. Sie schüttelte eine Dose Erbsen, um auch die herauszubekommen, die hartnäckig am Boden klebten. Was sie indes nicht abschütteln konnte, war die undefinierbare Angst, die zunehmend von ihr Besitz ergriff.

Sie gab Milch zu den gestampften Kartoffeln und verrührte beides, bis die Masse cremig und glatt war, genau wie Lanny es mochte. Dann, während die Erbsen warm wurden, ließ sie sich auf dem Küchentisch nieder, drehte das Blatt mit der Hausskizze um und begann auf der leeren Seite zu zeichnen.

Ein Gesicht floß aus dem Stift. Es war länglich und schmal, hatte kleine, ovale Augen, Sommersprossen und einen vollen Mund. Das war sie als Kind. Als sie es aber mit kurzem, lockigem Haar umrandete und die Wangen etwas voller machte, verwandelte es sich in ihren Zwillingsbruder Buddy.

Eine Hand legte sich auf ihre Schulter. Sie ließ den Stift fallen und stieß das Glas Club Soda um, das Lanny ihr eingeschenkt hatte.

»Was ist los mit dir? Bist du okay?«

Er ging neben ihr in die Knie und duckte sich unter den Tisch, um ihr beim Aufwischen zu helfen. Sie schaute einen Moment lang in seine durchdringenden blauen Augen, dann flüsterte sie leise: »Sie kommen zurück.«

»Wer kommt zurück?« Seine Hand legte sich auf ihre Wange und verharrte dort.

»Die Erinnerungen. Die Erinnerungen kommen wieder.«

Lanny stand auf, wobei sein Kopf hart gegen die Tischkante prallte. »Das ist jetzt kein guter Zeitpunkt. Wir haben Besuch.« Er nahm ihre Hand und zog sie hoch.

»Das liegt an diesem Haus«, fuhr sie fort. »Warum hast du mir nicht gesagt, daß es genauso aussieht wie unser altes?«

Lannys Blick schweifte durch den Raum. »Keine Ahnung.

Viele Häuser sehen so aus. Wieso regst du dich deshalb auf? Komm schon, wir sind nicht allein.«

Das war genau das, was sie nicht wollte. Sie wollte, daß er Ray nach Hause schickte.

»Sieh mal, Schatz. Die Erbsen sind gleich ein einziger Brei.« Mit einem hölzernen Kochlöffel rührte er in dem Topf herum, ihr den Rücken zugewandt. Er war ihr schon wieder entwischt.

Sie griff nach dem Löffel. »Geh schon mal zu Ray. Ich bring' gleich alles rein.« Einen Augenblick stand sie reglos da und beobachtete, wie er aus der Küche schlüpfte, kippte dann die verkochten Erbsen in eine Glasschüssel. Beim Gehen grapschte sie nach der Zeichnung und stopfte sie in ihre Tasche.

»So, Ray«, sagte Lanny, während Joy ihren Platz am Fußende des Tisches einnahm. »Ist das jetzt gute alte Hausmannskost oder nicht?«

»Und was für eine«, sagte Ray zu Joy und schaufelte eine doppelte Portion Kartoffelpüree auf seinen Teller. »Lanny hat mir erzählt, er will nach Hause, damit er Sie noch zu sehen kriegt, womit er bestimmt nicht gelogen hat. Aber mich hat er garantiert deswegen mitgeschleppt, damit er mir unter die Nase reiben kann, was für ein feines Leben er hier hat.«

»Was soll denn das heißen?« fragte Lanny, unfähig, seine Freude über die Komplimente zu verbergen.

»Ach, tu doch nicht so. Du verstehst mich sehr gut. Dieses Haus. Diese Frau. Dieses Leben. Und obendrein ist ein Kind unterwegs.«

»Zwei«, rief Lanny ihm in Erinnerung. Dabei betrachtete er Joy voller Herzenswärme, als wäre alles in bester Ordnung.

»Richtig, zwei. Einfach perfekt, das Ganze.« Rays Blick wanderte Bestätigung suchend zu Joy. Sie zwang ein winziges Lächeln auf ihre Lippen. Unter dem Tisch bekam sie einen Tritt. Als sie zu Lanny hinsah, war dieser eifrig damit beschäftigt, mikroskopisch kleine Klümpchen aus seiner sahnigen Kartoffelmasse zu entfernen.

Es dauerte nicht lang, bis sich die Unterhaltung auf geschäftliche Themen konzentrierte. Die Drei-Millionen-Dollar-Fusion, die Lanny abschließen wollte, war wieder in der Schwebe. Berger setzte sie stark unter Druck. Die Abteilung für Fusionierungen und Neuerwerb stand kurz vor dem toten Punkt. Falls es diesmal nicht klappte, konnte Lanny die Karriereleiter schnell zwei Stufen tiefer rutschen und in der Planungsgruppe der Firma landen.

Das Gespräch endete mit wegwerfenden Bemerkungen über die Verschwendungssucht der Prozeßabteilung und Prahlereien hinsichtlich Rays Vorzug, der einzige Kollege zu sein, der nicht vor harter Arbeit zurückschreckte. Als sie anfingen, die jüngsten sexuellen Heldentaten ihres Rechtsassistenten zu besprechen, schob Joy ihren Stuhl zurück und machte sich ans Abräumen. Sie floh aus dem Raum, ohne daß jemand ihr Verschwinden bemerkte.

In der Vorratskammer stieß sie auf eine Packung Kekse mit Schokosplittern, von denen sie etwa ein Dutzend auf einem kleinen Tablett arrangierte. Anschließend, während sie darauf wartete, daß der Kaffee durchlief, setzte sie sich an den Küchentisch und begann wieder zu zeichnen, diesmal auf dem länglichen gelben Notizblock, den Lanny auf der Theke vergessen hatte. So hatte sie ihn noch nie gezeichnet: Lanny als Teenager.

»Was machst du hier, Joy?« durchschnitt seine Stimme die Stille, als er ohne Vorwarnung in die Küche gestürmt kam. Er warf einen Blick über die Schulter und betrachtete die rhythmisch hin und her schwingende Tür. »Wir haben Besuch. Kannst du mir mal verraten, was du die ganze Zeit treibst?«

Joy bedeckte das Gesicht hastig mit Kritzeleien, verbarg es unter einem Gewirr von Kreisen und Zickzackmustern.

»Ihr habt übers Geschäft gesprochen«, gab sie leichthin zurück. »Ich dachte, ihr wollt allein sein.«

»Wenn wir allein sein wollten, wären wir im Büro geblieben. Ich habe Ray zum Arbeiten hergebracht, damit ich dich sehen kann.«

»Schön, hier bin ich.«

Lanny legte die Stirn in feine Falten. Er setzte sich ihr gegenüber auf einen Stuhl, nahm ihre Hand, ließ seinen Finger über die Linien in ihrem Handteller gleiten und wartete darauf, daß die Tür wieder zur Ruhe kam.

»Was hast du?« flüsterte er schließlich. »Du bist nicht du selbst.«

»Ich hab' versucht, es dir zu erklären, aber du läßt mich ja nicht.« Ihre Stimme wurde lauter, ihre Erbitterung brandete von neuem auf. »Es ist dieses Haus. Seltsame Dinge geschehen mit mir. Aus heiterem Himmel tauchen Bruchstücke meiner Kindheit auf, aber bevor ich sie richtig zu fassen bekomme, sind sie schon wieder verschwunden.«

Lanny seufzte, senkte den Blick in den Schoß und beugte sich zu ihr vor. »Ich bin nicht sicher, ob das so gut ist.«

»Was soll das heißen?«

»Sieh dich doch an! Du bist gereizt, du schnauzt mich an. Du bist nicht mehr du selbst.«

Die Tür schwang zum zweitenmal auf. Ray spazierte herein, zwei Teller und eine bis auf den letzten Krümel geleerte Servierplatte auf einem Unterarm balancierend.

»Oh!« Er spürte, daß etwas in der Luft lag. »Tut mir leid. Ich wollte nicht stören.«

Lanny stand auf. »Ach was, nichts passiert. Wir haben nur die Gelegenheit beim Schopf gepackt.« Mit strahlenden Augen drehte er sich zu Joy um. »Warum läßt du den Abwasch nicht einfach stehen, Schatz? Um den Kaffee kann ich mich kümmern. Ruh dich aus, leg dich hin. Ray und ich werden aufräumen.«

»Ich bin nicht müde«, gab sie zurück und fing an, die Essensreste von den cremefarbenen Tellern zu kratzen.

»Warum schaust du nicht ein bißchen fern?«

In der Hoffnung, er würde ihre Gedanken lesen und sich irgendwie von Ray befreien, starrte sie ihn durchdringend an.

»Geh nach oben, leg dich ins Bett. Wir müssen noch arbeiten.« Er tätschelte ihren Bauch. »Gönn den Kleinen eine Pause.«

»Ich denke, ich mach' lieber einen Spaziergang.«

»Na gut, aber verlauf dich nicht.«

Rays Blick wanderte zwischen ihnen hin und her, dann lachte er plötzlich auf. »Ja, verlaufen Sie sich nicht!« Als hätte er diesen seltsamen Witz verstanden.

Lanny fiel in sein Gelächter ein. »Auf geht's, alter Knabe.« Er versetzte Ray einen Stoß mit dem Ellbogen. »Zuerst bringen wir diesen allerliebsten Brief über die Bühne, und dann stürzen wir uns auf den Antrag.«

Joy beteiligte sich nicht an der allgemeinen Heiterkeit. Lannys sarkastische Bemerkung tat weh. Sie verlor in der Tat leicht die

Orientierung. Erst vor einer Woche, als sie Zeichenzubehör kaufen wollten, war sie im Geschäft einer ihr entgegenkommenden Frau ausgewichen, nur um festzustellen, daß es sich um ihre eigene Reflexion in einer Spiegelwand handelte.

Lanny und Ray verschwanden ins Wohnzimmer, und sie nahm den langen Weg zum Bad im ersten Stock, um ihnen nicht noch einmal über den Weg zu laufen. Doch das elektronische Piepsen des Telefons auf Lannys Nachttisch hörte sie selbst durch die geschlossene Tür hindurch. Sie waren wieder in der Küche, riefen Kollegen an, schmetterten Ideen ab, überprüften Fakten, begingen geistigen Diebstahl.

Dieses Telefon war ihr verhaßt. Anfangs hatte sie es lustig gefunden. Als Einzugsgeschenk von Lannys Sekretärin Kelly besaß es charakteristischerweise die Form eines Herrenslippers, so daß man die Spitze ans Ohr halten und in die Ferse hineinsprechen mußte. Nicht genug, daß es schlicht und einfach häßlich war, nein – es hatte obendrein einen Defekt in der Schaltung, dank dem es jedesmal zu piepsen begann, wenn von einem anderen Apparat im Haus telefoniert wurde. Winzige, elektronisch klingende Schluckaufanfälle, laut genug, um sie bereits zweimal aus totenähnlichem Schlaf gerissen zu haben.

Beim erstenmal war sie früh zu Bett gegangen, während Lanny sich im Wohnzimmer noch die Nachrichten ansah. Doch unfähig, wie er nun mal war, nur eine Sache zu tun, hatte er gleichzeitig noch etwas gearbeitet und war gegen ein Uhr morgens schließlich in der Küche an der Strippe gelandet, um Ray irgendwelche Details aus der Nase zu ziehen. Das Piepsen hatte sich in ihre Träume gebohrt und sie einen Satz aus dem Bett machen lassen, verwirrt und erschreckt, ohne den geringsten Schimmer, wo die Quelle für das nervtötende Geräusch zu finden war.

Am liebsten hätte sie das Ding in den Mülleimer geworfen, aber Lanny beharrte darauf, es in Ordnung bringen zu können. Das gehörte zu den Dingen, auf die er stolz war, dieses Talent, alles Erdenkliche zu reparieren. Sein Vater war ein technisches Genie gewesen, dessen bevorzugter Zeitvertreib darin bestand, Küchengeräte auseinanderzunehmen. Anschließend schraubte er die Glühbirne aus der Fassung und verfolgte, wie Lanny sich im Dunkeln abmühte, sie wieder zusammenzusetzen. Das war eine der wenigen Geschichten über seinen Vater, die Lanny gern zum besten gab. Er schwärmte regelrecht davon, was für eine Reparaturwerkstatt ihre Küche gewesen war – ein Ort, wo der Toast verbrannte, die Uhren angehalten wurden, die Radios schnarrten, während er, Lanny, wie blind umhertastete, sich mit Drähten, Schrauben und Heizelementen herumschlug. Die Narben an seinen Händen infolge der zahlreichen Verbrennungen durch Stromstöße sprachen Bände, aber er hatte es geschafft. Heute gab es nichts mehr, das er nicht wieder zusammenbauen konnte. Und nichts, das er fürchtete, kaputtzumachen.

Sie ging wieder nach unten und schaute kurz zu den beiden rein, um ihnen schnell zuzuwinken. Lanny telefonierte. Sie ließ die Hintertür vernehmlich hinter sich zuschlagen.

Auf halber Höhe des Blocks hörte sie plötzlich von hinten Schritte nahen, dann schweres Atmen.

»Joy!«

Sie fuhr herum und entdeckte Lanny. Sein weißes Gesicht schwebte in der Schwärze der Nacht wie ein körperloser Kopf.

»Da.« Er gab ihr seine alte Jeansjacke, die ihre vollen Brüste nur noch knapp bedeckte. »Ich mach' mir Sorgen um dich.«

Ihre Gereiztheit ließ ein wenig nach. »Es geht mir gut.«

Er strich ihr das Haar aus den Augen. »Bist du sicher?«

Sie holte tief Luft und seufzte. »Ja, absolut. Ich würde mich nur gern erinnern, das ist alles. Die Babys kommen bald auf die Welt. Ich möchte meinen Kindern von meinem Leben erzählen können. Ist das wirklich so verrückt?«

»Das Verrückte daran ist bloß, daß du's nicht lassen kannst, obwohl es dich so aufregt. Laß es lieber auf sich beruhen.«

Ihr Rücken versteifte sich unter diesem Widerhall von Dorothys Worten. »Du mußt mir dabei helfen, Lanny.«

Er starrte auf seine von der Dunkelheit verschluckten Füße. »Klar. Natürlich helfe ich dir. Ich helfe dir beim Packen, und ich helfe dir beim Umziehen. Ich glaube nämlich, daß dieses Haus dir nicht guttut.«

Ihr Bauch zog sich unter der bislang schlimmsten Kontraktion zusammen. Sie zwang ihren Körper, ruhig zu bleiben, doch Lanny registrierte trotz der Finsternis, wie sich ihre Augen vor Schmerz verengten.

»Genausowenig wie den Babys«, fuhr er fort. »Ist dir das etwa egal? Bist du wirklich so selbstsüchtig?«

»Lanny?« schallte Rays Stimme durch die stille Straße. »Lanny? Berger ist am Telefon. Er will dich sprechen.«

»Mist!« entfuhr es ihm. Während er zum Haus zurückrannte, rief er ihr über die Schulter zu: »Komm bald rein. Es ist kalt draußen.« Seine Stimme klang hart und angespannt. Dann war seine kräftige Gestalt in den Schatten verschwunden.

Ein nervöses Lächeln kroch über Joys Züge. Derart aufzubrausen paßte überhaupt nicht zu Lanny, dennoch war seine unvermittelte Übellaunigkeit auf gewisse Weise eine Erleichterung. Sie machte ihn menschlicher. Sie bedeutete, daß selbst Lanny Bard, das gnadenlose Arbeitstier, der verständnisvolle Freund, der umsichtige Nachbar, doch nicht vollkommen war.

Am nächsten Morgen würde wieder die Vernunft regieren. Sie würde ihm klarmachen, daß ihre Bemühungen, der Vergangenheit auf die Spur zu kommen, nicht im geringsten selbstsüchtig waren. Sie waren wichtig, besonders für die Kinder. Joy stellte sich die kleinen Wesen vor, einen Jungen und ein Mädchen, sah, wie sie mit blanken Gesichtern geduldig darauf warteten, daß ihre Mutter ihnen ihre Lebensgeschichte erzählte. Sie blieb abrupt stehen und blickte sich um. Keine Ahnung, wo sie war.

Die niedrig brennenden, an trübes Kerzenlicht erinnernden Flammen echter Gaslampen sprenkelten die Schieferplattenwege. Ihr schwacher Schein bemühte sich nach Kräften, die eisernen Pfosten zu erhellen. Es herrschte fast vollständige Dunkelheit. Joy wurde von ihr aufgesogen. Sie brauchte einen Moment, bis ihr klar wurde, daß sie auf die andere Seite des Blocks gelaufen war.

Sie drehte sich um und ging immer schneller, bis sie an eine Ecke kam. Plötzlich wurde sie von einer weiteren Kontraktion überfallen. Sie zwang sich zu einem langsameren Tempo und blieb schließlich vor einem großen Haus stehen, das von glänzenden Lichtern erhellt wurde, Kinderlachen war deutlich zu hören. Im dahinterliegenden Garten übergossen Strahler eine Schaukelanlage, deren unbesetzte Schaukeln sich sacht im Wind wiegten, mit ihrem gleißenden Schein.

Im Garten von Toney's Brook gab es auch Schaukeln, schoß

ihr unvermittelt durch den Kopf. An einem tannengrün gestrichenen Stahlgestänge. Daneben, auf zertrampelter, unebener Wiese, ein dazu passendes Klettergerüst. Sie konnte sich daran hängen sehen, den Kopf nach unten, die Knie um den mittleren Balken gehakt. Auf der Schaukel saß Buddy, den Rücken im Bestreben, immer höher zu kommen, gekrümmt, und schrie ihr etwas zu, das ziemlich verzweifelt klang. Sie roch den nahen Erdboden, spürte das Kitzeln von Löwenzahn an der Nase, den zunehmenden Druck in den Schläfen.

Mit einem Mal fühlte sie sich hundsmiserabel. Es war viel zu still, viel zu dunkel. Ihr war schummerig im Kopf, weich in den Knien. Ihre Schritte hallten laut durch die Nacht, als sie auf den schwarzen Umriß ihres Hauses zuhastete.

»Joy.«

Die unbekannte Stimme streifte sie so sanft wie die Abendbrise, so zart, daß sie im ersten Moment glaubte, sie hätte ihren Namen selbst vor sich hin geflüstert. Dann hörte sie es wieder – eine junge, eine höhnische Stimme, die irgendwo aus den Büschen oder Bäumen kam.

»Joy Bard.«

Sie erstarrte. Ein Ast schrammte über ein Garagendach. Ihr flacher Atem klang überlaut. Sie räusperte sich, drehte den Kopf erst langsam nach rechts, dann nach links und fuhr schließlich blitzartig herum, um sich dem Etwas, das sie in ihrem Rücken spürte, zu stellen. Doch sie war mutterseelenallein im undurchdringlichen Schwarz einer Neumondnacht.

Ihre Füße flogen durch die beklemmende Finsternis, bis sie plötzlich über einen großen, warmen Wall stolperte und um ein Haar hingefallen wäre. Während sie mühsam das Gleichgewicht wiedergewann, begann der Wall sich zu regen. Etwas Nasses berührte ihre Hand. Sie zog sie erschrocken zurück und versuchte zu schreien, aber ihre Kehle war derart eng, daß sie nichts als ein schwaches Wimmern zustande brachte. Da hörte sie ein Japsen. Der Wall war ein Hund.

Ganz vorsichtig näherte sie sich dem Tier und identifizierte schließlich die tröstliche Gestalt eines Labradors mit Halsband, Hundemarke und Leine. Mit aufgeregtem Schwanzwedeln leckte er ihr von neuem die Hand. Sie griff nach der Leine, und er ging widerstandslos mit ihr, als wäre sie sein Frauchen. Im Lichtkreis der nächsten Laterne konnte sie den Namen auf der Marke lesen. Es war Cookie.

»Na komm, altes Mädchen«, rief sie aufmunternd. Während des gesamten Heimwegs blieb der Hund brav an ihrer Seite.

»Ich dachte, sie wäre noch hinten im Garten«, sagte Molly, während sie dem Hund hinterherschaute, der schnurstracks zu seiner Wasserschüssel in der Küche trabte. »Vielen Dank fürs Herbringen. Wollen Sie nicht reinkommen?«

»Geht leider nicht«, gab Joy zögernd zurück. »Ich muß nach Hause. Es ist spät.«

»Ich bin absolut sicher, daß ich das Gartentor zugemacht habe. Ich weiß es genau. Das waren diese verfluchten Gören!«

Joy mußte an die Stimme denken, die ihren Namen gerufen hatte, nur daß sie sie diesmal mit einem Gesicht in Verbindung brachte. Mit Charlies.

Molly folgte ihr die Stufen hinab. »Ich warte, bis Sie im Haus sind.«

Bei anderer Gelegenheit hätte Joy vermutlich geantwortet, das wäre nicht nötig, doch an diesem Abend sagte sie lediglich: »Danke.«

Sie hatte sich erst wenige Schritte von Mollys Haus entfernt, als sich von hinten ein Wagen näherte und neben ihr bremste. Den Blick starr geradeaus gerichtet, gab sie vor, ihn nicht zu bemerken. Schließlich drehte sie doch den Kopf und sah, daß es ihr Wagen war. Am Steuer saß Lanny.

»Wo, zum Teufel, bist du gewesen?« rief er durchs offene Fenster. »Du hast gesagt, du kommst gleich wieder zurück. Ich war fast wahnsinnig vor Sorge.«

»Ich bin gleich wiedergekommen. Ich habe einen Hund gefunden, das ist alles. Ich mußte ihn abliefern.«

»Denkst du eigentlich immer nur an dich? Ist dir gar nicht in den Sinn gekommen, welche Sorgen ich mir machen könnte?«

»Joy? Alles in Ordnung?« Molly kam angerannt, neben sich Cookie, die mit ihrem fröhlichen Japsen und dem begeistert wedelnden Schwanz, der munter gegen Joys Beine klatschte, einen recht jämmerlichen Wachhund abgab.

»Molly! Tut mir leid. Es ist bloß mein Mann.«

Lanny schaltete den Motor aus und sprang aus dem Wagen.
»Hi. Ich bin Lanny. Bloß ihr Mann. Auf der Suche nach ihr. Schon verblüffend, wie die Phantasie mit einem durchgehen kann, wenn die Ehefrau im sechsten Monat schwanger mit Zwillingen ist.«

»Wie ritterlich«, erwiderte Molly tief beeindruckt.

»Wie wär's, wenn wir uns jetzt verabschieden?« Er ging zur Beifahrertür und riß sie schwungvoll auf.

»Noch mal danke, Joy«, sagte Molly. »Und rufen Sie mich an. Ich würde Sie gern wiedersehen.«

Joy quittierte ihre Worte mit einem Lächeln und sah ihr nach, bis sie in ihrem Haus verschwunden war. In dem Moment knallte Lanny die Tür zu. Zähes Schweigen hüllte sie ein.

»Irgendwas ist hier faul«, verkündete er schließlich, als er den Wagen in die Auffahrt lenkte. Er drückte auf den elektrischen Garagentoröffner. »Du führst dich auf wie ein kleines Kind. Völlig verantwortungslos.«

Sie begann in einer Mischung aus Wut und Erschöpfung zu zittern, hielt die Tränen aber erfolgreich zurück. Für Gefühlsausbrüche hatte Lanny wenig Verständnis. Heulen machte alles nur schlimmer.

Kaum hatte er die Haustür aufgesperrt, verschwand sie auch schon nach oben ins Schlafzimmer. Sie zog sich aus, brachte eine dürftige Katzenwäsche hinter sich und schlüpfte unter die Decke.

Sie trieb bereits dem Schlaf entgegen, da hörte sie wieder ihren Namen. Ihre Lider schnellten blitzartig hoch, ihre Ohren gingen in Alarmbereitschaft, doch außer dem Schnattern des Fernsehers und einem gelegentlichen Knarren des alten Hauses, das atmete, sich tagsüber klein machte und nachts streckte, war es totenstill.

Kurz nach drei kam Lanny ins Bett. Vorsichtig kroch er hinein und umschlang sie in einem schläfrigen Versöhnungsversuch mit beiden Armen. Seine Hüfte berührte etwas Naßkaltes. Er schlug die Decke derart heftig zurück, daß Joy von dem Luftzug ruckartig erwachte.

Ihre Augen klappten auf. »Was ist?«

Mit finsterer Miene wies Lanny auf den kreisrunden Blutfleck an der Stelle des Lakens, wo sie eben noch gelegen hatte.

## Sechs

»Das Kopfzerbrechen lassen Sie ruhig meine Sorge sein«, sagte Dr. Wayne, während er betulich die Fingerspitzen aneinanderlegte.

Madeleine, die Sprechstundenhilfe, drückte sich in eine Ecke, den Blick auf ihre derben, weißen Schuhe geheftet, und spielte an dem Öffnungsschlitz einer Schachtel mit Gummihandschuhen.

»Wie geht's Lanny?« fragte der Arzt.

»Prächtig«, preßte Joy mühsam hervor, zu jeder Plauderei unfähig. »Warum hatte ich eine Blutung?«

»Nun, viele meiner Patientinnen haben Blutungen«, kehrte er zum Thema zurück. »Obwohl man das in diesem fortgeschrittenen Stadium der Schwangerschaft selbstverständlich nicht auf die leichte Schulter nehmen darf.« Er hielt ihre Akte dicht vor seine kurzsichtigen Augen und legte sie dann auf den Tisch zurück.

»Wir haben ein Problem.«

Sie spürte, wie Mut und Kraft sie verließen.

»Wie ich höre, arbeiten Sie nach wie vor mit Farben und Chemikalien, noch dazu in einem kleinen Raum. Bis in den frühen Morgen.«

Ihr Rücken versteifte sich. »Haben die Chemikalien die Blutung verursacht?«

»Das will ich nicht unbedingt behaupten, aber vielleicht arbeiten Sie zu hart. Ihre Mutter ist sehr besorgt.«

Nicht zum erstenmal bedauerte sie den Entschluß, zu demselben Geburtshelfer gegangen zu sein wie ihre Mutter, dem gleichen Mann, der sie vor dreißig Jahren auf die Welt geholt hatte.

»Lanny macht sich ebenfalls Sorgen. Er hat mir erzählt, daß Sie umgezogen sind und unter großem Streß stehen.«

»Kann Streß eine Blutung hervorrufen?«

»Ich möchte Sie etwas fragen. Fühlen Sie sich wohl?«

»Nein. Ich bin beunruhigt. Wegen der Blutung.«

»Nun, damit ist jetzt Schluß. Ab sofort bin ich der einzige, der hier wegen irgend etwas beunruhigt sein darf. Sie müssen ruhig bleiben. Vergessen Sie nicht – Ihr Streß ist auch der Streß Ihrer Kinder. Gehen Sie nach Hause und entspannen Sie sich. Legen Sie sich hin. Hören Sie auf zu arbeiten. Regen Sie sich nicht auf. Spannen Sie einfach aus.« Er sah zu Madeleine hin und gluckste: »Wie viele Leute würden ihren Doktor wohl dafür lieben, daß er ihnen Ausspannen verordnet!«

Die Sprechstundenhilfe lächelte wie auf Befehl.

»Warum hat Madeleine so lang gebraucht, um den Herzschlag zu finden?«

Madeleine musterte ihre Schuhe.

»Wer ist hier der Arzt?« brauste Dr. Wayne auf.

Joy gab keine Antwort.

»Zwillinge sind raffiniert. Vielleicht haben sie Verstecken gespielt. Vertrauen Sie mir, wir finden es heraus. Aber Sie müssen aufhören, sich Sorgen zu machen.«

Ihre Zehen rollten sich ein, als er die gefalteten Hände wie zum Gebet gegen die Zimmerdecke richtete.

»Sagen Sie mir, Joy, habe ich mich wirklich so dumm dabei angestellt, als ich Sie auf diese Welt befördert habe?« Er legte ihr für eine Sekunde eine Hand auf die Schulter, nahm dann ihr Krankenblatt vom Tisch und öffnete die Tür. »Madeleine wird Bescheid sagen, daß man alles zum Ultraschall vorbereiten soll. Bis Sie drüben in der Radiologie sind, wird man soweit sein.«

Was ganz und gar nicht der Fall war. Etwa zwei Dutzend Menschen warteten ungeduldig im Gang. Nach der strikten Anweisung, mit einer vollen Blase zu erscheinen, saß sie über eine Stunde mit fest übereinandergeschlagenen Beinen da. Kaum noch zum Gehen imstande, kämpfte sie sich schließlich zum Empfangsschalter vor und bat um das Telefon. Lanny hatte Bergers Sekretärin aufgetragen, ihn sofort aus der Sitzung zu holen, sollte seine Frau anrufen.

»Und? Wie war's? Alles okay?«

»Keine Ahnung. Ich denke schon.« Sie wollte sich mit dem Telefon in einen ungestörteren Winkel verziehen, wurde jedoch durch die straff aufgewickelte Schnur daran gehindert. »Ich warte immer noch auf die Ultraschalluntersuchung.«

»Kopf hoch, Schatz. Ruf mich an, sobald es vorbei ist. Tut mir leid, daß ich nicht bei dir sein kann.«

»Joy Bard?« Ein übergewichtiger Laborassistent in schneeweißem Arztkittel und lindgrüner Hose, die perfekt mit dem Farbton der Wände übereinstimmte, spähte suchend über die Menge, während er sich mit ihrer Akte Luft zufächelte.

»Ich liebe dich«, sagte Joy hastig, legte auf und reichte das Telefon umständlich durch den Glasschalter an die Empfangsdame zurück. Sie durfte ihren Aufruf auf keinen Fall verpassen. Ihre Blase tat inzwischen derart weh, daß sie kaum noch stehen konnte.

Im Kielwasser des Assistenten watschelte sie durch einen schmalen Gang zu einer Kabine von den Ausmaßen einer Telefonzelle. Drinnen nahm sie ein Papierhemd von einem hohen Stapel und zog es zweimal falsch herum an, ehe sie die kinderleichte Handhabung begriff. Jenseits der Lamellentüren schwebte der Schatten des Laboranten geschäftig hin und her. Als sie hinaustrat, zeigte er bereits mit dem Finger auf den kleinen, fensterlosen Untersuchungsraum, in dem das Ultraschallgerät auf sie wartete.

»Entspannen, entspannen, entspannen!« beschwor sie sich, kam jedoch nicht dagegen an, sich zu fragen, wie lang es wohl dauern würde, einen neuen Arzt zu finden. Einen, der ihr zuhörte, nicht ihrer Mutter oder ihrem Ehemann.

Während sie sich noch auszudenken versuchte, womit sie Lanny und Dorothy überzeugen konnte, daß es so spät in der Schwangerschaft eine gute Idee war, den Geburtshelfer zu wechseln, wurde die Tür geöffnet. Der Assistent spazierte herein, gefolgt von einem kleinen, gedrungenen Mann.

»Guten Tag. Ich bin Dr. Blau«, stellte sich letzterer mit monotoner Stimme vor und streckte ihr eine schlaffe Hand entgegen. Dann sagte er: »Bitte, legen Sie sich hin«, und ließ die verschmähte Hand kraftlos fallen.

Joy lag rücklings auf dem eiskalten Untersuchungstisch. Das Wachspapier unter ihrem Körper raschelte, als sie sich in eine halbwegs bequeme Lage zu bringen bemühte. Der Laborassistent verteilte eine glitschige, kalte Masse auf ihrem Bauch.

»Was ist das?« wollte sie wissen.

Der Assistent schaute zum Arzt hinüber, der sich an einem kleinen Waschbecken die Hände wusch.

»Ich bin gleich bei Ihnen.« Er ließ sich Zeit bei der Reinigung, rieb jeden Finger sorgfältig mit flüssiger Seife ein, spreizte die Hände genüßlich beim Abspülen. Endlich trocknete er sie an einem braunen Papierhandtuch ab – und stellte sich auf die Zehenspitzen, um im Spiegel seine blutunterlaufenen Augen zu inspizieren. »Warum warten Sie mit Ihren Fragen nicht, bis wir hier fertig sind?«

Aber Joy hatte längst vergessen, was sie fragen wollte.

Der Assistent plazierte die kalte Sonde auf ihrem entblößten Leib, während der Arzt mehrere Knöpfe an dem Ultraschallapparat betätigte. Joy drehte den Kopf, um besser sehen zu können.

»Bitte liegen Sie ganz still«, wies der Arzt sie zurecht.

Joy legte sich wieder flach hin. Der Assistent ließ die Sonde kreisen. Auf dem Monitor neben sich nahm sie graue und weiße Streifen wahr. Sie verrenkte den Hals, um Genaueres zu erkennen. Sofort drehte der Arzt sich zu ihr um.

»Wenn Sie sich bewegen, kriege ich den Fötus nicht ins Bild.«

Er drückte noch mehr Knöpfe. Joy sah aus den Augenwinkeln Zahlen über den Bildschirm huschen.

»Ist alles in Ordnung?« Ihre Kehle zog sich zusammen. Nur mühsam brachte sie die Worte heraus.

Dr. Blau blendete den Monitor aus. »Ich kann nicht gleichzeitig mit Ihnen reden und meine Arbeit tun.« Er legte eine dramatische Pause ein und kehrte anschließend zu seinem Wirken zurück.

Der Assistent ließ die Sonde weiterhin über ihren glitschigen Bauch kreisen. Sie schloß die Augen, konzentrierte sich auf ihre Atmung, bis sie plötzlich abrupt von dem Druck der Sonde befreit wurde.

Ihre Augen klappten auf. Der Arzt stand schon wieder, streckte ihr erneut die Hand hin. »Ich danke Ihnen vielmals.«

Joy setzte sich auf. »Das war's? Ist alles in Ordnung?«

»Ihr Gynäkologe wird meinen Bericht im Laufe des Tages erhalten und sich mit Ihnen in Verbindung setzen.«

»Stimmt etwas nicht?«

»Es wäre verfrüht, die Daten zu besprechen, ehe ich sie auswerten konnte. Ihr Arzt wird Sie gegen Abend anrufen.«

Damit drehte er sich um und verschwand, den Assistenten dicht auf den Fersen. Beide hielten den Blick zu Boden gewandt.

Sie schrieb den Scheck aus und bat noch einmal um das Telefon. Beim sechsten Läuten nahm Bergers Sekretärin ab. »Sie sind zum Essen gegangen, Mrs. Bard. Soll ich im Restaurant anrufen und ihm etwas ausrichten lassen?«

»Nein«, preßte Joy zwischen zwei zittrigen Atemzügen hervor. »Sollte er vor mir da sein, sagen Sie ihm nur, ich wäre unterwegs.«

## Sieben

Joy saß in dem schwarzledernen Besuchersessel und drehte sich sacht hin und her, den Blick starr auf ein Foto von sich selbst geheftet, ohne es wirklich zu sehen.

»Liebling.«

Wie unter Drogeneinwirkung stand sie auf, um sich in Lannys weit geöffnete Arme zu schleppen. Er drückte sie fest und hob dann ihr Kinn. »He! Alles in Ordnung. Ich habe mit Dr. Wayne telefoniert. Alles ist bestens.«

Zu ihrer eigenen Überraschung entwichen ihrer Kehle plötzlich tiefe, gutturale Schluchzer, als hätte man einen Korken aus ihrem Hals gezogen. Lanny schloß die Tür.

»Na komm. Ist ja gut.« Er zog das Taschentuch aus seiner Brusttasche und gab es ihr. »Kein Grund zur Panik. Alles okay. Beruhige dich.«

Sie wischte sich mit dem weißen Stoffviereck über die Augen, dann sah sie ihn wieder an. Irgend etwas stimmte nicht.

»Bitte, reiß dich zusammen.« Gedankenverloren begann er auf und ab zu gehen. Um seinen Mund zuckte es.

»Lanny?«

»Ganz ruhig.«

Sie wußte nicht recht, ob er zu ihr sprach oder zu sich selbst. Immer schneller lief er von der Tür zum Fenster und wieder zurück. Sie preßte sein Taschentuch zusammen, bis es wie ein harter Ball in ihrer Hand lag. »Du mußt mir sagen, was los ist, Lanny.«

Er blieb abrupt stehen und musterte sie mit einem Blick, als hätte er soeben erst von ihrer Anwesenheit Notiz genommen. »Alles ist bestens.« Sein Ton war barsch, scharf, kalt. »Laut Dr. Wayne besteht kein Grund zur Sorge.« Er starrte sie vom anderen Zimmerende aus an, während er offensichtlich insgeheim etwas abwog. Schließlich forderte er sie mit einer Handbewegung auf, sich hinzusetzen, und ließ sich seinerseits hinter seinem Schreibtisch nieder. Sie hockte auf der äußersten Kante des davor stehenden Stuhls und beugte sich vor.

»Aber wir haben tatsächlich ein Problem«, eröffnete er ihr endlich.

Joys Hände glitten automatisch an ihren Bauch und preßten sich auf die harte Wölbung, um eventuelle Bewegungen zu ertasten.

»Zuerst bist du völlig besessen von dem Haus. Von dieser Backfischidee, überall herumzurennen und Erinnerungen zu sammeln, als ob du auf Schatzsuche gehen würdest.«

»Nein, so ist das nicht«, protestierte sie.

»Also gut, ich bin bereit mitzuspielen. Und was geschieht dann? Ich wache mitten in der Nacht auf und liege in einer Blutlache.«

Joys Atmung wurde flach. Sie lehnte sich zurück, machte die Schotten dicht, verschloß sich, beobachtete Lanny, als wäre er der Sprecher einer Fernsehreportage.

»Klingt das für dich wie das Verhalten einer normalen Mutter?«

Ihre Antwort war kaum zu verstehen. »Was willst du damit sagen?«

»Ich will sagen, daß du meine Nachkommenschaft unter dem Herzen trägst. Das ist momentan deine wichtigste Aufgabe. Und ich werde allmählich nervös, weil du diese Aufgabe nicht besonders ernst nimmst. Weil ich glaube – Dr. Wayne ist da übrigens ganz meiner Meinung –, daß dir das Wohl deiner Kinder wichtiger sein sollte als dein eigenes, es aber nicht ist.«

Sie versuchte das Zittern in ihrer Stimme zu unterdrücken. »Ich will nur ein paar Gedächtnislücken füllen, das ist alles.«

»Ein paar Gedächtnislücken füllen? Du treibst ein riskantes Spiel, Joy. Findest du es allen Ernstes einleuchtend, deine eigene Gesundheit und die deiner Kinder in Gefahr zu bringen, damit dir die Farbe des Bettvorlegers in deinem Zimmer einfällt, als du zwölf Jahre alt warst?«

»Du verstehst nicht.« Mehr als ein Flüstern brachte sie nicht zustande.

»Oh, erleuchte mich. Ich bitte darum.« Das war seine Anwaltstimme. Seine Prozeßstimme. Seine Gewinnerstimme. Sie hatte den Fall verloren.

»Was soll ich deiner Ansicht nach tun?«

»Du bist eine erwachsene Frau. Du müßtest selbst wissen, was du tun sollst und was nicht. Das macht mich ja so nervös.«

»Warum?«

»Weil ich langsam das Gefühl kriege, meine Kinder werden von jemandem geboren und großgezogen, der selbst noch ein Kind ist.«

Mit derselben Kraft, mit der sie aus dem Stuhl schoß, ging auch ihre Stimme in die Höhe. »Was fällt dir ein, mich ein Kind zu nennen?«

»Hör dich doch bloß an«, sagte Lanny ruhig. »Merkst du's nicht? In diesem Moment. Du bist völlig hysterisch.« Die Ruhe wurde von Zorn überspült. »Und ich hab' nicht die geringste Lust, noch einmal in einer Blutpfütze aufzuwachen!« Er bekam sich schnell wieder unter Kontrolle. »Joy, ich sage das nur, weil ich dich liebe. Das weißt du.«

Sie setzte sich langsam wieder hin und biß sich auf die zitternde Unterlippe.

»Hast du dich wieder ein bißchen beruhigt?«

Sie hatte. Sie nickte.

»Begreifst du, worum es mir geht?«

Sie begriff. Sie war zu erledigt.

»Da gibt es noch ein Problem«, fuhr er fort. »Bezüglich des Termins heute morgen.«

Sie holte tief Luft. »Beim Radiologen?«

Er warf ihr einen Blick zu, verwirrt, als müßte sie es wirklich besser wissen. »Wegen der Catco-Fusion.« Er senkte die Stimme, wie um nicht ungewollt belauscht zu werden. »Wir sind auf Schwierigkeiten gestoßen. Da ist noch ein Freier auf der Türschwelle unsrer Angebeteten aufgetaucht. Wir müssen den Heiratsantrag etwas versüßen, und ich soll ihn morgen persönlich überbringen.«

Er hatte zu rasch das Thema gewechselt. Sie kam nicht mehr mit. Er kam hinter seinem Schreibtisch hervor und setzte sich neben sie in den Besuchersessel. Seine Hand strich ihr eine Haarsträhne aus dem Gesicht. »Ich muß noch heute abend nach San Francisco. Wer wird dann auf dich aufpassen?«

Ein Lachen machte sich Luft, ein fahriges, ein erleichtertes Lachen. »Niemand wird auf mich aufpassen. Das kann ich sehr gut selbst.«

»Du mußt dich hinlegen. Dr. Wayne will, daß du ein paar Tage im Bett bleibst. Versprich mir, daß du während meiner Abwesenheit nicht aufstehst.«

Er war so besorgt. Auf seiner Stirn bildeten sich tiefe Falten. Seine Lippen waren fest zusammengepreßt. Es tat gut, ihn so besorgt zu sehen. »Es wird mir ganz prächtig gehen.«

»Ich hab' deine Mutter gefragt, ob sie nicht kommen kann. Ich hinterließ ihr eine Nachricht auf dem Anrufbeantworter.«

»Nein!« sagte Joy resolut. »Ich schaffe das schon allein.«

Lanny sah nicht gut aus. Er war ziemlich blaß. »Du hörst mir nicht zu. Wir sprechen hier über die Gesundheit des Babys.«

»Der Babys«, verbesserte sie ihn lächelnd. Ein lahmer Versuch, ihn ein wenig aufzuheitern. »Es sind zwei.« Sie hielt zwei Finger in die Luft.

Mit verkniffenem Mund stand er auf und begann wieder durchs Zimmer zu laufen. »Es paßt mir überhaupt nicht, daß ich dich ausgerechnet jetzt allein lassen muß.«

»Mach dir keine Sorgen.« Es war eine Weltpremiere. Lanny machte sich keine Sorgen. »Ich werde das Haus nicht verlassen. Ich werde mich nicht mal anziehen. Arbeiten kann ich auch im Morgenmantel...«

»Das darf doch nicht wahr sein!« fiel er ihr ins Wort. »Du sollst keinen Fixierer auf deine Bilder sprühen oder dich mit Verdünner überschütten oder bei geschlossenem Fenster haufenweise Farbdämpfe einatmen. Bist du zu blöd, dich einfach in ein gottverdammtes Bett zu legen?«

»Lanny!« So hatte er noch nie mit ihr gesprochen. Das tat nicht mehr gut.

»Begreifst du endlich? Das ist kein Spiel. Wenn du dich jetzt schon weigerst, auf dich und deine Babys achtzugeben, wie, zum Teufel, soll ich dann sicher sein, daß du dich vernünftig um sie kümmern wirst, wenn sie auf der Welt sind?«

Joy fühlte sich wie niedergeknüppelt, gnadenlos in die Enge getrieben.

»Ich werde drei Tage fort sein. Meinst du, du schaffst es, dich so lange auszuruhen?«

Völlig betäubt nickte sie, damit er endlich aufhörte.

In dem Moment unterbrach ein Klopfen die erdrückende Spannung, und Kelly, Lannys Sekretärin, steckte den Kopf zur Tür herein.

»Hier sitzt ein Mr. Seidenberg«, verkündete sie. »Er wartet schon seit drei Uhr und ist ziemlich verärgert.«

»Verdammt«, sagte Lanny, während er sich krampfhaft zu erinnern versuchte, worum es bei der Verabredung ging.

»Er ist ein persönlicher Freund von Mr. Berger«, half Kelly ihm auf die Sprünge, »und braucht irgendeinen Rat bezüglich der Unterhaltungsindustrie.«

»Warum, zum Teufel, besorgt er sich dann nicht einen Medienberater?« fragte Lanny die Zimmerdecke.

Kelly blieb mit ausdrucksloser Miene in der Tür stehen.

»Holen Sie ihn schon rein«, sagte er schließlich.

Seine Sekretärin verschwand, ohne die Tür zu schließen. Mit dem Gefühl, entlassen zu sein, stand Joy auf.

»Ich ruf' dich vom Flughafen aus an. Kelly wird dir ein Taxi bestellen, das dich heimbringt«, lenkte Lanny ein.

Sie fühlte sich durchaus in der Lage, mit dem Zug zu fahren, hatte aber keine Lust mehr zu streiten. Es folgte eine steife Umarmung.

»Deshalb lassen Sie mich endlos draußen warten?«

Sie ließen sich abrupt los, und Lanny reichte dem sportlich aussehenden Mann, der unvermutet vor ihm stand, die Hand.

»Mr. Seidenberg.« Er grinste fröhlich, ungetrübte Selbstsicherheit und gute Laune in Person. »Meine Frau Joy.«

»Dachte ich mir schon. Entweder die Ehefrau oder die Geliebte. Und wenn ich Ihren Zustand sehe, meine Liebe, bin ich froh, daß Sie die Ehefrau sind.«

Joy brachte ein trübes Lächeln zustande und erwiderte den schmerzenden Händedruck.

»Paß auf dich auf!« rief Lanny ihr nach. Seine Stimme klang plötzlich wieder warm und besorgt.

Während sie sich entfernte, hörte sie Seidenbergs dröhnendes Organ: »Lassen Sie die Freunde von Ihrem Boß immer stundenlang schmoren?« Lannys Antwort hörte sie nicht mehr. Alles, was ihr in den Ohren klang, als sie auf den Wagen wartete, waren die bitteren Vorwürfe ihres Ehemanns.

## Acht

Ihr Schlüssel steckte gerade in der Haustür, als sie über den hinteren Gartenweg Schritte näher kommen hörte.

»Hallo«, ertönte Mollys Stimme. Cookie lief zu Joy und leckte ihr die Hand. »Ich habe sie über eine Stunde gesucht, und dann finde ich sie plötzlich hier in Ihrem Garten – an einen Baum gebunden.«

»In meinem Garten? Was hat sie denn dahin verschlagen?«

»Was glauben Sie wohl?« fragte Molly barsch zurück.

Joy war außerstande, noch mehr Streit zu ertragen. »Keine Ahnung«, entgegnete sie resigniert.

»Ach, Joy, Sie können nichts dafür. Es sind diese gottverdammten verzogenen Gören. Würde ich zur gewalttätigen Sorte Mensch gehören, könnte ich sie glatt umbringen!«

»Weshalb sollten sie Cookie in meinem Garten anbinden?«

»Ein Lausbubenstreich. Witzig, was?« Sie schaute Joy eindringlich an. »Sie sehen nicht gut aus.«

Joy wollte sich spontan gegen ihr inquisitorisches Verhalten zur Wehr setzen, doch schon im nächsten Moment erzählte sie Molly von der Blutung, von der Ultraschalluntersuchung, von Lannys Fahrt nach San Francisco und dem ganzen unangenehmen Rest. Nur Lannys Zorn behielt sie für sich. Sie hatte Angst, darüber zu sprechen. Angst, daß Molly ihm womöglich beipflichten könnte. Stimmt, du taugst nicht zur Mutter. Besser, du schreibst die Zwillinge ab.

»Wie wär's, wenn ich mich um Sie kümmere?« schlug Molly vor. »Ich bringe Frühstück und Abendessen rüber, und zum Lunch gibt's belegte Brote.«

»Das ist nicht nötig«, protestierte Joy. »Mir geht's prima.«

»Seien Sie nicht albern. Als ich mit Trina schwanger war, mußte ich sechs Wochen liegen. Ohne die Hilfe meiner Freundin hätte ich das nie überstanden, glauben Sie mir.«

Joy unternahm einen schwachen Versuch, das Angebot auszuschlagen, gab dann aber nach. Als gegen sieben Uhr abends die Türglocke schrillte, rappelte sie sich von einem Nickerchen hoch, ging nach unten und fand sich Molly gegenüber, in der Hand eine Schüssel mit heißen Spaghetti samt Fleischklößchen. Ihre Tochter Trina hielt ein langes italienisches Brot wie ein Schwert an ihre Brust gepreßt.

Gemeinsam begaben sie sich ins Schlafzimmer hinauf. Trina ließ sich zu Joys Füßen auf der Bettkante nieder und schaute ihr aufmerksam beim Essen zu. »Eigentlich sieht sie gar nicht krank aus, Mami«, erklärte sie nach einer Weile.

»Ich bin auch nicht krank, meine Süße«, erwiderte Joy.

»Ich darf immer nur im Bett essen, wenn ich krank bin. Sonst nie.«

Joy ließ beiläufig fallen, sie sei Künstlerin mit eigenem Studio, wo es von Buntstiften, Filzstiften und Malfarben nur so wimmle. Trina faltete andächtig die Hände und blickte sie erwartungsvoll an.

»Wenn du willst, kannst du raufgehen und malen«, sagte Joy mit einem Augenzwinkern in Mollys Richtung. »Deine Mutter zeigt dir, wie du hinkommst. Aber du mußt mir versprechen, daß du die fünfzig Filzer auch alle wieder ordentlich aufräumst.«

»Fünfzig Filzer!« stieß Trina fassungslos aus. Mit verzücktem Händeklatschen stürzte sie hinter ihrer Mutter die Treppe hinauf.

Nach ihrer Rückkehr machte Molly es sich mit ein paar Kissen im Rücken neben Joy bequem. Von einem Glas Rotwein beflügelt, erzählte sie Joy von ihrer kurzen Ehe mit Dick. Gutaussehend und reich, doch leider auch trunksüchtig, hatte er ein Jahr nach Trinas Geburt begonnen, handgreiflich zu werden, woraufhin Molly erkannte, daß sie ihn verlassen mußte. Bevor sie jedoch den Mut zu diesem Schritt aufbringen konnte, wurde er krank. Die Diagnose lautete Lungenkrebs. Gemeinsam mit einer Reihe Krankenschwestern brachte sie ihn durch seine letzten Tage, während seine Eltern für die astronomisch hohen Kosten aufkamen. Der Krebs ließ ihm drei Monate. Sie hatte sich auf den Überlebenskampf einer geschiedenen Frau vorbereitet und endete als reiche Witwe. Den Großteil des geerbten Vermögens legte sie in einem Treuhandkonto für Trina an, weil sie sich für das Geld schämte. Sie hatte das Gefühl, es gestohlen zu haben.

»Und Sie?« fragte sie nach der Beichte, den Rest ihres Glases leerend. »Welche Leichen liegen in Ihrem Keller?«

Joy zuckte die Achseln. Zu viele Erklärungen waren nötig. Man hatte sie noch nie verstanden.

»Oh.« Molly rutschte unruhig auf dem Bett herum, dann stand sie auf, betreten, soviel von sich preisgegeben zu haben, wo Joy sich vollkommen verschloß.

»Ich habe einen Bruder«, sagte diese plötzlich. Sie verschluckte sich fast an den Worten.

»Na los, spucken Sie's aus. Seltsamer als mein Bruder David kann er kaum gewesen sein. Der hatte es sich zur Gewohnheit gemacht, den Katzen aus der Nachbarschaft aufzulauern, indem er haufenweise Teller mit Eisbomben nach draußen schleppte. Dann sperrte er die armen Viecher im Keller oder in Schränken ein. Man wußte nie genau, wo man den nächsten Kadaver entdecken würde. Haben Sie etwa mehr zu bieten?«

»Nein«, bestätigte Joy. »Wir waren einfach nur Zwillinge. Sind Zwillinge – nein, waren es.«

Molly starrte sie verständnislos an.

»Im Alter von dreizehn Jahren wurde er entführt.«

Das Lächeln ihrer neuen Freundin erstarb. »Wo? Von wem?«

Joy stieß einen abgrundtiefen Seufzer aus. »Ich weiß es nicht.«

»War er vielleicht gerade auf dem Schulweg wie Etan Patz?« Mollys Augen wurden groß. »Waren Sie dabei?«

»Keine Ahnung.«

»Was soll das heißen, keine Ahnung?«

»Ich kann mich nicht mehr erinnern«, klärte Joy sie auf. »Ich kann mich nicht mal erinnern, ob ich es jemals wußte. Mein Gedächtnis ist ziemlich...«, sie suchte nach dem richtigen Wort, »... unzuverlässig.«

»Wenn ich also etwas wirklich Blödes sagen würde, bräuchte ich mir deshalb keine Sorgen zu machen? Sie würden sich sowieso nicht dran erinnern?«

Kleine Lachfältchen hatten sich bei Mollys ersten Worten um Joys Augen gebildet. Jetzt zerfiel ihr Gesicht in ein Meer von Sorgen- und Kummerfalten.

»Tut mir leid«, entschuldigte Molly sich hastig. »War nur ein Scherz.«

»Nein.« Joy bedeckte ihren Mund mit den Händen. »Mir tut's leid.« Molly streichelte sanft ihre Schulter, während sie mehrmals tief durchatmete. »Es ist bloß so, daß niemand mit mir darüber reden will.« Ihre Stimme versagte, so daß Molly ganz dicht an sie heranrücken mußte, um sie zu verstehen. »Meine Mutter weigert sich schlicht und einfach. Es gehört zu ihren Prinzipien, daß man über unangenehme Dinge nicht spricht. Und Lanny war Buddys bester Freund. Er verliert erst recht kein Wort darüber.«

»Gab es einen Erpresserbrief? Wurde er umgebracht?«

»Ich weiß lediglich, daß er tot ist, und es ist mir schleierhaft, woher ich es weiß. Es ist, als ob das Ganze nie geschehen wäre. Ich habe seit Jahren nicht mehr daran gedacht. Bis wir hier eingezogen sind. Dieses Haus sieht unserem alten unglaublich ähnlich. Und jetzt kann ich nicht mehr aufhören, darüber nachzugrübeln.«

»Sind Sie deshalb hierhergezogen?« Mollys Augen weiteten sich. »Um Ihrem Gedächtnis auf die Sprünge zu helfen?«

»Nein.« Joy mußte lachen. »Das war purer Zufall.«

Molly spitzte die Lippen zu einem leisen Pfiff. »Merkwürdiger Zufall.«

Gedankenversunken saßen sie eine Weile schweigend da.

»Finden Sie das nicht seltsam?« wollte Joy schließlich wissen. »Sich an ganze Phasen seines Lebens nicht erinnern zu können? Ich weiß nicht mehr das geringste darüber, was mit meinem Bruder geschah. Nicht mal, wie die Polizei gekommen ist oder die Nachbarn nach ihm gesucht haben – gar nichts! Für die andern scheint das vollkommen normal zu sein.«

Molly begegnete ihrem Blick. »Es ist ausgesprochen seltsam.«

Joy hatte das Gefühl, als würden Felsbrocken von ihren Schultern genommen.

»Wo steht das alte Haus?«

Joy legte die Kissen anders hin und streckte den Rücken. »In New Jersey. Seit dem Umzug damals bin ich nicht mehr dort gewesen.«

»Das würde ich an Ihrer Stelle ändern«, sagte Molly. »Ich würde mir dieses Haus noch einmal ansehen.«

Joy schwebte wie auf Wolken. »Ja«, brachte sie mühsam hervor. »Ich auch. Ich will es wiedersehen.«

»Ach, übrigens – nachdem wir jetzt soviel voneinander wissen, wie wär's da mit dem Du? Und was dieses Haus betrifft, möchten Sie – äh, du –, daß ich mitkomme? Sobald du aus dem Bett raus darfst?«

Während Joy überglücklich kaum wahrnehmbar nickte, stürmte Trina ins Zimmer, einen Wust Zeichenblätter an die Brust gepreßt. »Da oben sind Monster, Mami«, heulte sie. »Ich will nach Hause.«

Molly schaffte es nicht, sie zu beruhigen, also begleitete Joy die beiden zur Tür. Sie schaltete die Verandabeleuchtung ein, und Molly schob Trina hastig vor sich her auf die Straße hinaus. Die Oktoberluft war überraschend naßkalt geworden; weder Mutter noch Tochter waren entsprechend gekleidet.

Die Schreie des kleinen Mädchens bohrten sich wie Pfeile in die Nacht, als es zurückprallte und den Kopf in der Magengrube seiner Mutter versenkte. »Mami, Mami, ich bin auf was draufgetreten!«

Während Molly ihr besänftigend über den Kopf strich, rannte Joy los, um die Taschenlampe zu holen. Doch selbst als der Strahl klar und deutlich über den Pelzhaufen vor der Verandatreppe glitt, war sie nicht sicher, worum es sich handelte. Trina legte eine genügend lange Heulpause ein, um einen weiteren verstohlenen Blick zu riskieren und ihrer Mutter mitzuteilen, daß es sich wohl um ein sonderbares Exemplar von Katze handle. Joy erinnerte es eher an eine riesige Ratte. Schließlich gelang es Molly, das Etwas als totes Opossum zu identifizieren. Sie wies auf die Schleifspuren im Gras, wo das Tier sich entlanggeschleppt hatte oder entlanggeschleppt worden war.

Joy holte eine Schaufel aus dem Keller, und Molly beförderte den mächtigen haarigen Körper unter Trinas Geschrei mit einem gewaltigen Plumps in die Mülltonne.

## Neun

Wie um sich von der Außenwelt abzuschotten, machte Joy die Tür ihres Studios fest hinter sich zu. Mit einem Kissen im Kreuz und dem durch Umdrehen zum Hocker umfunktionierten Papierkorb würde es nicht viel anders sein als im Bett. Sie griff nach einem großformatigen Kunstband, den sie als Schoßarbeitspult benutzen wollte, und schob sich den zweiten Streifen Pfefferminzkaugummi in den Mund, um den schlechten Geschmack zu vertreiben. Dann setzte sie sich hin, streckte die Beine aus und studierte die Schwarzweißfotografien, die als Vorlage für die Figuren auf ihrem Buchcover dienten.

Das Ganzkörperfoto der üppigen Platinblonden zeigte das Opfer, die Portraitaufnahme Fred, den Mörder, der sich in den Schatten am äußersten Bildrand herumtreiben sollte.

Das Opfer zu zeichnen war ein Kinderspiel. Es lag im Zentrum des Bildes, den Kopf seitlich auf die Schulter gesunken, die grünen Augen weit offen und glasig; das Haar fiel in langen, weichen Wellen bis zur Hüfte hinab. Als Farben kamen ausschließlich gedämpfte Rosatöne und Weiß in Frage, nur an einer Stelle nicht: dort, wo die Kehle aufgeschlitzt war. Hier ragte der schwarze Schaft eines Küchenmessers aus einer häßlichen Wunde. Bereits geronnenes Blut zierte in einem zerklüfteten Muster, das an eine Gebirgskette erinnerte, das Bruststück ihres Satinnachthemds.

Fred indes schien sich um keinen Preis auf Papier bannen lassen zu wollen. Sie begann, radierte ihn wieder aus, versuchte es noch einmal, warf ihn in den Papierkorb, fing von neuem an.

Der Mann, den sie als Vorlage für Fred fotografiert hatten, war das perfekte Modell, entsprach haargenau den Anweisungen des Verlags. Seine bösen, schwerlidrigen Augen und das verzerrte Lächeln hatten ihr einen Schauer über den Rücken gejagt. Dennoch führte ihre Hand plötzlich ein Eigenleben. Sein Gesicht wurde voller, die Augen blieben hartnäckig unschuldsvoll groß, das Haar weigerte sich, ölig und angeklatscht zu sein – als müsse sie gegen einen geheimnisvollen Drang ankämpfen, ihm normale Züge zu verpassen. Fred sollte aber nicht aussehen wie der nette Junge von nebenan. Sie zerknüllte die nutzlose Zeichnung. Im selben Moment klingelte das Telefon.

»Habe ich dich geweckt?« Lannys Stimme klang blechern, wie aus weiter Ferne, doch die tiefe Besorgnis darin drang deutlich durch.

Sie warf einen prüfenden Blick auf ihre Armbanduhr. Es war zehn. Keine absurde Zeit, um noch wach zu sein. »Ich habe mich nur ein bißchen ausgeruht.«

»Wo bist du?«

»Im Bett«, log sie. »Und du?«

»Im Flugzeug. Ein Wunder der Technik, was?«

Joy lachte, um die Leere zu füllen.

»Und alles ist in Ordnung?«

»Könnte nicht besser sein.« Das tote Opossum verschwieg sie ihm. Noch mehr Grund zur Sorge brauchte er bestimmt nicht.

»Hör mal...« Seine Stimme wurde auf einer Woge von Störgeräuschen davongetragen, kehrte jedoch sogleich zurück. »Ich versuche nach Möglichkeit früher nach Hause zu kommen. Vielleicht schaff' ich's an einem Tag und kriege morgen abend noch den Spätflug.«

»Du brauchst dich nicht abzuhetzen.« Sie zeichnete ein Oval auf ein Stück Papier und malte es mit der Breitseite eines Kohlestifts aus.

»Was war das?« fragte Lanny sofort.

»Eine statische Störung vermutlich.« Sie legte den Stift aus der Hand.

»Bist du sicher, daß du dich ausruhst?«

»Absolut sicher«, bestätigte Joy. Von schlagartiger Müdigkeit und Erschöpfung überwältigt, stemmte sie sich ein wenig auf ihrem Stuhl hoch.

»Na gut. Ich weiß nicht, ob ich dich morgen anrufen kann. Ich muß von einer Besprechung in die andere. Versprichst du mir, im Bett zu bleiben?«

Joy versprach es, kam jedoch nicht umhin, eine Hand mit gekreuzten Fingern zu zeichnen.

Sie legte auf und ließ den Kopf kreisen, um ihre Nackenmuskeln zu lockern, streckte anschließend zur Krampfprophylaxe die Finger. Es folgte ein neues Blatt mit einer neuen Skizze: zwei Gestalten, zwei Jungs, Lanny und Buddy vor einem Bauwerk, bei dem es sich nur um das Klubhaus handeln konnte. Vor der geschlossenen Kiefernholztür standen zwei Farbeimer und ein Kübel mit gigantischen Pinseln. Das Klubhaus bekam einen neuen Anstrich. Dann erinnerte sie sich.

Das penetrante Summen des quadratischen Weckers, den sie zwischen ihre Plüschbären gestopft hatte, riß sie wie geplant um vier Uhr früh aus dem Schlaf. Wunderbarerweise rührte sich sonst niemand. Sie zog die Hemdenschachtel unter ihrem Bett hervor. Viel war von den Sachen ihres Vaters nicht übriggeblieben. Ihre Mutter hatte nach seinem Tod nichts mehr von ihm im Haus haben wollen, so daß bis zu Joys und Buddys sechstem Geburtstag nicht einmal mehr ein altes Pillenfläschchen mit seinem Namenszug im Medizinschrank zu finden war. Nur einer Schachtel mit einigen seiner Hemden, eine Woche nach seinem Abtreten von der Reinigung geliefert, war es gelungen, der Müllhalde zu entgehen. Viele Jahre hatte sie in Dorothys Schrank einen Dornröschenschlaf gehalten. Bis zum letzten Abend. Da war Joy die schmale, unter einem Wust von Hüten verborgene Schachtel in die Hände gefallen, als sie ihrer Mutter half, deren Sommergarderobe durchzusehen. Während ihre Mutter auf der Toilette war, hatte sie sie herausgenommen und unter ihrem Bett versteckt. Jetzt zog sie im fahlen Licht der Morgendämmerung eins der gestärkten Hemden heraus, riß das Papier herunter und zog es sich als Kittel über.

Die Farbeimer waren im Keller, genau dort, wo sie sie verstaut hatte, hinter der inzwischen verwaisten Arbeitsbank. Sie wollte mit dem Streichen fertig sein, ehe Lanny und Buddy aufwachten, doch sie kam langsamer voran als erwartet. Als die beiden sie fanden, war die Klubhausdecke erst zur Hälfte in leuchtendes Rot getaucht.

Zu ihrer Überraschung drehte Buddy völlig durch. Er brüllte sie an, sie wäre bescheuert, es wäre nicht ihr Klubhaus, sie hätte kein Recht dazu gehabt. Aber je lauter er schrie, desto mehr mußte sie kichern. Sie hatte ihn noch nie so kreischen hören.

Lanny sagte kein Wort. Die Daumen in die Gürtelschlaufen geklemmt, stand er da, betrachtete die Bescherung und verschwand. Mit fliegenden Schößen seines verblichenen Flanellhemds jagte Buddy ihm schreiend nach. »He! Die ist nicht mehr meine Schwester! Ich will nichts mehr mit ihr zu tun haben, das schwör' ich dir!«

So strich sie die Decke also allein zu Ende. Viel später erst, als sie gerade aufräumte, die Hände noch mit feuchter roter Farbe verschmiert, kam Lanny zurück. Er packte ihre Ellbogen, schob sie hinaus und preßte ihre Hände außen gegen die Klubhaustür. »Du solltest dein Werk immer signieren«, meinte er dazu.

Joy starrte auf die Zeichnung auf ihrem provisorischen Arbeitspult, auf die Skizze des Klubhauses mit den beiden deutlich sichtbaren Handabdrücken auf der Tür. Ihr Magen zog sich zusammen. Sie steckte die Zeichnung in eine Mappe und hievte sich hoch. Während sie die allabendliche Waschprozedur hinter sich brachte, rechnete sie halb damit, daß das Wasser, das von ihren Händen lief, rot sein würde. Rot von einer Farbe, die längst nicht mehr da war.

Sie fiel sofort in tiefen Schlaf und schreckte beinah ebenso abrupt daraus hoch. Schweratmend saß sie kerzengerade im Bett; ihre Gedanken kreisten unablässig um den schwarzen Wagen und Buddys versteinertes Gesicht. Die Digitaluhr auf Lannys Nachttisch sprang auf drei Uhr fünfzehn. Sie hörte ein Geräusch und begriff, daß es das gleiche war, das sie geweckt hatte. In ihrem Traum war es das Aufheulen eines Automotors gewesen. Als sie es nun ein drittes Mal vernahm, identifizierte sie es eindeutig als Lachen. Das gedämpfte Lachen eines Mannes.

Ihre Füße angelten unter dem Bett nach den Pantoffeln. Endlich berührte ihr rechter großer Zeh einen Schaffellslipper. Ihr Fuß steckte zur Hälfte darin, als sie es wieder hörte, klarer diesmal. Ein sonderbares Grollen – das sadistische Gelächter eines Jungen im Teenageralter.

Wütend und hellwach stürzte sie die Treppe hinunter, um aus dem Wohnzimmerfenster zu spähen; nichts. Leise öffnete sie die Haustür und trat auf die Veranda hinaus. Jetzt konnte sie die beiden sehen: zwei Jungen in bunten Hemden. Zwei Jungen, vielleicht auch drei, die neben dem beerentragenden Hartriegel mitten auf dem Rasen kauerten.

Sie erstarrten zur Salzsäule, als Joy die Verandabeleuchtung einschaltete – wie Wild, das beim Überqueren einer Schnellstraße erwischt wird. Dann stoben sie auseinander.

Da die Verandabeleuchtung nicht sehr weit reichte, machte sie sich notgedrungen auf den Weg zu der Stelle, wo die Jungen eben noch gesessen hatten. Nach etwa der Hälfte der Strecke stieß ihr linker Fuß gegen einen kleinen Hügel. Sie beugte sich hinunter und fühlte weichen Pelz. Sie rannte zurück, um die helle Taschenlampe zu holen.

Im ersten Moment war sie über die Entdeckung, daß es sich lediglich um ein Eichhörnchen handelte, noch dazu ein winziges, erleichtert. Doch im Strahl der über den Rasen kreisenden Lampe sah sie neun weitere kleine Leichname. Zehn tote Eichhörnchen, deren Zähne im Lichtschein gelblich schimmerten, die Mäuler bis zu den Ohren aufgerissen, als wären sie schreiend gestorben. Die schwarzen Knopfaugen standen weit offen, die kleinen Krallen waren kampfbereit ausgestreckt. Und neben jedem war der Rasen ausgehoben. Die Löcher waren rechteckig, ziemlich flach und etwa dreißig Zentimeter lang. Endlich ging ihr ein Licht auf. Was sie da sah, waren winzige Gräber.

## Zehn

Der lederne Jackenkragen des Polizeibeamten, unter dessen gewaltiger Statur das kleine Zweiersofa zwergenhaft wirkte, grub sich tief in seinen Stiernacken ein. Er lauschte ihrem Bericht konzentriert, wartete die Pausen geduldig ab. Als sie fertig war, blätterte er seinen Block bis zur ersten Seite seiner Notizen zurück und erkundigte sich, ob es ihr etwas ausmachen würde, noch mal von vorn zu beginnen.

Der zweite Versuch fiel kürzer aus. Die Einzelheiten zu wiederholen hielt sie für unnötig. Detective Burner schien die Knappheit zu freuen. Nachdem sie ihren Report beendet hatte, entschuldigte er sich und ging hinaus, um den Vorgarten zu untersuchen, seine Taschenlampe auf die Löcher zu richten, so lange gegen die Tierleichen zu treten, bis sie auf die andere Seite purzelten, vereinzelt herumliegenden Müll aufzuklauben. Zufrieden nahm er anschließend seine frühere Position auf dem Zweiersofa wieder ein. Die Weckrufe der früh aufstehenden Eichelhäher veranlaßten Joy sich zu überlegen, wie lange er wohl zu bleiben gedachte.

»So was ist in unsrem Städtchen absolut nicht an der Tagesordnung, glauben Sie mir«, versicherte er ihr soeben. »Und wenn es doch mal passiert, gefällt's uns ganz und gar nicht. Haben Sie eine Vorstellung, warum man das getan haben könnte? Haben Sie sich vielleicht bei irgendwem unbeliebt gemacht?«

Joy spürte, wie er sie beobachtete, wie er einzuschätzen versuchte, ob sie die toten Eichhörnchen verdient hatte.

»Ich glaube, es waren ein paar Nachbarsjungen, die mir einen Streich spielen wollten.«

Der Detective zuckte zusammen. »Können Sie eine Personenbeschreibung geben? Können Sie mir Namen nennen?«

»Es war dunkel. Ich müßte raten.« Liebend gern hätte sie ihm Namen genannt, doch sie war nicht sicher, ob diese Namen stimmten, also sagte sie nichts.

»Schon gut, Ma'am. Ich denke, ich kenne die Kids. Ich werd' sie mir mal vornehmen.«

Joy bemerkte seinen auf ihren Schoß gerichteten Blick. Er starrte auf die Fetzen, in die sie ihr Taschentuch verwandelt hatte. Verlegen knetete sie sie zu einem kleinen Ball und ließ ihn im Ärmel ihres Morgenrocks verschwinden.

Detective Burner erhob sich. »Ich mach' mich jetzt auf die Socken. Am besten, Sie rufen das Tierheim in White Plains an. Die können die Schweinerei beseitigen. Kostet so um die zwanzig Dollar.«

Joy erwiderte seinen kühlen, festen Händedruck. »Kopf hoch«, riet er ihr noch, ehe er endgültig ging.

Sie schaute ihm nach, wie er in seinen Wagen stieg. Das Knistern des Funkgeräts drang zu ihr herüber. Vollkommen erschöpft begab sie sich langsam nach oben. Die Müdigkeit hatte ihre Erbitterung weggespült. Während sie noch rätselte, warum Burner nicht weggefahren war, trieb sie einem unruhigen Schlaf entgegen.

Der Schrei, von dem sie erwachte, entpuppte sich als das Klingeln des Telefons. Sie hielt den Hörer ans Ohr, ehe sie den Schlaf ganz abgeschüttelt hatte, ehe ihr klar wurde, daß der Morgen bereits weit fortgeschritten war.

»Wir haben hier bei Donna einen kleinen Kaffeeklatsch«, tönte Barbs munteres Zirpen überlaut durch die Leitung. »Keine Lust, rüberzukommen?«

Joy rollte sich auf die Seite, befragte den Wecker. Es war halb elf.

»Ich darf nicht aufstehen«, sagte sie entschuldigend, für die medizinische Notlage dankbar.

»Kein Problem«, versicherte Barb. Der Bumerang kehrte sofort zu ihr zurück. »Wir packen alles zusammen und bringen den Kaffee mit zu Ihnen. Dauert keine fünf Minuten, okay?«

Bevor Joy sich die nächste Entschuldigung einfallen lassen konnte, hatte Barb bereits aufgelegt.

Sie war noch dabei, sich kaltes Wasser ins Gesicht zu spritzen, als die Türglocke ging. Rasch griff sie nach ihrem Sweatshirt, überlegte kurz und warf es wieder aufs Bett. Wenn sie noch im Morgenrock war, blieben sie vielleicht nicht so lang.

Vom Wohnzimmerfenster aus konnte sie beobachten, wie ihre Nachbarinnen mit angewiderten Mienen die Hindernisbahn aus toten Eichhörnchen hinter sich brachten. Als Joy ihnen öffnete, inspizierte Sue eben die Sohlen ihrer Turnschuhe. Barbs gequälter Blick zerfloß schlagartig zu einem sonnigen Lächeln.

»Guten Morgen«, trällerte sie gutgelaunt und marschierte durch die Tür, ein silbernes Tablett mit einem großen weißen Kessel vor sich her tragend. Als nächste folgte Donna mit einem Kaffeeservice aus Knochenporzellan. Sue bildete die Nachhut. Die schmale, mit winzigen Gebäckteilen garnierte Servierplatte in einer Hand balancierend, trat sie sich kräftig die Füße ab, um saubere Sohlen zu bekommen.

Sie folgten Joy in die Küche, wo Barb lauthals feststellte, daß es lediglich zwei Stühle gab. Als wäre sie hier zu Hause, ging sie sofort auf die Suche nach zusätzlichen Sitzgelegenheiten. Es dauerte keine Minute, da kehrte sie mit dem Ohrensessel aus dem Salon zurück, plazierte ihn neben Joy am Küchentisch und ließ sich ihrerseits auf einem Stuhl nieder. Donna, die es offenbar vorzog zu stehen, lehnte an der Theke.

Es blieb nicht lang beim Small talk. Während Barb Kaffee einschenkte, schob Sue die Ärmel ihres lavendelfarbenen Jogginganzugs hoch, beugte sich zum Ohrensessel vor und sagte in verschwörerischem Ton: »Haben Sie schon gehört, daß Mollys Hund vergangene Nacht von einem Wagen angefahren wurde?«

»Geht's ihm gut?« fragte Joy erschrocken. Sie mußte unwillkürlich an die Pelzhäufchen denken, über die sie vergangene Nacht gestolpert war.

»Sie ist selbst schuld!« warf Barb ein, nahm ein klebriges Miniaturbrötchen und reichte die Platte weiter. »Sie legt ihn nie an die Leine. Eigentlich müßte sie das inzwischen kapiert haben.«

Donna rückte mit ihren kurzen Fingernägeln einem Fleck getrocknetem Eigelb zu Leibe, der auf der Frühstückstheke klebte. Joy unterdrückte mühsam den Drang, der absurden Szenerie zu entfliehen.

»Wir sollten besser auf den Punkt kommen.« Donna ließ von dem Eifleck ab und richtete ihre Aufmerksamkeit auf Joy, die keine Ahnung hatte, daß es überhaupt einen Punkt gab. Sie spürte den Fußtritt eines Babys, gefolgt von einer neuerlichen Kontraktion, die ihr den Atem nahm.

»Kriegen Sie den Edgebury Kurier?« fuhr Donna fort.

»Nein«, erwiderte Joy vorsichtig.

»Gib ihr meinen«, rief Sue und kippte die Flüssigkeit in ihrer Tasse in einem Zug hinunter.

Erst da bemerkte Joy die Zeitung, die aufgeschlagen neben Sue auf dem Tisch lag.

»Hier, sehen Sie?« Barb nahm das Blatt in die Hand und hielt kurz eine Seite in die Luft. »Das ist die Rubrik ›Aus dem Dienstbuch der Polizei‹.« Sie gab sich Mühe, die Zeitung wieder ordentlich zusammenzulegen. »War sonst immer meine Lieblingsspalte.« Nachdem sie Joy das Anschauungsexemplar gereicht hatte, begann sie mit einem Blatt Papier zu wedeln. »Darf ich Ihnen folgendes vorlesen?«

Joy richtete sich ein wenig auf.

Barb räusperte sich. »Es wird im ›Dienstbuch der Polizei‹ vom nächsten Donnerstag veröffentlicht. Ich habe eine Freundin, die in der Redaktion arbeitet. Heute morgen rief sie mich an, um mich vorzuwarnen. Soll ich es laut vorlesen?« Sie wartete die Antwort nicht ab. »›In Zusammenhang mit der permanenten Belästigung einer Anwohnerin in Epson Court, die am Dienstag in der Entdeckung von zehn toten Eichhörnchen auf dem Rasen vor dem Haus der Betreffenden gipfelte, werden einige Jugendliche als Verdachtspersonen überprüft. Detective Bill Burner‹ – Sues Ehemann übrigens«, unterbrach sie sich, »›Detective Bill Burner ermittelt. Bislang wurde gegen keinen der Verdächtigen Anzeige erstattet, doch die Befragung mehrerer Anwohner von Epson Court läuft weiter.‹«

Joys Blick galt ausschließlich ihrem Schoß. Sie hörte Sue Rauch ausstoßen, sah dann die Wolke zu sich herüberschweben.

»Charlie wurde zum Beispiel auch vernommen«, schickte Sue dem Dunst hinterher. »Von seinem Vater, dem Polizeibeamten, heute früh um sieben Uhr.«

»Bei mir war er um halb acht«, berichtete Donna.

»Und bei mir um Viertel nach! Dennis kam zu spät zur Schule.« Barb verdrehte kopfschüttelnd die Augen.

»Der Punkt ist der«, erklärte Donna, »daß Sie uns hätten verständigen sollen statt die Polizei.«

»Weil es in dieser netten kleinen Stadt als äußerst geschmacklos gilt«, fügte Sue hinzu, »jemand bei der Polizei anzuschwärzen, besonders wenn man keinerlei Beweise hat.« Sie drückte die Zigarette in ihrem halb verspeisten Törtchen aus. Dabei sah sie Joy zum erstenmal in die Augen; der Blick war stechend und marmorkalt.

»Ich habe die Polizei verständigt, weil es mitten in der Nacht war und auf meinem Rasen vor Eichhörnchenleichen nur so wimmelte. Was hätten Sie getan?«

»Das jedenfalls nicht, Schätzchen.« Donna verhalf sich zu ihrem dritten Windbeutel.

»Sie würden nicht die Polizei rufen, egal, was passiert ist? Ob nun ihr Garten umgegraben, ihr Hund laufengelassen oder ihre Katze abgeknallt würde?«

»Sehen Sie, genau das kann ich nicht leiden«, meinte Barb, während sie das Porzellan zusammenzustellen begann. »Wie kommen wir von einem Loch im Rasen plötzlich zu einer abgeknallten Katze? Wer hat irgendwas von einer Waffe gesagt?« Ihre grauen Augen zwinkerten in aufgesetzter Freundlichkeit. »Na ja, ich weiß zufällig, daß Ihre Schwangerschaft nicht besonders gut läuft.« Joys Miene verfinsterte sich, woraufhin sie hastig hinzufügte: »Weil Ihr anbetungswürdiger Ehemann mich angerufen und gebeten hat, nach Ihnen zu sehen.«

Joy kämpfte den zwanghaften Wunsch nieder, das Tablett mit den säuberlich aufgeschichteten Tellern zu Boden zu schleudern.

»Bei meiner Schwägerin war das genauso«, fuhr Barb fort. »Die Schwangerschaft war einfach nicht ihr Fall.«

»Nicht den blassesten Schimmer hat sie gehabt«, steuerte Sue bei. Sie gab ihr heiseres Kichern zum besten, aber niemand stimmte ein.

»Doch irgendwann wurde selbst meiner Schwägerin klar, daß man damit rechnen muß, daß Kinder so manches anstellen, wenn sie größer werden.«

»Und ob, Schätzchen«, bestätigte Donna. »Hoffentlich glauben Sie nicht, Kinder haben bedeute nur, Napfkuchen zu backen und in den Zirkus zu rennen. Ich meine, wenn Sie keine Kinder mögen«, sie legte eine Pause ein und schüttelte theatralisch den Kopf, »hätten Sie nicht schwanger werden sollen.«

»Ich liebe Kinder!« platzte Joy heraus. »Das hat mit mögen überhaupt nichts zu tun.«

»Lassen Sie mich Ihnen etwas erklären«, dozierte Donna wie ein verbohrter Lehrer. »Wenn Sie wegen unserer Kinder die Polizei rufen, bringen Sie die ganze Siedlung in Verruf. Jetzt kommt's in die Zeitung. Wie stehen die Knirpse denn da? Wie steht die Siedlung dann da? Und Sie erst! Sie stehen besonders übel da.«

»Vielleicht hat Sie einfach nicht daran gedacht«, spekulierte Barb.

»Tun Sie sich selbst einen Gefallen, Schätzchen. Versuchen Sie cool zu bleiben.« Donna legte ihre fette Hand mit den abgefressenen Nägeln auf Joys Schulter. »Ich meine, Sie sind nicht bloß schwanger. Barb hat mir erzählt, Sie müssen das Bett hüten. Sie wollen sich doch nicht selbst in eine Lage manövrieren, in der Sie Ihre Nachbarn nicht mehr um Hilfe bitten können, wenn Sie sie brauchen, oder?«

Joy wand sich innerlich unter der falschen Freundlichkeit.

»Befolgen Sie den Rat.« Sue stand mit gesenktem Blick auf. »Als die böse alte Hexe vom Block wollen Sie doch bestimmt nicht enden. Kinder lieben es, die böse alte Hexe zu quälen.«

»Also, brauchen Sie irgendwas?« erkundigte sich Barb beflissen. »Ich habe Lanny gesagt, ich wäre entzückt, mich um Sie zu kümmern. Haben Sie noch genug Milch im Haus?«

»Es geht mir prima«, erwiderte Joy wie betäubt.

»Schön. Wenn wir irgend etwas für Sie tun können«, wiederholte Barb, während sie mit den andern beiden zur Tür ging, »rufen Sie einfach an. Egal, wen. Egal, wann. Tag und Nacht. Dafür sind Nachbarn da.«

## Elf

Im Studio herrschte allmählich dasselbe Chaos wie bei einer Haushaltsauflösung. In einer Ecke thronte der bis zum Rand mit Club Soda, Wasserflaschen und Obst gefüllte tragbare Kühlschrank von Molly. Sie hatte auch einen kleinen Schwarzweißfernseher mitgebracht für den Fall, daß Joy eine Arbeitspause einlegen wollte. Auf dem Fußboden standen mehrere Tabletts mit leeren Teetassen, Orangenschalen und angebissenen Kräckern herum. Die Fensterbank zierten drei leere Milchtüten. Der Raum erinnerte sie stark an ihre Studentenbude, nur daß die schmutzige Wäsche fehlte. Joy zog die weißen Socken aus, stellte sich vor, die Milchtüten wären ihre Nachbarinnen, und schleuderte sie schwungvoll dagegen. Barb wurde leider verfehlt, aber auf Sue, die mittlere Tüte, landete sie einen Volltreffer.

»Erwischt!« stieß sie triumphierend aus. Sie wischte gerade eine kleine Milchlache vom Boden auf, da zerriß ein Poltern die Stille. Die Haustür war zugeschlagen.

»Ist da jemand?« rief Joy mit angespannter Stimme. Lanny erwartete sie nicht vor morgen zurück. Molly mußte eigentlich in der Schule sein. Dorothy besaß keinen Schlüssel.

Während sie im Schneckentempo die Treppe hinunterkroch, suchten ihre Augen jeden Winkel nach Anzeichen für eine Bewegung ab, die sie im Grunde nicht sehen wollte. Vor ihrem Schlafzimmer blieb sie stehen, forschte nach Schatten, entdeckte keine. Dann registrierte sie, daß die Tür zum hinteren Schlafzimmer geschlossen war. Übelkeit wallte in ihr auf und ebbte wieder ab, als sie sie ruckartig aufriß.

Die Rolläden waren heruntergelassen, so daß der Raum in schummriges Halbdunkel getaucht war, doch dort, neben dem Fenster, stand eine vor Überraschung festgefrorene Gestalt. Joy knallte die Tür zu und hechtete durch den Gang zu ihrem Schlafzimmertelefon. Erst als ihre Finger bereits über den Tasten schwebten, kam sie zur Besinnung. Diesmal wollte sie ganz sicher sein, bevor sie die Polizei verständigte.

Den Rücken flach an die Wand gepreßt, schlich sie an der Teppichkante entlang zurück zur Tür. Dort angekommen, ging sie in die Hocke und linste mit angehaltenem Atem durchs Schlüsselloch. Es war zu dunkel, um etwas erkennen zu können.

Ganz langsam drehte sie am Türknauf, bis sie das Schloß aufspringen spürte. Vorsichtig, ohne einen Laut, drückte sie die Tür erst einen Millimeter, dann einen Zentimeter, dann noch weiter auf, bis sie den Raum überblicken konnte. Er stand noch immer neben dem Fenster – nur war Er weder ein Einbrecher noch ein Nachbarsjunge. Er war ein marineblauer Seesack, der hochkant an der Wand lehnte.

Wieder im Gang, rief sie zum zweitenmal: »Ist da jemand?« Keine Antwort. Sie ging die Treppe hinunter, streifte durch die Räume im Erdgeschoß, stapfte dann wieder zum Studio hinauf. Auf dem obersten Treppenabsatz hielt sie an und warf einen Blick nach unten. Die kreisrunde Brücke in der Eingangshalle starrte wie ein monströses Auge zu ihr hoch. Doch außer dem Blinzeln ihrer eigenen Augen regte sich nichts.

Sobald sie hinter ihrem Zeichentisch saß, schloß sie die Lider und atmete ein paarmal tief durch, um Luft in ihre verkrampften Lungen zu pressen. Dann schlug sie die Augen hastig auf, um sicherzugehen, daß sie auch wirklich allein war.

Freds Original stierte ihr mit einem unheilvollen Feixen mitten ins Gesicht. Der Heizkörper stieß ein heiseres Rasseln aus. Joy machte vor Schreck einen Satz in die Höhe, rief sich aber schnell in Erinnerung, daß alte Häuser solche Geräusche von sich gaben. Altersschwache Rohre ächzten unter dem Druck von heißem Dampf; Bodendielen dehnten sich unter Wärmeeinwirkung knarrend aus. Sie lehnte sich zurück und vergaß ihre Ängste, um sich dem irren Blick des erfundenen Killers zu stellen.

Sie nahm ein Blatt Papier und einen Bleistift, aber die klobige Gestalt mit den großen runden Augen, den fleischigen Armen und den riesigen, unbeholfenen Bärentatzen als Händen, die bald darauf entstand, besaß nicht die geringste Ähnlichkeit mit Fred. Anstatt das Blatt zu zerknüllen, was sie am liebsten getan hätte, fegte sie es vom Tisch und beobachtete, wie der Fremde sacht zu Boden schwebte.

Sie startete einen zweiten Versuch. Ihre Hand umriß ein breites, volles Gesicht mit dunklen, vor Überraschung geweiteten Augen, dazu dichtes, kurzes Haar. Der Nacken war muskulös, die Schulterpartie breit, das Kinn kräftig. Die großen Hände umklammerten einen kleinen Stiel, einen Stiel mit abgerundetem Ende und Kerben an der Seite. Ein Schlüssel! Der Mann hielt einen altmodischen Dietrich in der Hand.

Das hatte mit ihrem Buch nichts zu tun. Das war niemand, den sie kannte. Als sie die Zeichnung jedoch eingehender studierte, schoß ihr durch den Kopf, was, wenn er etwas dünner, die Haare länger und die Augen leuchtend blau wären? Mit Muskeln statt Fett und einem freundlichen Lächeln anstelle der Grimasse? Die Form des Kinns kam ihr vertraut vor, desgleichen die länglichen, schmalen Lippen und die knochige Nase. Das war Lanny – fetter, älter, derber und gemeiner. Lanny, wie er in fünfzehn Jahren aussehen könnte, falls sein Leben einen unglücklichen Verlauf nahm.

Ihr Haar kitzelte ihre Schultern, ihr Uterus zog sich zusammen. Obwohl es erst früh am Nachmittag war, wurde sie von bleierner Müdigkeit überfallen. Sie fühlte sich wie narkotisiert, verspürte den verzweifelten Wunsch zu schlafen. Langsam rappelte sie sich hoch, schaltete das Licht aus und schleppte sich nach unten.

Im Schlafzimmer stellte sie den Fernseher an. Dann schleuderte sie ihre Schuhe von den Füßen, rollte die Umstandshose herunter und strich mit dem Finger über den roten Streifen, den der Gummizug der Hose dort hinterlassen hatte, wo einst ihre Taille gewesen war. Schließlich schlug sie das Federbett zurück und schlüpfte hinein.

Begleitet von dem gleichförmigen Dröhnen einer Seifenoper rollte Joy sich auf die Seite; ihr Kopf ruhte auf einem Kissen. Die Übelkeit erwischte sie ohne Vorwarnung und mit voller Wucht. Der muffige Geruch, der ihr schon beim Betreten des Zimmers aufgefallen war, erschien ihr plötzlich durch und durch faulig. Als würde ihr jemand »heiß« oder »kalt« zurufen, kämpfte sie sich aus dem Bett und folgte dem Gestank von einer Zimmerecke zur anderen. Ihre Nase führte sie zu dem kleinen Schrank, in dem ihr Morgenrock und ihre Nachthemden hingen, auf duftenden, gepolsterten Kleiderbügeln, die Lanny ihr vor zwei Jahren zum Valentinstag geschenkt hatte.

Der letzte Imbiß kam ihr hoch, als sie die Tür aufzog. Ein halbes Dutzend verwester Eichhörnchenkadaver purzelte heraus und rollte über ihre Füße. Wie versteinert glotzte Joy die Leichen einige Minuten an, dann wurde sie durch das Klingeln des Telefons aus der Starre befreit.

Zuerst überfiel sie der widersinnige Gedanke, es wäre Barb, die abstreiten wollte, daß die Eichhörnchen das Werk ihres

Sohnes waren. Doch als sie sich nach dem fünften Läuten zwang, den Hörer abzunehmen, vernahm sie Lannys Stimme so klar und deutlich, als befände er sich im Nebenraum.

»Hallo. Wir machen gerade Mittagspause. Bist du im Bett? Alles in Ordnung?«

Joy rang um eine Antwort. »Sekunde«, sagte sie mühsam, preßte den Hörer gegen ihren Bauch und hustete erstickte Schluchzer hervor.

»Was ist denn los? Hallo?« drang es leise von ihrem Schoß. »Joy? Bist du noch da?«

Sie putzte sich die Nase, nahm den Hörer hoch und sprudelte heraus, was soeben geschehen war. Das lange Telefonkabel fest umklammernd, wankte sie zum Fenster, um die frische Herbstluft einzuatmen.

»Ruf sofort die Polizei«, empfahl Lanny nüchtern.

»Unmöglich. So regelt man hier solche Dinge nicht.«

»Das ist doch lächerlich! Du mußt die Polizei verständigen!«

»Wann kommst du nach Hause?«

»Ach ja«, sagte er, als käme ihm plötzlich der Grund seines Anrufs in Erinnerung zurück. »Ich muß mindestens noch einen Tag bleiben. Versprich mir, daß du die Polizei holst.«

»Nein, ich kann nicht«, beharrte Joy. Sie war richtig wütend. Wütend, weil er weg war, wütend, weil er Barb gebeten hatte, auf sie aufzupassen wie auf ein kleines Kind.

»Ich meine es ernst, Joy. Ruf die Polizei.«

Statt dessen rief sie, nachdem sie aufgelegt hatte, zum zweitenmal an diesem Tag im Tierheim an.

## Zwölf

Es war derselbe Kammerjäger, der schon am Vormittag kalauernd die Eichhörnchen in ihrem Vorgarten beseitigt hatte. Jetzt folgte er ihr schweigend die Treppe hinauf, mit argwöhnischem Blick, als hätte sie es nun doch zu weit getrieben.

Nachdem er die Schranktür schwungvoll aufgerissen hatte,

zog er seine schwere Taschenlampe hervor und ließ sie, wie ein Cowboy seine Kanone, rasant durch die Luft wirbeln. Dann leuchtete er den staubfreien Schrankboden ab.

»Haben sie noch gelebt? Haben Sie sie vielleicht woanders hingebracht?« wollte er wissen.

Joy deutete auf das nackte Holz. »Sie lagen genau da.«

»Und wo sind sie jetzt?« Er warf einen Blick auf seine Armbanduhr, versenkte die Hände vorsorglich in dicken Gummihandschuhen, in die lange, scharfe Zähne mindestens ein halbes Dutzend Kerben geschlagen hatten.

»Ja, wo? Sie waren tot!« Sie versuchte die aufkommende Panik abzuwehren, die jedes klare Denken unmöglich machte.

Er schüttelte langsam den Kopf: »Also, ich hab' nicht den leisesten Schimmer, wo sie stecken könnten«, und zog die Handschuhe wieder aus. »Aber wenn's hier keine Eichhörnchen abzuholen gibt – ein paar Häuser weiter erwartet mich eine ganze Armee Holzbienen, die langsam das gesamte Inventar wegmampft.«

Sie drängte sich an ihm vorbei und schob ihre Nachthemden zur Seite, um auch in den hintersten Winkel des Schranks spähen zu können. Nichts. Dann riß sie die Tür vom Nachbarschrank auf, in dem Lanny seine Sommeranzüge aufbewahrte. Auf dem Boden standen seine hellbeigen Wildlederslipper, die Tennisschuhe und die Schnürstiefel ordentlich nebeneinander.

»Ich muß es Ihnen trotzdem in Rechnung stellen«, rief er Joy in den angrenzenden Raum nach. »Macht fünfzig Dollar für einen Hausbesuch.«

»Soll ich vielleicht nachsehen, ob sie sich unterm Bett verkrochen haben?« erkundigte er sich, als sie mit blassem, ratlosem Gesicht wieder vor ihm stand. Da sie keine Antwort gab, fügte er nach einer Weile hinzu: »Fünfzig Dollar krieg' ich von Ihnen.«

Sie gingen nach unten. Er wartete auf der Veranda, während sie drei Schecks ausstellte. Ihre Hand zitterte so stark, daß die ersten beiden nicht zu entziffern waren. Der Mann nahm seinen Lohn entgegen, stopfte ihn in die Tasche und ließ sie grußlos stehen. Er hatte die Straße noch nicht ganz überquert, da hielt ein Streifenwagen vor ihrem Grundstück. Zwei uniformierte Polizisten stiegen aus und schlenderten auf die Haustür zu.

»Ich bin Sergeant Brady«, sagte der ältere. »Und das ist Streifenpolizist McShane.«

Joy öffnete die Verandatür. Ohne sich dessen bewußt zu sein, blockierte sie ihnen den Weg, bis Sergeant Brady durchblicken ließ, daß er gern hereinkommen würde. Sie trat einen Schritt zur Seite.

»Sie haben angerufen und einen Fund gemeldet?« Brady zückte seinen Kugelschreiber und wartete. McShane scharrte nervös mit dem Fuß. Er wirkte, als sei es sein erster Arbeitstag, als sei er noch viel zu jung zum Autofahren.

»Ich habe nirgendwo angerufen«, erklärte Joy verdutzt. Die Häuser auf der anderen Straßenseite starrten sie feindselig an, behielten sie sorgfältig im Auge.

Brady schaute über ihren Kopf hinweg durch die offenstehende Haustür in die Halle hinein. Er schien darauf gefaßt, einen hingestreckten Körper auf der Brücke vorzufinden. Nach einem kurzen Blick auf seine Notizen meinte er: »Ihr Mann verständigte uns wegen eines Einbrechers.«

»Er hat sich getäuscht.« Diesmal würde sie die Angelegenheit anders regeln. Diesmal würde sie sich selbst drum kümmern.

»Er hat sich also getäuscht«, wiederholte Brady, aber seine Brauen wölbten sich interessiert.

»Richtig.«

»Ist Ihr Mann gerade zu Hause?«

»Nein. Er ist gar nicht in der Stadt. Er hat Sie von auswärts angerufen.«

Brady strich sich über sein Kinn wie über einen imaginären Bart. »Ihr Ehemann hat uns also von außerhalb angerufen, um einen Einbrecher zu melden; Sie hingegen sind zu Hause und sagen, es gab überhaupt keinen.«

»Tut mir leid. Wir hatten einen Streit am Telefon. Ich erzählte ihm, ich hätte geglaubt, jemand zu hören, aber ich meinte es nicht ernst. Sagen wir einfach, es war blinder Alarm.« Sie bemühte sich, ihrer Stimme einen unbeschwerten Klang zu geben. Der Streifenwagen mußte so schnell wie möglich vor ihrem Haus verschwinden.

Brady nahm seine Mütze ab, kratzte sich am Kopf. »Jetzt hören Sie mir mal gut zu, Mrs. Bard. Wir mögen im Polizeirevier keinen blinden Alarm. In der Hinsicht denken wir ganz ähnlich wie die Feuerwehr. Wir mögen das absolut nicht.« Da er dem offenbar nichts weiter hinzuzufügen hatte, machte er auf dem Absatz kehrt und verschwand, seinen Partner im Schlepptau, über den Gartenweg in Richtung Straße. Das Quietschen der Autoreifen schreckte die ganze Nachbarschaft auf, als sie lärmend davonfuhren.

Joy suchte Zuflucht unter einer heißen Dusche. Sie ließ den harten Wasserstrahl genüßlich auf ihre verspannten Muskeln prallen, schob aber alle paar Sekunden den Vorhang zur Seite, um sich gegen unliebsame Besucher zu versichern. Zweimal stellte sie die Dusche ab, um auf eventuelle Geräusche zu lauschen. Doch das Haus schwieg.

Sie wickelte sich in einen dicken Frotteemantel und betrachtete ihr Spiegelbild. Die Augen waren blutunterlaufen, das Gesicht kalkweiß. Sie seufzte, und ein Dunstschleier legte sich über das Bild. Der Gestank der verwesten Tiere haftete immer noch in ihrer Nase.

Sie lief von Raum zu Raum, riß sämtliche Fenster sperrangelweit auf, dann rief sie Barb, Sue und Donna an. Als jedoch deren Anrufbeantworter ansprangen, hinterließ sie keine Nachricht.

Da der Gestank sich nur andeutungsweise bis zu ihrem Studio vorgearbeitet hatte, machte sie es sich dort bequem, die Beine hochgelegt, den Rücken gegen das Kissen gelehnt. Bemüht, sich mit Arbeit abzulenken, griff sie nach ihrem Bleistift, doch was sie zustande brachte, war immer wieder dasselbe. Die Gesichter zweier Teenager.

Das eine war schmal, umgeben von dichtem, zu zwei dicken Zöpfen geflochtenem Haar mit einigen losen Strähnen. So hatte sie es als Mädchen getragen, so lange, bis sie radikal dagegen vorgegangen war. Die Erinnerung an den Tag, als sie die Zöpfe hochgehalten, eine Schere genommen und sie direkt über dem Kopf abgeschnitten hatte, so daß weniger als zwei Zentimeter übrigblieben, war neu. Dennoch wußte sie genau, es war geschehen.

Das andere Gesicht hatte weit aufgerissene Augen und ein großspuriges Lächeln, das Haar war fein. Lanny als Teenager.

Er saß neben ihr – in einer Imbißstube, einem Zug, einem Bus oder einem Wagen. In dem Augenblick fiel ihr ein, daß es ein Wagen gewesen war. Ein blauer Plymouth Fury Baujahr 1965. Der Wagen seines Vaters.

Ihre Finger flogen zu dem Radiergummi an der Tischkante. In Sekundenschnelle verschwand Lannys Gesicht. Sie ersetzte es durch einen schlankeren Kopf mit dichten Locken, einem dürren Hals auf schmalen Schultern. Buddy. Sein Mund stand offen, als würde er aus voller Kehle singen.

Sie mußte aufhören. Ihre Lider waren schwer wie Blei. Sie legte den Kopf auf den Tisch, für eine Minute bloß, und dämmerte halb schlafend, halb wachend vor sich hin, während die Geräusche des alten Hauses wie aus weiter Ferne in ihre ziellos umherschweifenden Gedanken sickerten: die Ankunft der Babys; das Haus randvoll mit Leuten; Lannys wütendes Gebrüll. Plötzlich zerriß ein undefinierbarer Radau die dünne Decke des Halbschlafs. Ihre Augen klappten reflexartig auf. Sie war hellwach.

Ihr Kopf löste sich langsam von der Tischplatte. Ihr Nacken war steif und tat weh. An ihrer Wange klebte ein Stift. Sie pflückte ihn ab, machte einen Buckel, streckte die Arme zur Decke – und hörte es wieder. Ein lautes Hämmern von der anderen Seite des Flurs.

Von ihrem Stuhl aus sah sie die schmale, kaum einen Meter fünfzig hohe Tür zu dem noch nicht ausgebauten Teil des Dachbodens. Sie brauchte ihre Ohren nicht besonders anzustrengen. Dort drinnen war jemand. Sie vernahm Schritte, ein Klopfen, dann ein Husten.

Lautlos schob sie ihren Stuhl zurück, stand auf und schlich auf Zehenspitzen durch den Gang. So leicht sie auch auftrat, die Dielen stießen unter ihren Füßen ein gequältes Knarren aus. Kaum hatte sie den ersten Stock erreicht, stürzte sie zu ihrem Bett, wo das Telefon stand. Ihre Finger drückten hastig die Notrufnummer, die sie in der festen Überzeugung, sie ohnehin nie zu brauchen, nur widerstrebend auf dem Hörer vermerkt hatte.

»Polizei Edgebury, Abteilung öffentliche Sicherheit«, verkündete eine weibliche Stimme.

»Jemand ist in mein Haus eingedrungen«, flüsterte Joy.

»Verstanden. Beruhigen Sie sich und nennen Sie mir Ihre Adresse.«

Ihr Hals schnürte sich zusammen. Es war beinah unmöglich zu sprechen. »Epson Court 9.«

»Ich schicke sofort einen Streifenwagen«, sagte die Fahrdienstleiterin nach einem Moment. »Sind Sie in der Lage, uns reinzulassen?«

»Ja«, wisperte sie so leise, als befände sich der Eindringling im selben Zimmer.

»In Ordnung. Verlassen Sie das Haus durch den Vordereingang und warten sie auf der Straße.«

Joy knallte den Hörer auf die Gabel und preschte, zwei Stufen auf einmal nehmend, die Treppe hinunter. Als sie die Straße erreichte, klapperten ihre Zähne wie bei zwanzig Grad Minus.

Das Geräusch der Autoreifen auf dem nassen Asphalt polterte durch die Stille wie Donnergrollen, dann kamen sie quietschend zum Stehen. Brady stieg aus und steuerte mit forschem Schritt auf sie zu, die Hand um den Griff seiner Waffe gelegt.

»Wieder blinder Alarm?«

Joy schüttelte den Kopf. Ihre Augen füllten sich mit Tränen.

»Wo steckt der Kerl?« Das klang etwas freundlicher.

»In der Dachbodenkammer, gegenüber von meinem Studio«, preßte sie hervor. »Im zweiten Stock.«

Mit beherrschter, fester Stimme gab Brady McShane ein paar Anweisungen. Nach Joys Empfinden glänzten die Augen des jungen Streifenpolizisten unnatürlich, als hätte er furchtbare Angst. Sie beobachtete, wie die beiden in ihrer Haustür verschwanden.

Der Regen durchnäßte sie, ließ ihr langes Haar schwer werden, tropfte ihr in den Nacken. Sie ging auf die Veranda, verkroch sich in eine Ecke und wartete.

»Mrs. Bard?« Brady schaute suchend durch die Scheibe.

»Ja?«

Er steckte die Taschenlampe in eine große Schlaufe seines Gürtels zurück. McShane ging an ihm vorbei zum Wagen, ihren Blick sorgsam meidend.

»Wann haben Sie die Tür zu dieser Kammer verriegelt?«

»Wie bitte?«

»Ich behaupte ja gar nicht, daß es eine schlechte Idee war, wenn Sie wirklich dachten, es wäre jemand da drin. Ich möchte bloß eine genauere Vorstellung vom zeitlichen Ablauf bekommen.«

Joy tappte völlig im dunkeln. Sie hatte überhaupt nichts verriegelt. Sie kam sich vor wie ein Idiot, und dieses Gefühl hatte sie noch nie gemocht.

»Würden Sie mir bitte folgen, Ma'am?«

Sie folgte seinem krummen Rücken in den zweiten Stock. Brady deutete auf die Tür zu dem unausgebauten Teil des Dachbodens. Am oberen Viertel des Rahmens war ein Riegelschloß angebracht. Es war zu.

»Wann haben Sie diese Tür verriegelt?«

»Gar nicht«, beharrte sie, absolut sicher, daß der Riegel vorhin noch nicht vorgeschoben gewesen war. Wenn sie nicht alles täuschte, hatte die Tür sogar einen Spalt offen gestanden. Ja, sie erinnerte sich genau.

»Sie war nicht verriegelt. Sie war offen. Ich habe sie nicht angerührt.«

»Tja, Ma'am, man kann einen Sicherheitsriegel schlecht von innen vorschieben, oder?«

»Nein«, sagte sie leise. Dann, nach kurzem Überlegen: »Also muß es jemand anders gewesen sein. Jemand, der sich noch irgendwo im Haus aufhält.«

»Wir haben das Haus bis in den hintersten Winkel durchsucht, Ma'am. Es ist gut gesichert. Kommt Ihr Mann heute abend noch zurück?«

Die Frage erstaunte sie. »Nein.«

»Sie sind zum ersten Mal allein hier?«

»Warum fragen Sie das?«

»Regen Sie sich nicht gleich auf«, sagte er zu ihrem schwangeren Bauch. »Wir kriegen solche Anrufe zehnmal die Woche. Einsame Ladies, die es nicht gewöhnt sind, allein in alten Häusern zu schlafen, wo's nachts manchmal knarrt und pfeift. Neunvon zehnmal ist das alles. Vorlaute Rohre.«

»Und beim zehnten Mal?«

Bradys Gesicht spaltete sich zu einem breiten Lächeln. »Das

hier ist nicht das zehnte Mal, weil wir das Haus gründlich durchsucht haben. Außer uns ist niemand da.«

»Ich habe jemand gehört. Ganz bestimmt. Haben Sie wirklich überall nachgesehen? Könnten Sie es nicht noch mal tun?«

Brady spielte eine Zeitlang an seiner Nase, als wolle er sichergehen, daß sie noch festsaß. Dann faßte er einen Entschluß und trottete die Treppe hinunter, nicht ohne einen letzten langen Blick in Richtung Speichertür zu werfen.

Joy folgte ihm nach draußen, blieb aber ein Stück zurück, während er gedämpfte Worte mit McShane wechselte. Kurz darauf marschierten sie flott an ihr vorbei ins Haus zurück. Durch den Regenschleier sah sie den Strahl ihrer Taschenlampen innen über die Scheiben tanzen, in den Räumen auf und ab blitzen. Sie bewegten sich schnell.

»Niemand da«, sagte Brady, als er Minuten später wieder bei ihr war. »Alles, was Sie brauchen, ist Schlaf. Morgen früh sieht die Welt wieder ganz anders aus. Und jetzt ab ins Bett.«

»Schließen Sie die Türen ab!« erscholl aus der Ferne McShanes Stimme mit erstaunlich sattem Klang. Sie befolgte den Rat, ließ sich auf die Wohnzimmercouch sinken und beobachtete die Schatten, lauschte ihren eigenen schnellen Atemzügen. Als sie kurz vorm Einschlafen war, erhob sie sich schwerfällig, schloß sämtliche Fenster, stellte die Spülmaschine an, kontrollierte noch einmal die Türen und ging ins Bett.

## Dreizehn

Sie war völlig groggy, als sie am anderen Morgen aufwachte und übersah, daß die Milch auf der Frühstückstheke gestanden hatte. Erst nach dem ersten Schluck Kaffee, der gräßlich schmeckte, bemerkte sie, daß sie sauer geworden war. Allzu gut fing dieser Tag nicht an.

Als der Drogeriebus vor dem Haus hielt, um ihren Nachfüllbedarf an Vitaminen zu liefern, fand sie kein Geld in ihrer Brieftasche. Die Kreditkarten steckten, wo sie immer waren, gegenüber von Führerschein und Telefonkarte, doch alles Bargeld war verschwunden, das Münzfach flach und leer. Zum Glück fand sie in der Tasche ihres Regenmantels einen zerknitterten Zehndollarschein, um den Mann zu bezahlen.

Später, als sie unter der Dusche stand und das heiße Wasser auf ihren Rücken prasseln ließ, fiel ihr auf, daß kein Shampoo da war. Sie warf nie eine leere Shampooflasche weg, ohne eine neue ins Regal zu stellen. Das hatte Dorothy ihr eingebleut. Sie tat es mechanisch, ohne nachzudenken.

Und in diesem Moment erinnerte sie sich – sie war absolut sicher, die Milch vorm Zubettgehen im Kühlschrank deponiert zu haben. Sie hatte das Küchenfenster geschlossen, die Spülmaschine angestellt und die Milch weggeräumt. Der Boden des Kartons war feucht gewesen, doch sie hatte sich nicht weiter darum gekümmert.

Sie drehte den Wasserstrahl ab, trat tropfend aus der Dusche, wickelte ein Handtuch ums nasse, ungewaschene Haar, warf sich ihren Bademantel über und rannte nach unten. Auf dem Boden des obersten Fachs in der Kühlschranktür prangte ein weißliches Viereck. Die angetrockneten Überreste des undichten Milchkartons vom Vorabend.

Neben dem Kühlschrank lag ihre Brieftasche, geöffnet und leer. Das Kleingeldfach war mit absoluter Sicherheit voll gewesen. Wenn sonst nichts drin war, so doch immer ein Haufen Münzen.

Sie lauschte dem Ticken der Elektroherduhr. Dann hörte sie plötzlich Wasser rauschen. Die Dusche. Hatte sie die nicht gerade erst abgestellt? Alles bezweifelnd, ging sie langsam nach oben.

»Ich drehe den Hahn jetzt zu!« verkündete sie laut, wie um das endgültig klarzustellen. Dann machte sie einen Rundgang durchs Haus, überprüfte jedes Zimmer, jedes Fenster, jede Tür. Nachdem das erledigt war, zwang sie sich, nach oben zu gehen und einen Blick auf den Eingang zur Speicherkammer zu werfen. Der Riegel war vorgeschoben.

Wieder unten in der Halle, rutschte ihr das Handtuch vom Kopf. Sie nahm es benommen zur Kenntnis, ließ es aber auf der Brücke liegen.

Während sie unruhig im Erdgeschoß umherwanderte, begann ihr ungekämmtes Haar zu trocknen. Als die Post kam, wartete sie, bis der Postbote außer Sichtweite war, stürzte dann auf die Veranda, um sie hereinzuholen. Sie riß den erstbesten Umschlag auf und schnitt sich dabei in die Fingerspitze. Aus einem langen, hastig abgerissenen Streifen Papierhandtuch improvisierte sie einen Verband, um die Blutung zu stoppen, zerrte endlich die ordentlich hineingeschobene Fotografie heraus. Ihre Mutter war offenbar doch noch fündig geworden.

Es gab keine Begleitnotiz, lediglich ein altes Instamatik-Foto, an dem der Zahn der Zeit bereits heftig genagt hatte. Was es zeigte, war jedoch nicht das Haus in Toney's Brook, sondern Buddy und Lanny in Buddys Zimmer. Der Unmut, von der Kamera erwischt worden zu sein, stand ihnen deutlich ins Gesicht geschrieben. Sie thronten inmitten eines Klamottenhaufens auf dem Boden. Joy erinnerte sich wieder an Buddys Marotte, ein Nest aus den unzähligen neuen Sachen zu bauen, die Dorothy für ihn kaufte. Er weigerte sich hartnäckig, sie anzuziehen. Woche für Woche sammelte sie sie vom Fußboden auf, wusch sie, als ob sie getragen worden wären, und legte sie ordentlich gefaltet in seine Schubladen. Buddy aber blieb seinem blau-grün karierten Flanellhemd und der ausgebeulten Arbeitshose treu, trug seine Lieblingskluft Tag und Nacht. Immer wieder landeten die Klamotten auf dem Boden, und er baute sich ein weiches, neues Nest daraus.

Sie wollte das Foto Zentimeter für Zentimeter in sich aufsaugen, jedes Detail absorbieren, doch die Türglocke machte ihr einen Strich durch die Rechnung. Ein Überraschungsbesuch von Irene, einer alten Freundin von Lanny.

»Hallo, Joy! Na, wie geht's?« trompetete sie bemüht fröhlich. Der Versuch mißlang. Irene war kein fröhlicher Mensch. Sie war eine hart arbeitende, resolute Staatsanwältin beim Sozialamt, die aufgrund ihrer Abneigung gegen Make-up und ausgiebige Einkaufsbummel gelegentlich für ihre eigene Klientin gehalten wurde. Lanny und sie hatten sich während des Studiums kennengelernt und sich die traurige Berühmtheit geteilt, Beste des Jahrgangs zu sein. Obwohl sie als ehrgeizige Frau, die ständig mekkerte, eine eher unwahrscheinliche Kandidatin für eine Freundschaft mit Lanny war, wurden die beiden gute Kameraden. Da ihnen wegen des völligen Fehlens erotischer Anziehungskraft die Verwicklungen einer Romanze erspart blieben, bildeten sie statt dessen eine erlesene Arbeitsgruppe, in der – wie sie beide klar durchblicken ließen – kein weiteres Mitglied erwünscht war.

Irenes Verstand war das perfekte Gegenstück zu Lannys. Auch sie war detailbesessen, übergenau in der Ausarbeitung brillanter, einschüchternder Beweisführung und konnte Unmengen von Fakten im Gedächtnis speichern. Mit wahrem Entzücken lieferten sie sich in nachgespielten Gerichtsszenen erbitterte Kämpfe. Ihre hinter verschlossenen Türen donnernden Stimmen waren an der juristischen Fakultät der Universität von Chicago zur Legende geworden.

Aber Irene interessierte sich nicht für die Finessen des Betriebsrechts. Sie verschrieb sich lieber dem Wohl der Allgemeinheit, verbrachte ihre Tage mit dem Aufspüren von Kindesmißhandlung und -vernachlässigung, steuerte so ihr Scherflein zur Rettung der Welt bei.

»So ungern ich es auch tue, ich muß wegen einer Amtsenthebung nach Yonkers«, erklärte Irene. »Lanny hat erwähnt, du wärst nicht ganz auf dem Damm, also dachte ich mir, wenn ich schon in der Gegend bin, schau' ich mal kurz rein.«

Joy spürte Irenes taxierenden Blick. Sie registrierte die schlampige Frisur, das auf der Brücke liegende Handtuch. »Ich komme gerade aus der Dusche«, rechtfertigte sie sich mit einem gezwungenen kleinen Lachen und zupfte an ihrem Haar. »Hab's nicht mal geschafft, mich zu kämmen.« Das blutdurchtränkte Verbandsprovisorium glitt von ihrem verletzten Finger, landete vor Irenes Füßen. »Bloß ein kleiner Schnitt an einer scharfen Papierkante«, fügte sie matt lächelnd hinzu.

Irene bückte sich, um den Papierfetzen und das Handtuch aufzuheben. »Ich bin total ausgedörrt. Können wir Tee trinken und uns unterhalten?«

»Klar«, gab Joy übereifrig zurück. »Ich zieh' mich nur schnell an.«

Während sie im Schlafzimmer in ihre Umstandshose und eins von Lannys Sweatshirts schlüpfte, versuchte sie sich einzureden, daß es sich um einen reinen Freundschaftsbesuch handelte. Was ihr unglaublich schwer fiel. Bei den wenigen Malen, die Irene und sie zusammengetroffen waren, hatten beide sich sichtlich bemüht, nett zueinander zu sein. Da dies niemandem verborgen geblieben war, pflegte Lanny die Freundschaft allein weiter.

»Wie fühlst du dich?« fragte Irene, als Joy in die Küche kam. Irene fühlte sich offenbar ganz wie zu Hause, denn sie war bereits mit der Zubereitung des Tees beschäftigt.

»Prima.« Je weniger Worte sie machte, desto besser.

»Du mußt nicht denken«, fuhr Irene fort, während sie Wasser in den Teekessel laufen ließ, »daß du mir zur Last fällst. Ich habe natürlich viel zu tun, aber wenn du irgend etwas brauchst, sag mir ruhig Bescheid. Es gibt eine Menge Leute, die mir was schulden, weißt du. Ich muß lediglich ein paar Fäden ziehen, und du bekommst eine Pflegerin. Schließlich gehörst du jetzt, wo du schwanger bist, quasi in meinen Zuständigkeitsbereich. Hättest du gern jemand zum Reden? Eine Sozialarbeiterin vielleicht? Nur so zum Quatschen?«

»Was hat Lanny dir erzählt?« wollte Joy wissen. Ihre Augen verengten sich.

»Nichts. Ehrlich. Nur, daß du ein paar Tage liegen mußt. Und daß du eine leichte Blutung hattest.« Sie war eine lausige Lügnerin. »Weißt du, Joy, manchmal ist es wirklich schrecklich deprimierend. In meinem Job kriegt man so viele Horrorstories zu hören.«

Joy starrte sie mit versteinerter Miene an.

»Der Punkt ist nämlich der, daß die meisten Fälle von Kindesmißhandlung verhindert werden könnten, wenn den Müttern schon vor der Geburt geholfen werden würde. Mittlerweile existiert sogar eine Bewegung, die die Regierung zu überzeugen versucht, daß pränatales Einschreiten im Einzelfall durchaus sinnvoll sein kann. Du kannst dir denken, wie die Frauengruppen darauf reagieren.«

Das Wasser kochte. Joy goß ein, Irene schnatterte weiter. »Aber all die Frauen von all diesen Gruppen sollten mich mal eine Woche lang begleiten, dann würden sie andere Töne anschlagen. Was die Leute ihren Babys alles antun...« Sie schüttelte den Kopf, schien sich dann plötzlich wieder an den Grund ihres Besuchs zu erinnern. »Sieh mal, ich will ganz offen zu dir sein. Ich hoffe, du nimmst es mir nicht krumm, wenn ich dich das frage, aber als Freundin muß ich es einfach tun. Ist es für dich in Ordnung, daß du diese Kinder kriegst? Ich meine, bist du...«, sie rang nach den rechten Worten, »...fühlst du dich dem auch gewachsen?«

»Worauf willst du hinaus, Irene? Ob ich sie ersäufen oder aus dem Fenster werfen könnte?«

Irene stellte die Teetasse ab. »Nein.« Sie war fassungslos. »Daran hab' ich im Traum nicht gedacht. Ich habe mich bloß gefragt, ob du eventuell die Adresse einer guten Säuglingsschwester brauchen könntest. Ich bekomme einfach soviel grauenhafte Dinge mit, das ist alles. Da dachte ich mir, du hättest vielleicht Interesse an einer guten Empfehlung.«

»Oh.«

»Aber wie ich sehe, ist das jetzt kein guter Zeitpunkt zum Reden.« Irene stand auf und kippte den Rest ihres Tees in den Ausguß. »Ich hätte vorher anrufen sollen.«

»Nein. Das ist schon in Ordnung. Ich freue mich, daß du gekommen bist. Ich habe nur nicht gut geschlafen.« Sie mußte die Situation unbedingt retten. Irene durfte auf keinen Fall mit einem falschen Eindruck gehen. »Bitte, bleib noch ein bißchen.«

»Ich wünschte, das wäre möglich«, erwiderte Irene, während sie ins Wohnzimmer entschwand, um Mantel und Aktentasche zu holen. »Aber leider muß ich zu dieser Amtsenthebung in Yonkers.«

»Das mit dem Ersäufen war natürlich nicht mein Ernst, das ist dir hoffentlich klar«, sagte Joy verzweifelt. »Es war ein Scherz. Sarkasmus. Ich bin momentan nicht ich selbst.«

»Ja, das ist kaum zu übersehen«, gab Irene gelassen zurück.

»Ich habe ein paar Nächte hintereinander nicht geschlafen und bin völlig erledigt.«

»Gewöhn dich besser daran. Wenn die Babys da sind, wirst du wahrscheinlich mehr als nur ein paar Nächte nicht schlafen. Monate vermutlich.«

»Schon, aber das ist etwas anderes.«

»Weißt du, Joy«, meinte Irene und schlüpfte in ihren Mantel, »ich bin bestimmt nicht hergekommen, um dir das Leben schwerzumachen. Das war wirklich nicht der Grund.«

»Warum dann?« hörte Joy sich fragen.

»Ich bin spät dran. Ich muß los«, wich Irene ihr aus. »Hoffentlich geht's dir bald besser.« Dann war sie verschwunden.

Noch recht mitgenommen, setzte Joy sich an ihren Zeichentisch und verdrängte den unerfreulichen Besuch aus ihren Gedanken. Als sie schließlich zwei Entwürfe fertig hatte, zeichnete sie noch ein paar Skizzen nur für sich selbst. Mollys plötzliches Erscheinen machte ihr klar, daß sie jegliches Zeitgefühl verloren hatte.

Dankbar für die Gesellschaft, nahm sie den Teller mit Hühnersalat und knusprigem Brot freudig entgegen und schlang das Essen hungrig hinunter. Anschließend stellte sie das Tablett auf den Boden, doch ehe Molly es wegnehmen konnte, berührte sie leicht ihren Arm. »Darf ich dir schnell etwas zeigen?«

»Sicher.« Molly zog sich eine Bücherkiste heran und ließ sich darauf nieder.

»Sieh dir die einmal an.«

Molly beugte sich zu dem Stapel Zeichnungen vor.

»Das ist mein Bruder Buddy«, sagte Joy leise und wies auf das oberste Blatt. Es zeigte Buddy und sie in dem Plymouth Fury.

»Er sieht aus, als ob er schreit«, stellte Molly ruhig fest.

Joy reichte ihr die nächste Zeichnung. »Das war Lannys und Buddys Klubhaus.« Die dritte. »Damit bin ich gerade fertig geworden. Die beiden spielen ein Spiel, das ›Vertrau mir‹ heißt.«

Molly nahm die detailgenaue, mit viel Sorgfalt angefertigte Skizze hoch und studierte sie eingehend. Bahngleise zogen sich quer über das Blatt, zerschnitten ein dichtes Waldstück. Neben den Schienen standen Buddy und Lanny, je ein Ende eines Seils um die Hüften geschwungen. Zwischen ihnen lag es mehrere Meter schlaff auf dem Boden. Lanny hielt eine Schachtel platter Münzen in der Hand, die unter dem Gewicht der vorbeirasenden Züge zermalmt worden waren.

»Sie schlichen sich zu den Gleisen«, erläuterte Joy, »obwohl es uns verboten war, dort hinzugehen. Buddy trug eine Augenbinde und hatte sich Watte in die Ohren gestopft. Er kroch, sich langsam vortastend, über den Boden bis zum ersten Schienenstrang und setzte sich drauf. Lanny stand ein Stück weiter weg. Dann warteten sie. Ich habe sie oft beobachtet. Keiner von beiden rührte sich vom Fleck – bis ein Zug kam. Sie ließen ihn ganz dicht herankommen, so dicht, daß Buddy einmal sogar seine Hitze spüren konnte, wie er mir erzählt hat. Trotzdem bewegte er keinen Muskel. Nicht, bevor Lanny mit aller Kraft am Seil zog und ihn wegriß.«

Molly schauderte und legte die Skizze zur Seite. »Ist Buddy nie von einem Zug erwischt worden?«

»Nein.« Joy schüttelte steif den Kopf. »Aber irgendwann wäre es geschehen. Jedem von uns. Wenn die Eisenbahngesellschaft nicht einen Wachmann abgestellt hätte. Er tauchte genau an dem Tag auf, als ich an der Reihe war. Ich wollte unbedingt zum Klub gehören.«

»Ich schätze, alle Kinder machen hin und wieder Dummheiten.«

»Buddy und Lanny taten die ganze Zeit verrückte Dinge. Mir fallen auf einmal Sachen ein, an die ich jahrelang nicht gedacht habe. Lanny, wie er sich splitternackt in unser Haus schleicht, um Sekunden später im Nachthemd meiner Mutter wieder rauszukommen. Buddy, wie er sich an einem Seil, das er aus Bettlaken zusammengeknotet hat, aus dem Schlafzimmerfenster hinunterläßt. Wie sie Kerzenflammen in der Faust erstickt, mit bloßen Füßen Zigarettenkippen ausgetreten haben. Und ich wollte um jeden Preis mitmachen.«

Sie nahm die letzte Zeichnung in die Hand und starrte sie verzweifelt an. »Dann ist Buddy irgend etwas zugestoßen.«

»Er wurde entführt, richtig?«

»Aber wieso?« flüsterte Joy, als hätte sie Angst, die Worte laut auszusprechen.

»Das weiß ich auch nicht. Warum wird überhaupt jemand entführt?« Molly betrachtete die Zeichnung über Joys Schulter hinweg und zeigte plötzlich auf eine Gestalt, die ihr erst jetzt auffiel. Ein Mann, halb von einer Baumgruppe verdeckt. Er war groß, hatte einen kräftigen Hals, dicke Arme. Ein Mann, der aus dem Dickicht heraus spionierte. »Wer ist das?«

»Keine Ahnung«, gestand Joy.

»Du solltest das jemandem zeigen. Jemandem, der dir sagen kann, was mit Buddy geschah.«

Joy schob die Skizze zwischen einen Stapel anderer Zeichnun-

gen und versenkte den ganzen Packen auf dem Boden des
Bücherschranks. »Niemand wird das zu sehen kriegen«, verkündete sie entschlossen.

»Du mußt irgendwen dazu bringen, dir die Wahrheit zu
sagen«, beharrte Molly. »Wenn du wirklich überzeugt bist, daß
mehr dahintersteckt.«

»Lanny weiß es«, gab Joy zurück, aber Molly hörte es nicht
mehr. Sie war bereits damit beschäftigt, ihr Geschirr einzusammeln, um schnell zu ihrer Tochter zurückzukehren. Also wiederholte Joy die Worte für sich selbst. »Lanny weiß es.«

## Vierzehn

Sie erwachte und überlegte, ob sie Dr. Wayne anrufen und
fragen sollte, weshalb sie die ganze Zeit wie im Tran herumlief.
Es gab keinen Grund, warum sie vergessen haben sollte, wo ihre
Hausschuhe waren. Dennoch schienen sie spurlos verschwunden. Sie war sonst nie so nachlässig, den Wasserhahn am Badezimmerwaschbecken nicht zuzudrehen, aber genau das hatte sie
offenbar am vergangenen Abend getan, so daß der Badezimmerboden jetzt einige Zentimeter unter Wasser stand. Irgend etwas
stimmte nicht. Obwohl sie geschlafen hatte wie ein Murmeltier,
fühlte sie sich völlig zerschlagen. Sie mußte Dr. Wayne anrufen,
um herauszufinden, was los war.

Sie wischte den Boden trocken und richtete sich mühsam auf.
Dann stieg sie aus ihrem feuchten Nachthemd. Als sie es zum
Trocknen an einen Haken hängte, erhaschte sie einen flüchtigen
Blick auf ihr Ebenbild im Spiegel. Sie schaute schnell weg. Die
Form ihres Bauches hatte sich verändert. Ein Anruf bei Dr.
Wayne war unumgänglich.

Schwere Dampfschwaden stiegen auf, verhüllten ihr Spiegelbild. Sie steckte eine Hand in die Dusche. Das Wasser war heiß,
sehr heiß. Sie ließ es über ihr Gesicht, ihre Haare, ihren Rücken,
ihre Arme, ihren Leib laufen. Ihr Fuß stieß gegen ein Stück Seife.
Sie beugte sich hinunter, um es aufzuheben, aber es flutschte ihr

aus den Fingern. Sich mit einer Hand an der Wand abstützend, ging sie in die Hocke, doch der Dampf war undurchdringlich. Auf keinen Fall wollte sie wie die Anwältin in Lannys Büro enden, die sich die Hüfte gebrochen hatte, weil sie in der Duschkabine auf einem unsichtbaren Dove-Halbmond ausgerutscht war.

Sie drehte den Wasserhahn zu, wartete ab, bis der Nebel sich gelichtet hatte. Dann beugte sie sich erneut hinunter. Ein winziger Kopf, ein Mäusekopf, trieb auf sie zu und in Richtung Abfluß wieder davon.

Tropfnaß und nackt stürzte sie aus der Dusche in den Flur. Unter Aufbietung ihrer gesamten Willenskraft zwang sie sich zurückzugehen, riß ihren Bademantel von dem Haken hinter der Tür und hüllte sich darin ein. Nachdem das vollbracht war, schob sie den Vorhang beiseite, um einen zweiten Blick zu riskieren. Ein kleiner Mäusekopf mit todesstarren Augen schwamm wie ein Matschklumpen oben auf dem Ausguß.

Sie rannte in die Küche und erbrach sich in den Spülstein. Dann entdeckte sie die Baseballmütze auf dem Eßtisch. Sie war tannengrün, mit einem roten, ihr unbekannten Emblem geschmückt, aber direkt darunter stand in kleinen, gut lesbaren Buchstaben *Edgebury High*.

Vorsichtig nahm sie die Kappe in die Hand und setzte sie auf. Sie fiel ihr über die Augen. Als wäre es ein ekelhaftes, krank machendes Ding, schleuderte sie den Kopfputz in hohem Bogen über den Tisch, wählte dann Donnas Nummer.

»Ruhe dahinten«, hörte sie Donna zu einer krakeelenden Kinderschar sagen. »Sicher, kommen Sie rüber und bringen Sie sie mit. Geben Sie mir bloß ein paar Minuten, um die Nervensägen aus dem Haus zu schaffen.«

Joy gab ihr mehr als ein paar Minuten. Sie war nicht besonders erpicht darauf, mit Donna im Beisein ihrer Höllenbrut zu sprechen, außerdem brauchte sie Zeit, um sich ihre Worte zurechtzulegen.

Mit wenig Erfolg allerdings. Nachdem sie sich angezogen hatte, stand sie einfach nur da, beobachtete, wie der Minutenzeiger im Zeitlupentempo über das Zifferblatt kroch, und ihre Erbitterung mutierte erst zu Angst, dann Ratlosigkeit und Verlegenheit.

Obwohl sie geradezu schlich, das Klingeln, als sie auf der fremden Türschwelle stand, so lange wie möglich hinausschob, war der Tornado in der Küche der Thomas' noch in vollem Gang. Fünf Kinder taten ihr Bestes, den Aufbruch zur Schule zu verzögern.

»Geh und hol Seth!« befahl Donna ihrem zehnjährigen Sohn Jimmy, der mit Inbrunst Froot Loops auf der Frühstückstheke zerquetschte.

»Was hat er'n ausgefressen?« erkundigte sich der Junge mit leuchtenden Augen.

»Hol ihn. Sofort«, wiederholte Donna und klapperte drohend mit einem Pfeffer-und-Salz-Set in Form zweier bronzierter Babyschuhe.

Jimmy verließ schlurfend den Raum. Donna verteilte Müslischalen und -dosen auf der gelbgesprenkelten Linoleumtheke. Joy saß auf einem weißen Plastikstuhl, fingerte nervös an der Baseballkappe, die in ihrem Schoß lag, schwer wie Blei.

»Mom!« Eine von Donnas Teenie-Töchtern stampfte zur Tür herein. Ihre untere Hälfte steckte in knallengen Jeans, ihr Pullover gab eine Schulter frei, so daß ein rosa Träger ihres BHs zu sehen war. Sie marschierte an Joy vorbei, ohne sie eines Blickes zu würdigen, als säßen jeden Morgen versteinerte Fremde auf ihren Küchenstühlen herum.

»Könntest du Louise bitte aus dem Badezimmer entfernen? So kann ich unmöglich zur Schule gehen!« Sie griff sich ins zerzauste Haar, ließ neongrün angemalte Fingernägel aufblitzen.

Donna reichte ihr zwei mit Milch gefüllte Müslischalen. »Macht das gefälligst untereinander aus. In eurem Zimmer! Mrs. Bard und ich müssen ein Wörtchen mit Seth reden. Allein!«

»Was hat er jetzt schon wieder angestellt?« fragte Melissa mit erwachendem Interesse, als hätte sie Joys Anwesenheit soeben erst bemerkt.

»Raus hier.«

»Ich hasse diesen Ort!« grummelte Donnas Tochter und stampfte wieder hinaus. Diesmal wurde Joy einer eingehenden Musterung unterzogen.

»Bedienen Sie sich, wenn Sie auch eine Tasse möchten.« Donna wies auf den »Mr. Coffee« am Ende der Theke, doch ihr

Ton klang so wenig einladend, daß Joy sich nicht vom Fleck rührte.

»Was'n los, Ma?«

Joy erkannte Seths weinerliches Organ, noch bevor er in der Küche war. Seinem Aussehen nach zu schließen, schien er sich eben erst aus dem Bett gequält zu haben. Hemd und Hose waren zerknittert, als ob er darin geschlafen hätte.

»Ich kann gar nichts angestellt haben. Bin ja noch nicht mal ganz wach.«

»Schön, dann wach endlich auf.«

In dem Augenblick wurde die Haustür zugeschlagen. Eine Stimme posaunte »Hallo!«, wenig später erschien Charlie auf der Bildfläche. Er wirkte frisch und munter. Seine frisch gewaschenen Haare waren noch feucht, die Kammspuren deutlich sichtbar, die geschrubbten Wangen leuchteten rosig. Die Schultasche baumelte an seinen athletischen Schultern, als enthielte sie nichts als Luft.

»Guten Morgen, Mrs. Thomas«, sagte er mit strahlendem Lächeln. »Guten Morgen, Mrs. Bard. Ich hoffe, ich störe nicht.«

Joy sah, wie seine schokoladenbraunen Augen an der Baseballkappe hängenblieben, die sie mittlerweile auf den Tisch gelegt hatte. Sie verschleierten sich, was ihm unvermittelt ein älteres, verschlagenes Aussehen verlieh.

»Setz dich, Charlie. Mrs. Bard hat euch beiden was zu sagen.«

Seth blieb unsicher stehen. Charlie drehte einen Stuhl um und ließ sich rittlings mit gespreizten Beinen darauf nieder. Donna nahm ihm gegenüber Platz. Sie legte ihre zerfurchten Hände auf dem Tisch übereinander, als würde sie darunter etwas verbergen.

»Okay. Wir hören.«

Joy holte zitternd Luft und faßte sich ein Herz. »Ich möchte zu einer Übereinkunft kommen.«

»Ach, tatsächlich?« Charlies Grinsen wurde noch breiter, seine Augen begannen zu funkeln. »Und in welcher Beziehung?«

Donna streckte einen Arm aus und schlug ihm auf die Hand. »Benimm dich!«

Joy schöpfte zum zweitenmal Atem. »Man hat uns ein paar Streiche gespielt. Ziemlich üble Streiche.«

»Zum Beispiel?« fragte Seth. Sein Mund stand gespannt offen. Donna preßte Lippen und Hände fest aufeinander. Ihre Fingerspitzen wurden weiß.

»Tote Eichhörnchen auf dem Rasen vor meinem Haus.«

Donna lockerte den Griff, ihre Finger färbten sich wieder rosig. »Hatten wir das nicht schon geregelt?«

»Tote Eichhörnchen in meinem Schrank.«

»Der Kammerjäger hat was anderes gesagt, als er hier war, um sich die Bienen vorzuknöpfen«, brummte Donna. Joy ignorierte die Bemerkung.

»Ein Mäusekopf in meiner Dusche.«

»Sie machen wohl Spaß!« Charlies Augen glitzerten. »Ein Mäusekopf?« Dem Klang seiner Stimme nach zu urteilen, hielt er das für einen großartigen Einfall. Einen Einfall, auf den man stolz sein konnte.

Joys Schultern sackten nach vorn. Sie hatte sich nicht genügend vorbereitet. Sie hätte es tun sollen. »Letzte Nacht ist jemand in mein Haus eingebrochen.« Aber war das wirklich in der letzten Nacht gewesen? Sie war neuerdings so zerstreut, daß sie gar nicht mit Sicherheit sagen konnte, seit wann die Kappe dort lag.

Donna, Seth, Charlie, sie alle starrten sie an, warteten darauf, daß sie weitersprach. Sie schob die Kappe in die Mitte des Tisches. Donna verschränkte schützend die Arme vor der ausladenden Burst. Joy hielt ihrem harten Blick stand und sagte: »Der oder diejenigen haben diese Kappe vergessen.«

»Müssen die blöd sein«, schnaubte Seth lachend.

»Seth!« Donna nahm die Kappe hoch. »Die Frau will wissen, wem das Ding hier gehört.«

»Weiß ich doch nicht. Jeder an der Schule hat letztes Jahr so eine gekriegt. Einer davon wird's wohl gewesen sein.« Berstend vor Stolz auf seine aalglatte Antwort, drehte er sich zu Charlie um und zwinkerte ihm zu.

»Setz das Ding auf, Seth«, befahl seine Mutter in ausdruckslosem Ton.

»Komm schon, Ma. Was soll das beweisen?«

Donna hielt ihm die Kappe vor die Nase. »Sie will, daß du's tust. Bringen wir's hinter uns. Setz sie auf.«

»Ich werd' sie probieren, Mrs. Thomas«, bot Charlie sich an. Er nahm ihr die Mütze ab, balancierte sie auf der Fingerspitze. »Aber beweisen tut das gar nichts.«

»Warum nicht?« Joy brachte die Worte kaum heraus. Ihre Brust war wie zugeschnürt, ihre Kehle wurde zunehmend eng.

»Darum.« Charlie wirbelte die Kappe immer schneller durch die Luft, bis sie ihm schließlich vom Finger sprang. Er pickte sie vom Boden auf und hielt sie sich wie eine Boxermaske vors Gesicht. »Solche Mützen«, er fixierte sie durch das lockere Maschengeflecht hindurch, »gibt's nur in einer Größe. Sehen Sie?« Um es ihr zu demonstrieren, löste er den Riemen auf der Rückseite, so daß unversehens eine Kappe daraus wurde, die jedermann paßte – oder keinem.

## Fünfzehn

Joy hastete über den Fußweg in Richtung Bahnhof davon. Ihr blieb nicht mehr viel Zeit. Auf der Veranda vor dem grauen, baufälligen Haus, das direkt neben Mollys stand, wiegte sich ein gut eingepackter Alter in einem Schaukelstuhl. Sie wurde sich erst einen Häuserblock weiter bewußt, daß er ihr einen Gruß zugerufen hatte.

Der Wind blies welkes Laub gegen ihre Beine. Einsame Sonnenstrahlen zerrissen die dicke Wolkenschicht, versuchten die Luft ein wenig zu erwärmen. Joy knöpfte im Weitereilen die breiten Knöpfe ihres Glockenmantels auf, streifte die schwarzen Lederhandschuhe ab und massierte ihren Bauch. Der leichte, aber stete Druck der Kontraktionen wollte nicht weichen. Als sie schließlich am Bahnhof ankam, war sie völlig verschwitzt und außer Atem.

»Joy. Joy Bard, stimmt's?«

Sie drehte sich schnell um und fand sich einem großgewachsenen Unbekannten mit langem, schmalem Gesicht und riesigen Ohren gegenüber, die wie Flügel seitlich vom Kopf abstanden.

»Art. Art Thomas.«

Joy erwiderte seinen Händedruck, ohne zu wissen, wer er war.

»Donnas Mann. Sie waren gerade eben bei uns. Wundert mich, daß Sie mich gar nicht gehört haben. Ich lauf' schon eine ganze Weile hinter Ihnen her. Sie kennen meinen Sohn Sethy, stimmt's?«

Joy spürte, wie ihre Schultern sich strafften, als wappneten sie sich für einen Schlag.

»Sie hatten anscheinend Probleme zu Hause. Einbrüche und was weiß ich nicht alles, richtig?«

»Richtig«, bestätigte sie ruhig.

»Was Sie brauchen, ist 'ne ordentliche Alarmanlage. Mein Schwager verkauft solche Dinger.«

Sie hatte bisher zwar noch nicht daran gedacht, aber die Idee erschien ihr ganz vernünftig. Nur sollte die Alarmanlage nicht von Arts Schwager sein. Nicht wenn er genauso war wie Art. Art stand viel zu nah bei ihr, sprach bei weitem zu laut. Sein Atem verströmte den Dunst eines Frühstückswhiskeys.

Das Kreischen des herannahenden Zuges ermöglichte es ihr, den Blick abzuwenden.

»Lassen Sie sich von den vertrockneten Schlampen bloß nicht ins Bockshorn jagen.« Er rückte ihr noch mehr auf die Pelle, brüllte ihr direkt ins Ohr. »Ist doch nur 'n Haufen frustriertes altes Dörrobst.«

Der Zug kam direkt vor ihnen zum Stehen. Joy stieg ein, Arts helfende Hand an ihrem Ellbogen gänzlich mißachtend.

»Die sind immer eifersüchtig auf'n hübsches neues Gesicht.« Er folgte ihr ins rechte Abteil.

Sie gab vor, ihn nicht zu hören, und ließ sich mit angehaltenem Atem auf einen Fensterplatz plumpsen. Hoffentlich setzte er sich nicht neben sie! Als nichts dergleichen geschah, lockerte sie den Griff ihrer ineinander verkrampften Hände. Dann spürte sie ihn wieder – erschreckend nah.

»Eifersüchtiges Dörrobst«, sagte er von hinten. »Und sonst gar nichts.«

Ein Zettel erschien über ihrem Kopf, schwebte auf ihren Schoß. Joy faltete ihn auseinander und las »Whittaker Brandschutz- und Sicherheitssysteme. Kein Auftrag ist für uns zu klein.« Sie steckte die Notiz in ihre Geldbörse, lehnte den Kopf mit geschlossenen Augen an die Fensterscheibe.

Als der Schaffner ihr auf die Schulter tippte, fuhr sie ruckartig hoch.

»Schlecht geträumt?« erkundigte er sich mit herzhaftem Lachen.

Sie versuchte ein Lächeln und reichte ihm einen Fünfdollarschein, der dank der gnadenlosen Umklammerung ihrer Faust gänzlich durchnäßt war.

Des Schaffners Lächeln verschwand. »Was haben Sie denn mit dem angestellt? Ihm ein Bad verpaßt?« Er gab ihr das Wechselgeld zurück und wischte sich die Hände an seiner leuchtendblauen Hose ab. Sie lehnte sich zurück, machte die Augen wieder zu.

Die Arztpraxis lag zwanzig Blocks von der Grand Central Station entfernt, aber als sie Art an der Ecke nach einem Taxi winken sah, beschloß sie zu laufen. Dennoch wurde sie das Gefühl nicht los, daß er ihr folgte, daß Art irgendwo im Hintergrund lauerte, um herauszukriegen, welche Richtung sie einschlug, daß er gerade weit genug auf Distanz blieb, um sie nicht aus den Augen zu verlieren.

Schließlich wollte sie doch feststellen, ob er hinter ihr war. Die Ampel war jedoch soeben auf Grün gesprungen, so daß die drängelnde, rastlose Menge sie rücksichtslos davontrug. Sie paßte sich dem allgemeinen Tempo an und traf wenig später fast im Laufschritt vor dem efeuumrankten, rötlichbraunen Sandsteingebäude ein, in dem sich Dr. Waynes überfülltes Wartezimmer befand.

Die Sprechstundenhilfe hatte bereits einige Klappstühle herbeigeschafft, um den an den Wänden lehnenden Patientinnen die Wartezeit wenigstens teilweise zu erleichtern. Ein schlechtes Zeichen.

»Oh-oh-oh«, meinte Dr. Wayne, als sie schließlich in dem winzigen Untersuchungsraum vor ihm lag. »Bestimmt haben wir Vollmond. Bei Vollmond bin ich immer hintendran.«

Er preßte seine riesigen Hände auf ihren Bauch, begann zu tasten und zu drücken. Viel zu fest, dachte Joy.

»Meine Figur hat sich verändert«, sagte sie, während er seine methodische Abtastung fortsetzte.

»Na, na, na.« Er drückte immer noch zu.

»Außerdem bin ich furchtbar zerstreut. Ich vergesse neuerdings alles mögliche. Ich bin ständig erschöpft.«

Er holte eine kleine Taschenlampe aus der Schublade und zielte mit dem grellen Strahl direkt in ihre Augen. »Nun, Sie sind schwanger.« Das Licht ging aus. »Bringt dieser Zustand so mit sich.«

»Und mein Atem? Ich habe die ganze Zeit einen fürchterlichen Geschmack im Mund. Ist das normal?«

»Ich muß gestehen«, verkündete er, nachdem er etwas auf ihre Karte gekritzelt hatte, »ich bin besorgt.«

»Weshalb?« hakte sie schnell nach.

»All diese Fragen. Was steckt wirklich dahinter?«

»Wie meinen Sie das?«

»Sie sind zerstreut, na gut. Jede schwangere Frau ist irgendwann zerstreut. Aber dann gefällt Ihnen Ihre Figur plötzlich nicht mehr. Sie mögen Ihren Atem nicht. Was ich da heraushöre, ist ›Depression‹.«

Joy sprang vom Tisch und hob ihr Kleid.

»Ist das eine normale Figur, Doktor?«

»Normal? Es gibt kein ›Normal‹. Was erwarten Sie denn? Falls Sie es darauf abgesehen haben sollten, sich als Modell für Bademoden in *Sport's Illustrated* zu qualifizieren, muß ich Ihnen recht geben. Das schaffen Sie nicht.«

»Mein Bauch sieht nicht aus, wie er aussehen sollte«, beharrte Joy.

Er kritzelte noch ein paar Worte in ihre Akte, aber als sie eine Hand ausstreckte, um es zu lesen, schlug er die Mappe zu.

»Joy«, begann er bedächtig. Seine Brauen zogen sich gedankenvoll zusammen. »Ich würde Sie gern an einen Psychiater überweisen. Das ist nichts, wessen man sich schämen müßte. Angesichts Ihrer Vorgeschichte war es sogar zu erwarten.«

»Welche Vorgeschichte?«

Wayne räusperte sich, sichtlich verärgert, daß sie es ihm so schwer machte. »Nun, allein schon die Tatsache, daß Sie als eineiiger Zwilling aufgewachsen sind. Und dann verschwindet Ihr Gegenstück auch noch.«

Joy konnte nicht verhindern, daß sich ein müdes Lächeln auf

ihren Zügen ausbreitete. Es erschien ihr plötzlich unglaublich lachhaft. Dr. Wayne redete, als wäre Buddy ein Paar ausgelatschte Schuhe gewesen, die jemand verschlampt hatte. Aber er war nicht verschlampt worden. Er war weg.

Sie schlüpfte in ihre zu engen Wildlederschuhe. »Er ist nicht verschwunden, Doktor.« Ein Griff nach der Handtasche, die auf der weißen Theke lag, eine rasche Handbewegung, um sich die Haare aus dem Gesicht zu streichen.

»Ich verstehe Sie nicht ganz, meine Liebe.«

»Jeder weiß, daß Buddy entführt wurde. Und das war kein Zufall. Es gab einen Grund. Haben Sie vielleicht eine Ahnung, worum es ging, Dr. Wayne?«

»Nein. Worum?« Er war schrecklich gespannt, die Höflichkeit in Person; er machte sich über sie lustig.

»Oh, ich lasse es Sie sofort wissen, sobald ich es herausgefunden habe«, schmetterte sie zurück.

»Joy?« rief er ihr nach, als sie aus seinem Sprechzimmer rauschte und durchs Wartezimmer preschte. »Können Sie nicht warten, bis Madeleine die Nummer des Arztes rausgesucht hat, dem ich Sie gern vorstellen würde?«

## Sechzehn

»Du kannst einfach nicht anders, was?« Dorothy pulte die Shrimps aus ihrer Blätterteigpastete und reihte sie paarweise auf ihrem Teller auf. Das Resultat erinnerte an Schulmädchen, die sich für eine Feuerübung bereit machten. »Du scheinst es wirklich zu genießen, mich zu erniedrigen.«

Joy hatte nichts anderes erwartet. Sobald sie Dr. Waynes übervolles Wartezimmer gesehen hatte, war sie zum Telefon gestürzt, um im Restaurant Bescheid zu sagen, daß sie später kommen würde. Dennoch war sie sich im selben Moment über die Fruchtlosigkeit dieses Unterfangens im klaren gewesen. Der Russian Tea Room versetzte Dorothy stets in streitbare Stimmung. Sie haßte es, hinter den samtenen Schärpen ausharren zu müssen, während eine Frau nach der anderen hereinspazierte, mit phantastischen Juwelen behängt, begleitet von Männern mit offenen Hemden und vollkommener Bräune. Sie verabscheute es zu sehen, wie der Maitre d'hotel die Damen auf beide Wangen küßte und zu einer der unzähligen Polsterbänke geleitete. Sie war schon hergekommen, ehe die meisten dieser Ziegen auch nur das Licht der Welt erblickt hatten. Warum zählte das überhaupt nichts, fragte sie sich. Weshalb verschaffte ihre Loyalität ihr nicht eine Art Sonderbehandlung?

Jahr für Jahr kam sie hartnäckig wieder, um ihren Tee zu schlürfen und winzigkleine Löffel Marmelade zu verzehren, während sie darauf wartete, daß die Berühmtheiten ihre Rechnung zahlten. Dann konnte sie zumindest ein oder zwei Namen fallen lassen, einem leicht zu beeindruckenden Auftraggeber erzählen, sie hätte am Nebentisch von Sean Connery zu Mittag gegessen und um wieviel besser er in natura doch aussähe.

Daß sie die Leute dabei ständig fehlidentifizierte, spielte keine Rolle. Aus einer Werbeagentin mit überlauter Stimme und schwarzem Stachelkopf wurde – zur späteren Verwendung – kurzentschlossen Liza Minelli. Ein Banker mit Bubifrisur und himmelblauen Augen verwandelte sich im Handumdrehen in Paul Newman. Sie war absolut schamlos, was ihre Irrtümer betraf, und ziemlich bärbeißig, wenn sie korrigiert wurde.

Aber heute war Joy das alles egal. Es machte ihr nichts aus, daß ihre Mutter miserabler Laune war, auf jedes ihrer Worte mit einer bissigen Bemerkung reagierte, mit der Gabel gegen den Teller klopfte, den schlechten Service bemängelte und sich über die Warterei beschwerte – die unerträglich langen Minuten, während ihre Tochter die Zeit beim Arzt vertrödelt hatte. Diese ließ den Sturm über sich hinwegrauschen wie Straßenlärm, schaltete sich kurz ein, dann wieder aus, nahm Dorothys von grellrotem Lippenstift beherrschte Finstermiene nur am Rande wahr.

Der Kellner räumte ab, der Ober erschien mit zwei Tassen Tee, einem kleinen Schälchen Himbeermarmelade und einem kompakten Rechteck Baklawa, das Dorothy gleich bei der Ankunft bestellt hatte. Durch den heißen Tee besänftigt, nahm sie ihr Lieblingsspiel wieder auf, ihre Augen durchforsteten den Raum nach potentiellen Stars. Sie drehte den Kopf und seufzte.

»Keiner da heute. Was für ein Reinfall.« Sie forderte den Ober mit einer schroffen Handbewegung auf, die Rechnung zu bringen, und zog dann ihren Lippenstift heraus. Joy verzierte unterdessen die Innenseite eines Streichholzbriefchens mit Gesichtern.

»Ich wünschte, du könntest das lassen. Es gehört sich nicht.« Sie betupfte ihre Lippen mit der schneeweißen Serviette, zog einen schmalen Umschlag aus ihrer Krokotasche und wedelte damit vor Joys Nase, als wolle sie die Luft parfümieren. »Ich habe dir etwas mitgebracht. Aber mittlerweile bin ich nicht mehr so sicher, ob du es überhaupt verdient hast.«

»Was ist das?«

»Noch ein Foto. Ich gebe es dir, wenn du endlich aufhörst, ein solches Ekel zu sein.«

Sie schob den Umschlag über das rote Tischtuch, ließ ihn jedoch nicht los. »Würdest du jetzt bitte versuchen, deine Mutter mit etwas mehr Respekt zu behandeln?« Sie wartete auf eine Antwort, stieß einen gequälten Seufzer aus und gab das Kuvert frei.

Joy öffnete die unverschlossene Klappe und brachte ein kleines Schwarzweißfoto zum Vorschein. Auf die weiße Umrandung unter dem Bild war ein Datum gedruckt: Oktober 1965.

Sie sah ein ihr vollkommen unbekanntes Haus. Es war ein wenig kleiner als ihr jetziges, hatte einen winzigen Vorgarten. Auf dem Bürgersteig davor posierten drei Kinder. Joy betrachtete das Foto genauer und erkannte sich selbst an den Zöpfen. Als nächstes identifizierte sie Buddy. Seine Lockenpracht war kurz geschoren, seine Zunge in Richtung Kamera gestreckt. Hinter ihnen stand Lanny im Teenageralter und hielt eine Hand über ihre Köpfe, Daumen und kleinen Finger zum Hexenzeichen emporgereckt.

»Ist dir jetzt wohler? Bist du jetzt wieder genießbar?«

Doch Joy konnte nicht aufhören zu starren. Denn in der offenstehenden Haustür war noch eine Gestalt zu sehen. Derselbe Mann, den sie in den Baumschatten neben den Bahngleisen gezeichnet hatte, derselbe, der mit dem Dietrich ausgestattet gewesen war.

»Wer ist das?« Sie gab ihrer Mutter das Foto zurück, wies auf den massigen Schädel, den bulligen Körper.

»O nein, verschone mich. Du weißt genau, wer das ist.«
»Ich habe keine Ahnung. Ehrlich.«
»Henry«, preßte Dorothy zwischen geschürzten Lippen hervor. »Dein Schwiegervater. Vermutlich wirst du mir jetzt gleich erzählen, du wärst zu zartbesaitet, um dich an ihn zu erinnern?«
»Warum? Stimmte etwas nicht mit ihm?«
»Ist das dein Ernst?«
»Ich erinnere mich wirklich nicht.«
Dorothy verdrehte seufzend die Augen. »Armer großer Henry. Wo immer er hintrat, bebte der Boden. Er redete zu laut, weil er auf einem Ohr taub war. Ihr hattet eine Heidenangst vor ihm.«
»Wieso?«
»Ich habe nicht die leiseste Ahnung. Weißt du, Henry und ich, wir hatten eigentlich eine sehr schöne Zeit miteinander. Unter anderen Umständen wären wir vielleicht noch zusammengekommen.«
»Wie meinst du das?«
»Ich sagte es bereits. Ihr habt euch benommen, als ob er ein Monster wäre.«
»Und weiter?«
»Ich wußte, daß ich dir dieses Bild besser nicht hätte zeigen sollen. Du bist so labil. Du siehst furchtbar angeschlagen aus.«
»Was ist mit ihm passiert?«
Dorothy preßte die Lippen zusammen. Ihre Lider flatterten kaum merklich. »Der Ärmste ging eines schönen Tages in die Garage, steckte sich einen Revolver in den Mund und drückte ab«, erklärte sie angewidert. »Als ob du das nicht wüßtest.«
Joys Tasse landete klirrend auf dem Tisch. Die Leute am Nebentisch glotzten. Ein Kellner erschien, um die Bescherung aufzuwischen. Sie riß ihm das Tuch aus der Hand und begann ihren Schoß abzutupfen, wo die warme Flüssigkeit bereits durchsickerte.
»Sie ist schwanger mit Zwillingen«, entschuldigte Dorothy sich bei dem Mann.
»Ich verstehe«, erwiderte der ohne jeden Funken Interesse. Joy gab ihm das nasse Tuch zurück, woraufhin er entschwand.

»Was ist eigentlich mit dir los?« Dorothy wischte mit einem Taschentuch auf dem feuchten Tischtuch herum.

»Nichts. Mir geht's prima. Laß uns gehen.« Joy verstaute das Foto in ihrer Handtasche, während ihre Mutter die Rechnung abzeichnete.

»Hast du noch mehr Bilder?« fragte sie blinzelnd, als sie wenig später aus dem dunklen Restaurant in den stürmischen Tag hinaustraten.

Ihre Mutter drapierte ein Tuch um ihren Kopf, um ihre Frisur vor dem Wind zu schützen. »Wenn ja, würde ich sie wegwerfen.« Sie setzte ihre Sonnenbrille auf und steuerte mit klappernden Absätzen auf die Siebenundfünfzigste Straße zu. »Du wirfst einen einzigen Blick darauf, und dein Gedächtnis setzt aus. Dann wirst du hysterisch. Aus welchem Grund, bitte, sollte ich dir noch mehr Bilder zeigen?«

»Ich bin nicht hysterisch«, protestierte Joy. »Ich will unbedingt mehr sehen, sofern welche existieren.«

»So, willst du.«

»Ja. Ich will. Ich muß mir über ein paar Dinge klarwerden, ehe die Kinder auf die Welt kommen.«

»Über was, um Himmels willen?« Den Blick stur geradeaus gerichtet, bahnte Dorothy sich einen Weg durch die Heerscharen von Mittagspassanten. »Da gibt's nichts klarzuwerden. Das Ganze ist nichts anderes als eine Übung in Selbstgeißelung. Lanny wird schrecklich wütend auf mich sein, wenn er herauskriegt, daß ich dich mit dieser Geschichte vom armen alten Henry aufgeregt habe. Ihr beide sprecht offensichtlich nicht darüber. Ich hätte es auch nicht tun sollen.«

»Mach dir keine Sorgen. Ich werd's ihm nicht verraten«, erbot sich Joy, was ihre Mutter zu beruhigen schien.

Sie gingen weiter Richtung Osten und kamen an einer Möbelausstellung vorbei, wo Dorothy ihr einen eleganten Glastisch zeigte, der, wie sie schwor, der allerletzte Schrei war. Joy nickte in regelmäßigen Abständen, während ihre Mutter von dem Wunder eines Tisches sprach, der die Farbe ändern konnte. Statt zuzuhören, fügte Joy dem Puzzle ein weiteres Teilchen hinzu. Lanny sprach nie darüber, warum er zu seiner Großmutter gezogen war, wenn sie auch aus den wenigen Geschichten, die er dann doch erzählt hatte, wußte, daß es von Anfang an kein glückliches Arrangement gewesen war. So hatte er beispielsweise mit drei Katzen ein Zimmer geteilt, das ehemals ein großer Schrank gewesen war. An guten Tagen ließ sie ihn die Rolladen schrubben und die Holzbalken abwaschen, ehe sie ihn abends in ihr Zimmer zitierte, um sich das dünne Haar striegeln zu lassen. Dort strich er dann mit einer Bürste, die mit mehr fettigen Haarsträhnen bedeckt war als ihr Kopf selbst, einhundertmal über ihren uralten Skalp, während sie auf ihren und seinen Wangen Wesson-Öl verteilte, damit sie zart und geschmeidig blieben. Und einmal in der Woche wurde er ins Badezimmer bestellt, um ihr das Shampoo aus dem Haar zu spülen, wenn sie, die faltige Ziehharmonikahaut kaum bedeckt, in öligem Badewasser schwamm.

Joy wußte auch, daß seine Mutter krank geworden war und weggebracht wurde, als er noch nicht sehr alt gewesen sein konnte, kurz vor seinem Umzug nach Toney's Brook. Doch nachdem Joy und Dorothy ihrerseits an die West Side umgesiedelt waren, hatten sie von Lannys Vater nie wieder etwas gehört. Es war, als ob er sich in Luft aufgelöst hätte. Selbst während der Hochzeitsvorbereitungen war Lanny allen Fragen über ihn ausgewichen.

»Er ist tot, und sonst gibt es niemand mehr«, hatte er sie eines Nachts angebrüllt. »Auf wieviel verschiedene Arten soll ich's denn noch sagen? Der Mann ist tot! Hör auf, mich ständig mit diesen Fragen zu löchern!«

Sie fragte nie wieder und vergaß Henry im Lauf der Zeit total.

Dorothy schnatterte immer noch, diesmal über indirekte Beleuchtung, während sie darauf warteten, daß die Ampel an der Ecke Fifth Avenue-Fünfundsiebzigste Straße umsprang. Sie merkte weder, wie Joy erstarrte, noch war ihr bewußt, daß ihre Tochter plötzlich jegliches Gefühl für Raum und Zeit verloren hatte und wie gebannt auf die andere Straßenseite stierte.

Drüben auf der anderen Straßenseite, inmitten der wogenden Menge, hatte Joy ein Paar vertraute Schultern geortet, eine ihr gut bekannte Nase erspäht, einen raschen Blick in Lannys Augen geworfen.

Sie wollte fragen, ob Dorothy ihn ebenfalls gesehen hatte, aber ihre Mutter schwelgte ganz in einem Monolog über einen Anstreicher aus ihrem Bekanntenkreis, der ein wahrer Künstler war, wenn es um das Marmorieren von Wänden ging. Als sie wieder geradeaus blickte, konnte sie Lanny nirgends mehr entdecken.

Und dann sah sie ihn doch – direkt gegenüber auf der anderen Seite. Seine Augen bohrten sich in die Menge, nahmen sie überhaupt nicht wahr.

Sie zwang sich zu lächeln und begann zu winken, doch Lannys Gesicht zeigte keinerlei Reaktion. Sein Mund blieb ausdruckslos, seine Hand hob sich nicht, um zurückzuwinken. Er schaute starr nach vorn, dennoch zogen seine leuchtend blauen Augen sie an wie ein Magnet.

»Lanny!«

Dorothy verstummte und sah die Ampel gerade gelb werden, als Joy losmarschierte. Ein Rauchwolken hervorwürgender Laster stieß ein gellendes Hupen aus, aber ihre Tochter schien es nicht zu hören. Die Menge beobachtete entsetzt, wie der Fahrer erfolglos auf die Bremse stieg. Der LKW schlitterte weiter. Dorothy drängte sich nach vorne und riß Joy zur Seite.

»Willst du dich umbringen?« kreischte sie. »Hast du den Laster nicht gesehen?«

Joy gab keine Antwort. Während der LKW die Straße hinunterschoß, suchte sie die schnell näher kommende Menge ab. Wie ein Laternenpfahl stand sie mitten im Weg und studierte die Gesichter der Leute, die sie ärgerlich umschifften. Er war verschwunden.

»Ich habe Lanny gesehen«, verkündete sie benommen.

»Jetzt hast du völlig den Verstand verloren. Lanny ist doch gar nicht in der Stadt.«

Obwohl sie sonst nichts weiter sagte, wußte Joy genau, was ihre Mutter dachte. Daß sie mit ihren Vorbehalten von Anfang an recht gehabt hatte. Daß es einfach zu schön gewesen war, um gutgehen zu können.

»Wir rufen ihn an«, erklärte Dorothy, nachdem sie die Fassung zurückgewonnen hatte. »Ja. Wir rufen ihn an.«

Die ersten drei Münzfernsprecher, an denen sie vorbeikamen, waren defekt. In der vierten Zelle tätigte eine Frau ohne Rücksicht auf die anwachsende Warteschlange ihre mittäglichen Geschäftsanrufe.

Dorothy stieß alle zwanzig Sekunden ein vernehmliches Seufzen aus; auf Joy hatte die Warterei eine eher besänftigende Wirkung. Auf diese Weise hatte sie Zeit, sich ihre Fragen zu überlegen. Auf keinen Fall wollte sie einen Narren aus sich machen und am Ende gar als mißtrauische Ehefrau dastehen.

»Hat er heute nachmittag schon angerufen?« erkundigte sie sich bei Kelly, als die Geschäftsfrau ihr Tagwerk erledigt und den warmen Hörer an Joy weitergereicht hatte.

Am anderen Ende der Leitung entstand ein längeres Schweigen, das Joy sich zu füllen getrieben fühlte. »Er wollte mir eigentlich heute morgen mitteilen, mit welchem Flug er morgen ankommt, aber ich war den ganzen Tag nicht zu Hause.«

»Tut mir leid, Mrs. Bard, ich habe keinen Flug für ihn gebucht. Das macht diesmal alles Dr. Bergers Büro. Möchten Sie, daß ich dort für Sie nachfrage? Stimmt etwas nicht?«

»Nein, nein, alles in Ordnung. Bemühen Sie sich nicht weiter.« Joy tat ihr Bestes, unbeschwert zu klingen. »Sagen Sie ihm nur, daß ich angerufen habe.«

»Gern, Mrs. Bard«, gab Kelly zurück.

»Und?« fragte Dorothy, kaum daß Joy aufgelegt hatte.

»Er ist noch nicht zurück.«

»Natürlich nicht. Du siehst Gespenster.«

Joy erhob keinen Einspruch. Durch einen Streit war nichts gewonnen. Sie wußte, was sie gesehen hatte.

»Schön, bringen wir diesen Ausflug hinter uns. Dr. Wayne hat mir erzählt, du wärst zu lange in diesem alten Kasten eingesperrt gewesen. Du brauchst ein bißchen frische Luft.« Dorothy lief zur Straßenecke und schnappte einem jungen Mann das Taxi vor der Nase weg.

Joy ließ sich auf die aufgeschlitzte Rückbank sinken. Wie aus weiter Ferne hörte sie ihre Mutter über Knittersamt und antike Seide dozieren, aber zu antworten war glücklicherweise überflüssig. Sie versuchte dahinterzukommen, wie sie jemandem klarmachen konnte, daß sie in Gefahr war, wo sie nicht einmal wußte, worin die Gefahr eigentlich bestand. Im Geiste ging sie die Namen all ihrer Bekannten durch, auf der Suche nach einem

Menschen, an den sie sich wenden, dem sie vollkommen vertrauen konnte. Sie kam zu dem unausweichlichen Schluß, daß es niemanden gab.

## Siebzehn

Bei vier Vertreibern von Alarmsystemen hatte sie eine Nachricht hinterlassen. John O'Brien von *O'Brien Security* rief als erster zurück.

»Ist achtzehn Uhr okay für Sie?« fragte er eifrig, und der Termin stand.

Der rotwangige Händler tauchte nur Sekunden nach Molly auf, die ein so riesiges Grillhähnchen mitgebracht hatte, daß man eine vierköpfige Familie damit satt kriegen konnte. Er atmete kräftig durch seine Knollennase ein, verdrehte dann die wäßrigen Augen.

»Ich verkaufe Alarmsysteme, um den Leuten ein sicheres Heim zu schaffen. Und das hier«, meinte er theatralisch, während sein Arm mit einer ausladenden Geste durch den Raum schweifte, »riecht wie der Inbegriff eines wahren Heims.«

Die Frauen wechselten einen amüsierten Blick, den O'Brien zu übersehen beschloß.

»Zwei Minuten zu spät.« Wieder ganz aufs Geschäft konzentriert, wies er auf seine Digitaluhr. »Tut mir sehr leid. Kann Zuspätkommen nicht ausstehen.« Er stellte seinen mächtigen schwarzen Koffer auf dem Wohnzimmerboden ab und rieb sich erwartungsvoll die Hände. Seine Augen saugten das Haus bereits in sich auf, maßen die Fenster und Türen aus, taxierten die Beleuchtungskörper und die wuchernden Rhododendren, die den Blick aus dem Wohnzimmerfenster zunehmend versperrten.

»Altes Haus«, stellte er mit wissendem Nicken fest. Seine Miene sagte: Das sehe ich nicht zum erstenmal. Ich kenne solche Bauten, weiß, wo das Problem liegt.

»Hübscher Teil des Städtchens.« Er ging in den ersten Stock hinauf, schaute nach unten, in die Runde, drehte sich um die eigene Achse, stellte nach Augenmaß Berechnungen an, zählte an seinen Fingern die Fenster ab.

»Danke«, sagte Joy, die mit Molly am Fuß der Treppe stand.

»Der Traum eines jeden Einbrechers«, fuhr O'Brien fort, während er in den Zimmern verschwand.

»Erkundige dich ein bißchen über ihn«, flüsterte Molly, als er in seltsam schräger Körperhaltung wieder nach unten kam.

Joy folgte ihm in die Küche. »Haben Sie schon viele Alarmanlagen in Edgebury installiert?«

»Erst letzten Monat gleich um die Ecke. Bei den Robinsons. Kennen Sie die?«

Joy sagte der Name nichts.

»Nette Leutchen.« O'Brien schob die Küchenfenster hoch und ließ sie wieder hinunter, wobei er jedes Stocken mit einem Nikken quittierte. »Der Typ wollte jedes Fenster und jede Tür bis ins Dachgeschoß gesichert haben, inklusive Speicher.« Er machte sich auf seinem Klemmbrett mehrere Notizen. »Hab' versucht, ihm das Dachgeschoß und den Speicher auszureden, aber er hat drauf bestanden – also haben wir's gemacht.« Er legte das Klemmbrett beiseite und drehte sich zu Joy und Molly um. »Hat die Anlage zweimal benutzt. Dann rief er ein paar Tage später an und beschwerte sich, das System würd' nicht mehr funktionieren. Meinte, der Alarm würde immer wieder ohne Grund anspringen. Hab' den Wartungsdienst rübergeschickt – keiner machte auf. Pete, mein bester Mann, kommt nicht ins Haus rein. Ruft die Bullen. Finden die ganze Familie gefesselt im Keller, das Haus total ausgeräumt. Gott sei Dank war keiner verletzt.«

»Was war passiert?« wollte Molly wissen.

»Jemand muß sich im Haus versteckt und auf sie gewartet haben«, antwortete Joy an seiner Stelle. O'Brien zielte auf sie wie mit einem imaginären Revolver und schnalzte mit der Zunge, was wohl heißen sollte: Bingo, ins Schwarze.

Er zog die dick lackierte Holztür neben der Vorratskammer auf. »Der Keller?«

Joy nickte und folgte ihm die groben Holzstufen hinab.

»Die müssen unbedingt ersetzt werden«, riet er, während die Treppe unter seinem schweren Schritt ächzte. »Brandgefahr.«

Unten angelangt, bewegte er sich im Zickzack durch die düsteren Räume, nickte, wann immer er ein spinnennetzbedecktes Fenster öffnete und schloß.

»Kein Problem, hier reinzukommen.« Er zählte neun Fenster, diesmal laut, fügte seinem Angebot dann noch einige Ziffern hinzu.

Nachdem er seinen Stift in die Brusttasche zurückgesteckt hatte, drehte er sich zu Joy um und sagte: »Unglaublich, was so manchmal passiert. Zum Beispiel letzten Monat. Eine Frau wollte sämtliche Fenster und Türen gesichert haben, aber der Keller war ihr egal. ›Da unten ist nichts zu holen‹, erklärte sie mir. Kurz drauf war sie Waschmaschine und Trockner los. Nette Frau. Drei Kinder. Meinte später, der Haken an Münzwaschautomaten wäre der, daß man nie genau wüßte, was vorher dringewesen ist. Zum Schluß ließ sie dann doch noch den Keller verdrahten. Und die Garage.«

O'Brien öffnete eine Tür, die nach draußen führte. »Der Hinterhof?« Joy nickte. »Braucht 'n paar Lampen. Zu einer guten Alarmanlage gehört immer genügend Licht.« Er zog eine flache Taschenlampe aus der Gesäßtasche und trat in die Dunkelheit hinaus.

Joy kehrte in die Küche zurück. Molly und sie schauten ihm durchs Fenster zu. Die Taschenlampe tanzte über den Hof, verharrte schließlich in einem abgelegenen Winkel, wo er offenbar etwas entdeckt hatte. Als er wieder in die Küche kam, hielt er eine weiße Schüssel in der Hand.

»Da draußen liegt ein toter Waschbär. Ist das Ihre?« Er hielt die Schüssel hoch. Es war ein Freßnapf für Hunde.

»Die gehört Cookie«, sagte Molly. »Sie hat immer eine Wasserschüssel im Hof stehen.«

Er hielt Joy den Napf unter die Nase. »Da ist kein Wasser drin.«

Der Gestank ließ sie würgen.

»Was ist das?«

Sie schüttelte ratlos den Kopf.

»Klar wissen Sie's.« O'Brien stellte die Schüssel auf die Theke, während Joy sich in der Hoffnung, daß ihr nicht schlecht wurde, mit einer Hand den Mund zuhielt.

»Erdnußbutter«, verkündete er. »Erstens mal Erdnußbutter.«

Er nahm die Schüssel wieder in die Hand. »Mit grünen und weißen Stückchen drin, sehen Sie?«

Die Übelkeit verschlimmerte sich. Mit dem brennenden Wunsch, daß es helfen möge, wandte Joy den Blick ab.

»Schon mal ein Klo saubergemacht?«

»Wie bitte?« meinte Molly.

»Schon mal ein Klo saubergemacht?«

»Es ist Drano«, sagte Joy leise, woraufhin O'Brien sie ansah, als wäre sie doch cleverer als vermutet.

»Die Kristalle sind druntergemischt wie Zucker«, setzte O'Brien erläuternd hinzu.

Joy schob den Napf ans andere Ende der Theke, wo Molly ihn in Empfang nahm, um ihn samt Inhalt im Müllschlucker zu versenken.

»Haben Sie die draußen hingestellt? Um Waschbären zu erledigen?«

»Nein«, erwiderte Joy.

»Ihr Mann vielleicht?«

»Der ist zur Zeit nicht da.«

»Dann, Mrs. Bard, braucht Ihr Haus so schnell wie möglich eine Alarmanlage, wenn Sie mich fragen.«

Joy fragte sich statt dessen, ob er genügend Zeit gehabt hätte, die Schüssel aus seinem Auto zu holen und in ihrem Hof zu deponieren, aber das war nicht der Fall. Außerdem hatte Molly gesagt, es wäre Cookies Napf.

Die beiden Frauen folgten O'Brien ins Wohnzimmer, wo er zwei kleine Tastenblöcke aus dem Koffer holte und ihre Funktionsweise erklärte.

»Sie müssen Keller, Erdgeschoß und ersten Stock abdecken. Detektoren für Erschütterungen und Bewegungen. Vor, hinter und neben dem Haus Scheinwerfer. Das Ganze wird mit einer Monitoranlage verbunden. Springt der Alarm an, werden Sie angerufen. Sind Sie nicht da, oder kennen Sie das Kennwort nicht, wird die Polizei verständigt.«

Er lehnte sich zurück, stieß einen tiefen Seufzer aus und ließ seine manikürten Finger über die winzigen Tasten seines kreditkartengroßen Taschenrechners fliegen, um die Zahlen einzugeben, die er in die diversen Spalten gekritzelt hatte.

»Dreitausendfünfhundert, und Sie werden schlafen wie ein Baby. Ist Ihr Mann viel unterwegs?«

»Ziemlich«, gab Joy fröstelnd zurück. Zum erstenmal an diesem Abend dachte sie an Lanny, fragte sich, wo er war.

»Werfen Sie mal einen Blick drauf. Ich vergewissere mich inzwischen, ob ich auch nichts vergessen habe.« Er reichte ihr das Klemmbrett.

Während er Erdgeschoß und ersten Stock abging, versuchte Joy seine Hieroglyphen zu entziffern. Als sie ihn im Dachgeschoß ankommen hörte, legte sie die Tafel weg und folgte ihm nach oben.

»Ich persönlich«, er begutachtete den Flur, steckte den Kopf kurz in ihr Studio, »halte nichts davon, Dachböden eine Alarmanlage zu verpassen.« Sein Blick glitt zu der niedrigen Speichertür. »Wenn's einer bis hier rauf schafft, kommt er sowieso überall rein. Verstehen Sie, was ich meine?«

»Halten Sie das für neu?« Joy zeigte auf das Riegelschloß, und da fiel es ihr auf. Der Riegel war nicht vorgeschoben. Die Tür stand einen kleinen Spalt offen.

»Kann ich nicht beurteilen.« O'Brien schüttelte den Kopf. »Aber stabil sieht's auf jeden Fall aus. Ist sowieso gut, hier oben ein Schloß zu haben. Wenn jemand vom Dach aus einsteigt, sitzt er jedenfalls fest. Außer natürlich, Sie haben da drinnen eine zweite Küche randvoll mit Bier und Lebensmitteln. Die Menschen kommen ja manchmal auf die verrücktesten Ideen.« Er starrte auf die Tür. »Funktioniert allerdings nur, wenn Sie den Riegel auch vorschieben, meinen Sie nicht?«

Joy nickte und überlegte, ob sich ein Riegel wohl von selbst lösen konnte.

O'Brien drückte die kleine Tür auf, ging geduckt darunter hindurch und kehrte wenig später zurück. »Hier oben sind Sie sicher.« Er klatschte energisch in die Hände. »Und wie steht's mit dem Rest vom Haus?«

»Wie schnell können Sie das System installieren?« hörte Joy sich zu ihrer Überraschung fragen. Dreitausendfünfhundert Dollar waren ein Haufen Geld. Eine solche Entscheidung hatte sie bislang noch nie alleine getroffen.

Sie begaben sich schweigend ins Wohnzimmer. Dort brachte

er einen großen Kalender zum Vorschein, dessen Lücken zwischen den einzelnen Daten mit seiner gedrungenen, unleserlichen Schrift übersät waren. Er stieß ein neuerliches, abgrundtiefes Seufzen aus. »Will Sie ja wirklich nicht warten lassen. Würde Sie am liebsten gleich morgen drannehmen.« Ein betrübtes Kopfschütteln. »Muß leider bis nächste Woche warten. Eher kann ich Sie nicht reinschieben, aber ich könnte Ihnen in der Zwischenzeit ein paar transportable Ersatzgeräte leihen. Bewegungsdetektoren, nur für den Übergang. Vorausgesetzt, ich hab' welche im Wagen.«

Zu dem Zeitpunkt, als Joy ins Bett ging, standen im Wohnzimmer, im Eßzimmer, in der Halle und direkt neben der Kellertür kleine schwarze Kästen bereit, beobachteten die zunehmende Abenddämmerung, warteten auf ihren Einsatz.

Sie griff nach dem Telefon auf dem Nachttisch und rief Lanny an.

»Mr. Bard ist momentan nicht im Haus«, trällerte ihr die sonnige, leicht nasale Kalifornienstimme der Rezeptionistin ins Ohr. »Aber wenn er telefonisch anfragt, ob irgendwelche Nachrichten für ihn vorliegen, wird er Ihre alle bekommen – keine Sorge.«

Joy hängte ein und kroch unter die Decke. Obwohl sie sich wie ein Hähnchen am Spieß in regelmäßigen Abständen umdrehte, schien ihr Körper vollkommen desorientiert. Sie fand einfach keine bequeme Lage, konnte ihre Gedanken nicht abstellen. Sie kreisten unablässig um das Haus, ihre Arbeit, die Babys. Lanny, sie drei als Teenager, die Babys. Und wieder die Babys.

Ihre Atmung wurde ruhiger. Die schwarze Tür knallte zu. Buddy drückte sich von innen an der Fensterscheibe die Nase platt. Sie zerrte am Griff, aber die Tür wollte nicht weichen. Als sie losließ, begann sie zu fallen – Alice im Kaninchenbau –, tiefer und tiefer.

Bei dem Versuch, den Sturz ins Nichts aufzuhalten, schnellte ihr Körper ruckartig hoch. Ihre Füße waren ins Bettlaken verstrickt. Sie rollte sich auf die andere Seite, um einen Blick auf die Digitaluhr auf Lannys Nachttisch zu werfen. Ein Körper versperrte ihr die Sicht. Sie starrte auf einen Rücken neben sich im Bett.

Sie schoß ins Bad, schlug die Tür hinter sich zu und schloß ab. Alles war ruhig. Sie wartete. Totenstille. Sie wartete weiter. Immer noch kein Muckser, kein Lebenszeichen auf der anderen Seite ihres Verstecks. Sie drehte den Schlüssel wieder um, machte die Tür im Zeitlupentempo auf und spähte hinaus. Die Bettücher befanden sich in wildem Chaos; dort, wo vorhin noch der Körper gelegen hatte, lagen zwei Kissen. Diesmal war sie jedoch absolut sicher, sich nichts eingebildet zu haben. Sie hatte die Wärme des fremden Leibes eindeutig gespürt.

»Verdammt!« Kissen und Bettdecke landeten mit einem rüden Schubs auf dem Boden, dann schleppte sie sich, fest in ihren Bademantel gewickelt, die Treppe zum Studio hinauf. Da sie zum Schlafen ohnehin viel zu aufgedreht war, konnte sie ebensogut versuchen, etwas zu arbeiten.

Sie griff nach dem Bleistift. Anfangs verweigerte ihre Hand den Dienst. Immer wieder mußte sie die Wangenkonturen neu zeichnen, damit sie flacher wurden, die Augen ausradieren, um ihnen das schwerlidrige Aussehen zu verleihen. Und dann, urplötzlich, begann der Stift zu kooperieren. Der Mörder wurde zum Leben erweckt.

Als er fertig war, hatte er eingefallene Wangen und eine leicht pockennarbige Haut. Seine Haare, die sie bald schwarz mit schwachem Rotstich färben würde, waren nach hinten angeklatscht, wie von einer schmierigen Ölschicht überzogen. Die Nase war ebenso schmal wie der schiefe Mund. Sie steckte Fred in ihre Aktenmappe und zog den Reißverschluß zu. Endlich war sie ruhiger. Müde sogar. Zum Umfallen müde.

Sie ließ die Lichter brennen, stieg die Treppe hinunter und legte sich ins Bett. Den Bademantel behielt sie an, als zusätzliche Schutzschicht sozusagen.

Ihre Gedanken machten sich selbständig. Wo steckte Lanny? Wie konnte sie den Selbstmord seines Vaters vergessen haben? Was stimmte nicht mit ihrer Schwangerschaft? Sie drehte sich um, musterte das Telefon an ihrer Seite, da stieß der winzige Verstärker unvermittelt mehrere hohe, elektronische Piepser aus. Lanny sprach an dem Apparat in der Küche.

Aber Lanny war ja gar nicht da! Jemand Fremdes befand sich im Haus.

Für einige Sekunden lag sie da wie gelähmt. Jemand benutzte das Küchentelefon. Endlich gelang es ihr, sich mit halb eingeschlafenen, störrischen Armen aufzurichten. Unter völliger Mißachtung des bohrenden Kribbelns griff sie nach dem Telefon und preßte es ans Ohr. Das Freizeichen erschütterte ihr Trommelfell wie dröhnendes Glockengeläut.

Außerdem – es konnte niemand in der Küche sein. Schließlich waren da die schwarzen Kästen und paßten auf. Paßten auf und beobachteten das Haus, allzeit bereit, sie über die leiseste Bewegung in Kenntnis zu setzen. Unmöglich, die Photozelle zu umgehen und von dem Alarmkreis zu trennen. So hatte der Mann jedenfalls gesagt.

Hatte sie vielleicht nur geträumt? Sie bezweifelte es, aber sicher war sie nicht. Während sie sich die Decke über den Kopf zog, versuchte sie irgend etwas zu finden, dessen sie überhaupt sicher sein konnte, doch bevor der Gedanke zu Ende geführt war, hatte sie sich bereits der warmen Umarmung des Schlafes ergeben.

## Achtzehn

Die schwarze Tür knallte zu. Eine Sirene heulte auf. Buddy starrte sie durch die Heckscheibe an, den Mund sperrangelweit aufgerissen. Sie gab sich alle Mühe, ihn zu verstehen, aber die Sirene war viel zu laut. Sie versuchte verzweifelt, die Augen zu öffnen, doch sie schienen wie zugekleistert.

Hellwach setzte sie sich auf. Der gellende Ton drohte sie zu verschlingen. Halb im Schlaf, schwer wie eine Tonne, versuchte sie ihn abzustellen, fingerte an Radio, Fernseher, Wecker herum. Alles war aus, doch die Sirene heulte weiter. Als sie den Telefonhörer abnahm, verstummte das Geräusch so abrupt, daß die plötzliche Stille ihr einen regelrechten Schrecken einjagte. Dann ging es wieder los, und ihr wurde klar, daß es der Alarm war. Der Alarm im Erdgeschoß sprang alle zwei Minuten an.

Die Hand auf ein Ohr gelegt, wählte sie die Nummer der Polizei, nannte mit vor Aufregung bebender Stimme Namen und

Adresse. Sie bezwang den überwältigenden Drang, sich zu verkriechen, stand auf und stürzte durch den Lärm nach draußen, als müsse sie durch eine Feuerwand hindurch.

Zitternd vor Kälte rieb sie sich die Arme und trippelte auf der Stelle, bis endlich ein Paar Scheinwerfer um die Ecke bogen. Doch es war Donnas Wagen, der in Donnas Einfahrt verschwand. Während sie dem Geräusch der zuschlagenden Türen lauschte, schoß ihr durch den Kopf, daß die Polizei mit jedem Mal später kam.

»Alles in Ordnung?« Donna überquerte die Straße, ihren schweren Pelzmantel fest über der Brust zusammenhaltend. Die schwarzen Schuhe und Strümpfe machten ihre Beine unsichtbar, so daß sie durch die Nacht zu schweben schien. Joy wünschte, sie könnte verschwinden, verschwinden wie Donnas Füße, aber sie selbst war nicht zu verfehlen. Eine Gestalt in weißem Kapuzenmantel, die in der Kälte auf und nieder hüpfte.

»Haben Sie sich ausgesperrt?« stellte Donna sie zur Rede.

Joys Stimme begann sich gegen ihren Willen zu überschlagen. »In meinem Haus ist jemand.«

»Art«, rief Donna der Gestalt zu, die gemächlich auf ihre Haustür zusteuerte. »Art, komm her.«

Er bewegte sich langsam – wie einer, der nicht daran gewöhnt war, Kummerbund und Lackschuhe zu tragen, einer, der zu tief ins Glas geschaut hatte.

Der wütende Schrei des Alarms zerriß die Stille.

»Oh! Sie haben auf mich gehört«, brüllte Art über den Lärm hinweg.

»Art, in ihrem Haus ist jemand.«

»Was? Denkt sie wieder mal, es wär Sethy?«

»Nein, das denke ich nicht«, warf Joy dazwischen.

»Wo ist denn Ihr Mann?« Art stank nach Scotch und Zigaretten.

»Nicht in der Stadt«, brachte Joy mühsam heraus.

»Art, es ist jemand in ihrem Haus!« Der Alarm verstummte schlagartig, so daß Donnas Stimme überlaut in der stillen Nacht hängenblieb.

Art musterte das Haus, Joy, Donna, überlegte, wie weit seine Bürgerpflicht ging.

»Ich habe die Polizei verständigt«, schaltete Joy sich zum zweitenmal ein. »Sie sind unterwegs.« Sie sah, wie Art sich entspannte und Donna versteinerte.

»Na toll!« Donna drehte sich zu ihrem Mann um. »In höchstens einer Stunde rennen sie uns die Bude ein, wetten?«

Joy registrierte das plötzliche Aufblitzen von Einvernehmen zwischen den beiden, als Art seiner Frau eine besitzergreifende Hand auf den Rücken legte.

»Wenn die Polizei kommt, dann ist ja alles in Ordnung«, sagte er zu Joy, ihre bloßen Füße ignorierend. »Wahrscheinlich sind's bloß Eichhörnchen. Die hat hier jeder.«

Er dirigierte Donna nach Hause, und die Dunkelheit saugte das Paar auf. Kurz darauf ging in ihrem Schlafzimmer Licht an, dann wurde es auch bei Sue hell. Erst im Wohnzimmer, darauf in der Halle und schließlich im vorderen Schlafzimmer.

Joy bildete sich ein, auch drüben bei Barb vages Licht zu erkennen, aber ihr Haus lag diskret hinter einem Grüppchen Tannen verborgen, so daß es nicht eindeutig festzustellen war.

Frierend und dem Zusammenbruch nahe, das zermürbende Gellen der Sirene im Ohr, kauerte sie auf den Stufen vor ihrem Haus, bis der Streifenwagen endlich um den Block bog. Sergeant Brady und Schutzmann McShane stiegen aus.

»'n Abend«, sagte McShane, ohne sie anzuschauen. Seine Augen hefteten sich sofort auf das Haus, suchten die Quelle des Alarms, während seine Hand an den Griff seiner Waffe wanderte.

»Irgendwen gesehen?« wollte er wissen und trottete dann, als Joy den Kopf schüttelte, hinter Brady hinein. Der Alarm verstummte. Außer dem Geräusch ihrer eigenen Atemzüge herrschte völlige Stille.

Sie kehrten mit ihrem Wintermantel und den Pantoffeln zurück, die sie seit Tagen gesucht hatte.

»Mrs. Bard«, begann Brady, während er verfolgte, wie sie ihre Arme ungeschickt in die Mantelärmel zu stecken versuchte, »wir haben überall nachgesehen. In Ihrem Haus ist keine Menschenseele. Diese transportablen Alarmgeräte sind eine wahre Plage. Sie reagieren auf Fliegen, Staubflocken, alles mögliche. Ich rate immer dringend davon ab.«

»Aber ich weiß, daß jemand da drinnen ist«, beharrte Joy.

»Und woher wollen Sie das wissen?« ließ McShane sich vernehmen.

Was konnte sie darauf sagen? Wie sollte sie das mit dem Telefon erklären, das jedesmal piepste, wenn an einem anderen Apparat gesprochen wurde? Oder dieses Gefühl, beobachtet zu werden, den Eindruck, daß Gegenstände absichtlich weggeschafft wurden? Sie konnte das alles unmöglich erzählen, ohne als das zu erscheinen, was sie allmählich zu werden befürchtete: verrückt. Komplett verrückt.

»Wieso besorgen Sie sich nicht eine Mausefalle?« schlug Brady lächelnd vor. »Ich wette um was Sie wollen, daß Sie Ihren kleinen Gast auf die Art schnappen.«

»Ich brauche keine Mausefalle«, gab Joy gelassen zurück. »Wenn die süßen Tierchen in meinem Haus ankommen, sind sie bereits tot und enthauptet.«

Die beiden Männer traten beklommen von einem Fuß auf den andern.

»Außerdem sind das keine Mäuse. Und Eichhörnchen auch nicht. Es sei denn, Sie haben schon von Nagern gehört, die Türen auf- und zumachen können.«

»Ma'am?«

»Meine Speichertür. Gestern war sie noch verschlossen. Heute ist sie offen.«

Brady nickte McShane zu, woraufhin beide im Laufschritt im Haus verschwanden. Joy wartete. Doch sie wußte noch vor ihrer Rückkehr, was die Männer vorfinden würden: eine verschlossene Tür. O'Brien hatte den Riegel vorgeschoben.

Während McShane den Hinterhof absuchte, gesellte Brady sich wieder zu ihr.

»Ich weiß genau, daß jemand im Haus ist«, wiederholte sie, ehe er einen Ton sagen konnte.

»Okay. Und wer könnte das Ihrer Meinung nach sein?« Er klang gequält. »Jemand, den Sie kennen?«

Sie wählte ihre Worte mit Bedacht. »Ich bin mir nicht sicher. Ein paar Jungs aus der Nachbarschaft? Mein Mann vielleicht?« Das hatte sie nicht sagen wollen. Es war ihr bislang nicht einmal in den Sinn gekommen.

Bradys resolute Stimme sauste durch die Luft wie ein Beil. »Wohnt er nicht hier?«

»Schon. Aber er dürfte momentan eigentlich nicht in der Stadt sein«, flüsterte sie zurück.

»Mrs. Bard«, ein tiefes Atemholen, »haben Sie uns etwa hierherzitiert, weil Sie glauben, Ihr Mann ist früher nach Hause gekommen als erwartet?«

Wenn sie nur nicht so durcheinander wäre. »Ich sage doch, ich weiß nicht, wer es ist. Aber daß sich jemand in mein Haus eingeschlichen hat, steht fest. Ich glaube«, sie zwang sich zum Weitersprechen, obwohl irgend etwas ihr sagte, sie solle es besser nicht tun, »jemand versucht mir angst zu machen.«

Er erstickte ein Hüsteln. »Wenn Sie ein Problem mit Ihrem Ehemann haben, sollten Sie Verbindung mit einem Anwalt aufnehmen. Oder mit einem Rechtsberater. Haben Sie's schon mal mit einer Rechtsberatung versucht? So was ist ein Fall für das Familiengericht, nicht fürs Polizeirevier.«

»Es ist doch zweifellos eine polizeiliche Angelegenheit, wenn jemand bei mir einbricht?«

»Bei Ihnen ist aber niemand eingebrochen«, meinte er in einem Ton, als hätte er ein Kind vor sich. Kurz und bündig, ohne Platz für eventuelle Widerrede. »Können Sie heute nacht irgendwo unterkommen?« fragte er dann in genau dem Moment, als McShane zurückkam. Er schüttelte den Kopf. Fehlanzeige auch im Hinterhof.

»Gibt's irgendwelche Verwandte oder Nachbarn, die Sie aufnehmen könnten?«

»Warum? Glauben Sie mir plötzlich?«

»Da gibt es nichts zu glauben, Ma'am. Wir haben überall zweimal nachgesehen. In Ihrem Haus ist niemand, nicht mal Ihr Mann.« Er kümmerte sich nicht um McShanes fragenden Blick.

Joy starrte stumpf vor sich hin. Diese Bullen irrten sich. Sie irrten sich entsetzlich.

»Ich führe Sie gern noch mal durch die Zimmer«, fuhr der Sergeant fort. »Und wenn Sie möchten, bleiben mein Partner und ich so lange draußen im Wagen sitzen, bis Sie eingeschlafen sind. Aber glauben Sie mir – alles, was Sie haben, ist eine übererregbare Alarmanlage und eine blühende Phantasie. Schmeißen

Sie die verdammten schwarzen Kästen raus. Außer 'ner Gänsehaut und Panikzuständen bringen die sowieso nichts.«

»Ein großer Hund wär' auch nicht schlecht«, steuerte McShane bei. »Ich an Ihrer Stelle würd' mir 'nen netten großen Hund zulegen.«

»Hat Ihr Mann einen Schlüssel?« fragte Brady.

Joy nickte.

»Dann besteht für ihn ja wohl kein Grund, einzubrechen, stimmt's?«

Sie nickte wieder, erschöpft. »Sie müssen nicht bleiben.« Sie wollte nicht, daß sie vor ihrem Haus herumstanden, sich auf ihre Kosten lustig machten. »Mir geht's gut.«

»Sicher?«

Ein Nicken.

»Na denn, gute Nacht«, sagte der Sergeant. Die Männer stiegen wortlos in ihren Wagen und fuhren davon.

Sie blieb noch eine Zeitlang auf der Treppe sitzen. Dann erinnerte eins der Babys sie mit einem heftigen Tritt daran, daß es kalt und spät war.

Der einzige Mensch, zu dem sie gehen konnte, war ihre Mutter. Ihr fehlte allerdings die Energie, Dorothys Fragen über sich ergehen zu lassen. Und plötzlich fiel ihr Molly ein.

»Ich weiß, wie spät es ist«, meinte sie, als Molly sie ins Haus bugsierte.

Molly zog ihren roten Flanellmorgenrock fester um sich zusammen, unterdrückte ein Gähnen und versuchte zu wirken, als sei sie nicht soeben aus dem Tiefschlaf gerissen worden. »Macht nichts. Komm rein.« Sie ging ins Wohnzimmer und machte Licht. »Gib mir bloß eine Sekunde. Ich muß Trina wieder zum Schlafen bringen. Sie hat schlecht geträumt.«

Joy ließ sich mit untergeschlagenen Beinen in einer Sofaecke nieder. Sie lauschte dem beruhigenden Rhythmus von Mollys Stimme, die besänftigend auf ihre Tochter einsprach, und spürte die entspannende Wirkung auch bei sich selbst. Sie strich mit den Fingerspitzen in kreisenden Bewegungen über ihren Bauch, öffnete dann den Mantel, um zu beobachten, wie eine wellenartige Bewegung von ihrer Körpermitte Besitz ergriff.

»Daran erinnere ich mich noch gut«, sagte Molly vom Türbogen her. »Wie mein Bauch sich selbständig gemacht hat.«

Lächelnd knöpfte Joy den Mantel wieder zu. Mit Molly war alles so einfach. Für sie stand nichts auf der Tagesordnung, sie hatte keinerlei Erwartungen, konnte folglich auch nicht enttäuscht werden. Joy fragte sich, welchen Verlauf ihr Leben wohl genommen hätte, hätte sie schon vor Jahren eine Freundin wie Molly gefunden. Jemand, mit dem sie Geheimnisse hätte teilen können, statt sie zu begraben. Jemand, der wie eine Schwester für sie war.

Sie dachte über Buddy nach, über die Frage, warum gerade Zwillinge so enge Freunde sein konnten. Aber sie beide hatten nie eine echte Chance gehabt. Heute wäre es vermutlich anders, stellte sie fest und wurde sich plötzlich bewußt, daß Molly sie beobachtete, auf eine Erklärung wartete, welchem Umstand sie den nächtlichen Besuch zu verdanken hatte.

»Es ist jemand in meinem Haus«, erklärte sie mit leiser Stimme, während die Gedanken an Buddy sich langsam verflüchtigten. »Die Polizei glaubt mir nicht.«

»Waren sie da? Haben sie das Haus durchsucht?«

»Ja. Aber sie konnten nichts finden.«

Molly seufzte vernehmlich und setzte sich ihr gegenüber in einen Sessel. Joy schoß durch den Kopf, ob sie nun auch an ihr zu zweifeln begann. Warum auch nicht, dachte sie, schließlich traust du dir selbst allmählich nicht mehr über den Weg.

»Wann kommt Lanny nach Hause?«

»Ich glaube morgen.« Sie mußte aufpassen, was sie sagte. Sie durfte nicht riskieren, daß Molly sie in der Überzeugung, es mit einer Irren zu tun zu haben, aus dem Haus jagte. Sie konnte Fortuna unmöglich herausfordern, indem sie ihr erzählte, daß sie Lanny in der Stadt gesehen hatte und wie sie von ihrer Mutter beschuldigt worden war, unter Halluzinationen zu leiden. Sie würde nicht denselben Fehler begehen wie bei Brady: ihre Befürchtung preisgeben, jemand versuchte ihr Angst einzujagen.

Das Schweigen wurde dichter. Molly ging mit der Entschuldigung hinaus, Teewasser aufsetzen zu wollen. Als sie wiederkam, war Joy fest eingeschlafen.

Molly holte eine Decke aus dem Wäscheschrank im ersten Stock und nahm eins der Kissen von ihrem Bett mit nach unten. Als sie Joys Beine zudeckte, öffneten sich deren Augen einen schmalen Schlitz.

»Im Auto«, sagte sie, ohne wach zu werden, und sank wieder in tiefere Traumgefilde. Jetzt konnte auch Molly schlafen gehen, doch ehe sie auf Zehenspitzen nach oben schlich, schloß sie sämtliche Türen zweimal ab.

Joy erwachte von dem Duft nach Kaffee und Toast und den leisegestellten Klängen der »Sesamstraße«.

»Bin ich einfach umgekippt?« fragte sie, als sie in die helle Küche stolperte, wo Trina mit dem Löffel in ihren Cheerions wühlte.

Molly war bereits angezogen. Sie trug einen langen grünen Rock und dazu einen farblich abgestimmten Wollpullover, der ihre Augen wie Smaragde aussehen ließ, beinah unecht.

»Du mußt den Schlaf bitter nötig gehabt haben«, meinte sie, während sie zwei Eier aufschlug. »Rührei?«

»Geschafft!« verkündete Trina.

»Dann zieh dich schnell an. Ich hab' dir die Sachen rausgelegt.«

Molly verrührte die Eier mit kräftigen, rhythmischen Kreisbewegungen. »Du steckst in einer Klemme, Joy«, sagte sie nach einer Weile. »Du siehst beschissen aus.«

Joys Augen füllten sich mit Tränen, ihre Lippen preßten sich fest zusammen. »Ich habe auf meinem Dachboden jemand gehört«, erklärte sie kaum hörbar. »Das war keine Einbildung.«

»Warum konnte die Polizei niemand finden? Meinst du, es waren Geister?«

Joy mußte lachen. Sie wünschte, sie könnte an Geister glauben. Sie wünschte, es wäre so einfach – ein Geist. Buddy, der sie verfolgte. Der versuchte, ihr sein Geheimnis mitzuteilen. Aber sie glaubte nicht an Geister, und sie glaubte auch nicht, daß es so einfach war.

»Vielleicht waren's bloß wieder diese scheußlichen Jungen«, schlug Molly vor. »Wieso sprichst du nicht mal mit ihren Müttern?«

»Wären sie es gewesen, hätte die Polizei sie gefunden.«

»Womit wir wieder bei Geistern wären.«

Joy seufzte. Es waren keine Geister.

»Ich bin völlig durcheinander.« Sie piekte mit ihrer Gabel in das Rührei, das Molly vor sie hingestellt hatte. »Irgendwas stimmt nicht mit Lanny. Oder mit der Schwangerschaft. Oder mit dem Haus.« Die Gabel wanderte samt nicht angerührtem Ei zum Teller zurück. »Ich weiß, was ich tun muß. Ich muß noch einmal zu unserem alten Haus in Toney's Brook. Es mit eigenen Augen sehen. Um herauszufinden, was dort begraben liegt.«

»Was, glaubst du, könnte das sein?«

»Meine Kindheit«, gab Joy nach kurzer Pause zurück.

Trinas ohrenbetäubendes Kreischen zerschnitt das Schweigen. Kurz darauf stürzte sie in die Küche.

»In meinem Schrank sitzt ein Monster, Mami!« schrie sie und vergrub den Kopf an der Brust ihrer Mutter.

Molly grinste Joy vielsagend an, als sie Trina auf den Arm nahm, um ihre neueste Routineprozedur durchzuführen: Schränke nach nicht vorhandenen Monstern absuchen.

»Morgen bin ich um zwei mit dem Unterricht fertig«, rief sie Joy über die Schulter zu. »Wenn du so lange warten kannst, komme ich mit.«

»Wohin, Mami?« wollte Trina wissen. Das Monster war angesichts der Aussichten auf eventuelle Abenteuer vorübergehend vergessen.

## Neunzehn

Obwohl es nicht nötig war, Lannys Anruferliste noch einmal von vorn bis hinten durchzugehen, da sie nur auf der letzten Seite eine Nachricht hinzugefügt hatte, tat Kelly es trotzdem. Lanny war Perfektionist, und genau aus diesem Grund wußte er sie so sehr zu schätzen. Auch sie war einer.

Nur deshalb begrüßte sie Mr. Seidenberg bei jedem seiner vier Anrufe im selben freundlichen Ton. Machte er derbe Späße darüber, wie Lanny ihn hatte warten lassen, so daß er endlich einmal einen Blick auf seine Frau werfen konnte, die trächtig war wie eine fette Kuh, lachte sie mit ihm. Deutete er an, daß Lanny die Stadt gar nicht verlassen hätte, sondern in seinem Büro hocke und nur nicht mit ihm telefonieren wolle, ließ sie sich keine Verärgerung anmerken. Die Drohungen und Beleidigungen glitten einfach an ihr ab.

Selbst Lanny hatte keine Ahnung, daß sie Zeugin seiner heftigen Auseinandersetzung mit Seidenberg geworden war – daß sein Fluchen bis zu ihrem Arbeitsplatz zu hören gewesen war.

»Sie arrogantes Arschloch« oder so ähnlich hatte sie gehört, gefolgt von einem lauten Knall. Sie hatte keiner Menschenseele davon erzählt, wie Seidenberg kurz darauf an ihr vorbeigestürmt war, eine Hand fest umklammernd, als wäre sie von einem Zug überrollt worden. Deshalb war sie die Beste. Kelly Grisham erging sich nicht in fruchtlosem Tratsch. Loyalität ging über alles, und Lanny hatte die ihre wirklich verdient. Er vergaß niemals einen Geburtstag, und als die Gehälter einmal festgefroren worden waren, hatte er ihres aus eigener Tasche erhöht. Aber was sie ihm nie vergessen würde, war, wie er den besten Chirurgen in ganz New York für die Bypass-Operation ihrer Mutter aufgetrieben hatte, ihr anschließend eine Woche freigab und das alles der Belegschaft gegenüber mit keinem Wort erwähnte.

Sie hatte die Post in seiner Aktenmappe dreimal neu sortiert. Wäre sie in der Lage gewesen, die genaue Ankunftszeit seines Fluges herauszukriegen, hätte sie dafür gesorgt, daß ein Kaffee auf seinem Schreibtisch bereitstand.

In dem Moment wurde es schlagartig finster um sie herum, denn zwei warme Hände legten sich über ihre Augen. Als sie wieder weggenommen wurden, fuhr sie samt ihrem Stuhl herum, bis sie den dazugehörenden Mann sah.

»Mr. Bard!« stieß sie aus, während Lanny eine riesige Schachtel auf ihren Schreibtisch stellte.

»Wollen Sie die nicht aufmachen?«

Sie warf einen Blick in die Runde, um sicherzustellen, daß ihre Kolleginnen das Ganze auch mitbekamen. Pauline wässerte ihren Philodendron, Roz ließ das Rechtschreibprogramm ihres Textverarbeitungssystems laufen, aber beide hatten garantiert ein Ohr bei ihrem Schreibtisch, ein Auge auf der Schachtel.

Vorsichtig entfernte sie das Geschenkpapier. Es war immer gut, Geschenkpapier im Büro zu haben. Beim Lösen der Bänder ließ sie sich besonders viel Zeit, da sie ihnen auf keinen Fall mit der Schere zu Leibe rücken wollte. Sie waren viel zu schön, um im Müll zu landen.

Lanny schien sich nicht im geringsten daran zu stören. Er genoß es offenbar, daß jedermann sah, was für ein beispielhafter Boß er war. Die Hälfte der Anwälte wünschte ihren Sekretärinnen nicht einmal einen guten Morgen, ganz zu schweigen davon, daß sie ihnen Geschenke von einer Geschäftsreise mitbrachten. Und während ihrer Abwesenheit wurde das Leben gänzlich unerträglich. Den lieben langen Tag überlasteten sie die Telefonleitungen, um vom Wagen, vom Flugzeug, von einem Klienten aus besorgte Fragen zu stellen. Oh, auch Lanny übertrieb es gelegentlich mit der Kontrolle, aber diesmal hatte er sich unglaublich anständig benommen. Er war ihr nicht ein einziges Mal am Telefon auf die Nerven gefallen. Sie hatte ihn gut erzogen.

Sie wollte gerade den Deckel hochheben, da schlich sich Ray von der Seite her an. »Hallo, Lanny. Willkommen daheim.«

Kelly registrierte den schnellen Blick, den Lanny seinem Partner zuwarf, und fuhr fort, die Schachtel zu öffnen. Es entging ihr keineswegs, daß Ray sich auf die Lippe biß, um zurückzuhalten, was immer er hatte sagen wollen, als sie Lanny ein blitzartiges Lächeln schenkte. Es war ihr egal.

Der Anblick des Gürtels ließ sie nach Luft schnappen, gerade laut genug, daß Marilee auf ihrem Weg zum Kopierer innehielt und beobachten konnte, wie sie ihn um ihre Wespentaille schlang.

»Paßt er? Ich habe extra ein paar zusätzliche Löcher anbringen lassen.«

»Er ist phantastisch«, sagte Kelly, während sie das weiche Leder durch die Schnalle zog.

»Sie dürfen ihn in der New Yorker Filiale umtauschen, falls er Ihnen nicht gefällt.«

Sie schob das freie Gürtelende durch drei Schlaufen. »Nein, er ist toll. Er ist wunderschön. Das war aber nicht nötig!« Sie kam hinter ihrem Schreibtisch hervor und plazierte ein respektvoll trockenes Küßchen auf Lannys Wange. Wie gut er roch! Er roch immer gut. Das – unter anderem – unterschied ihn von jemandem wie Ray, der, je nach Tageszeit, entweder nach Deo oder Wein stank.

»Da ist noch was drin«, verkündete Lanny.

Sie wühlte in dem roten Seidenpapier und brachte eine kleine Flasche Silberpolitur zum Vorschein. Daß die Schnalle aus echtem Silber war, hatte sie gar nicht gemerkt.

»Tut mir leid, aber er braucht ein bißchen Pflege. Ich soll nicht vergessen, Ihnen zu sagen, daß die Politur nicht an den Türkis kommen darf.«

»Oh, ich werde ihn behandeln wie ein rohes Ei«, versprach Kelly und streichelte ihre neueste Errungenschaft.

»So, Ray.« Lanny faßte den Freund am Ellbogen. »Hast du Zeit zum Mittagessen?« Er bugsierte Ray in sein Büro und schloß die Tür.

»Entschuldige, daß ich dich da draußen auf Eis legen mußte.« Er sah seine Postmappe durch, nahm dann die Anruferliste in die Hand. »Ich hatte Angst, du könntest vergessen haben, daß sie glaubt, ich wäre in San Francisco gewesen.«

»Keine Bange. Als Berger mir Tickets und deine Reiseroute in die Hand drückte, bin ich einfach gegangen. Drüben hab' ich jedem erzählt, du hättest Grippe, hier hab' ich überhaupt nichts gesagt.«

»Verdammt, Ray. Es ging alles so schnell. Kelly dachte, ich wäre längst auf dem Weg zum Flughafen, und in Wirklichkeit saß ich noch wie ein Hornochse in Bergers Büro. Was hätte ich tun sollen? Meiner Sekretärin gegenüber zugeben, daß ich ein paar Tage beurlaubt bin, um mich abzuregen? Es meiner Frau erzählen? Spitzenanwälte werden nicht nach Hause geschickt, um sich abzuregen. Ich sage dir was, Ray. Ich bin hier geliefert.«

Die Sprechanlage summte. Larry nahm den Hörer ab und lauschte. »Berger«, murmelte er kurz darauf und bedeutete Ray, sich zu setzten.

»Tag, Mr. Berger.« Seine Stimme klang völlig entspannt. »Ja. Ja, es war sehr erholsam. Nein, ich verstehe vollkommen. Ja, ich weiß. Stimmt. Ich brauchte tatsächlich ein paar freie Tage. Ich bin bei Seidenberg zu weit gegangen. Sie hatten recht. Wir brauchen alle hin und wieder eine Pause, und wenn Sie nicht darauf bestanden hätten, hätte ich mir sicher keine gegönnt. Ich bin Ihnen wirklich dankbar.« Er hörte mit verzerrtem Gesicht zu, rieb sich die Stirn, vergaß Rays Anwesenheit total. »Klar. Einverstanden. In Ordnung, Sir.« Er hängte ein und preßte seine verschwitzten Hände auf die schwarze Tischplatte. Sie hinterließen feuchte Abdrücke. Dann hob er den Kopf und nahm Ray wieder wahr.

»Weißt du, was er gesagt hat?«

Ray hob fragend die Brauen.

»Er meint, er hätte mich nach Hause geschickt, weil ich eifriger bin, als mir guttut. Weißt du, was ich ihm hätte antworten sollen?«

Ray schüttelte den Kopf, unterdrückte ein Seufzen.

»Ich scheiß' auf ihre Meinung, Sir! Wirklich, ich scheiß' drauf!«

Ray wußte nicht recht, was er dazu sagen sollte, also blieb er stumm sitzen, während Lanny die Notizen auf seinem Schreibtisch durchblätterte.

»Hast du jetzt Zeit zum Mittagessen oder nicht?« fragte er nach einer Weile noch einmal, ohne den Kopf zu heben.

»Klar«, meinte Ray etwas nervös.

»Prima. Bitte Kelly doch, uns einen Tisch im Russian Tea Room zu reservieren, wenn du rausgehst.«


## Zwanzig


Ray beobachtete, wie Lanny den nächsten Löffel Borschtsch zum Mund führte, ohne auch nur ein einziges Tröpfchen der magentaroten Flüssigkeit auf sein gestärktes weißes Hemd zu verschütten. Dann wurde ihm bewußt, daß er gar nicht zuhörte; seine Gedanken waren wieder mal ganz woanders.

Das lag nicht daran, daß ihn nicht interessierte, was Lanny sagte. Es war einfach zuviel. Zuviel stürmte auf ihn ein. Lanny hatte seit der Sekunde, als sie sich an den Tisch gesetzt hatten, keine Atempause mehr eingelegt. Ray mußte ganz schön kämpfen, um mit ihm Schritt zu halten, und die Aussicht, daß Lanny es merkte, machte ihn nervös. Das durfte auf keinen Fall geschehen. Lanny war seine Eintrittskarte zur Teilhaberschaft in der Firma. Ray hatte hart gearbeitet, um dem großen As zugeteilt zu werden. Er hatte einen Haufen Zeit investiert, damit Lanny ihm vertraute und sich auf ihn verließ. Das war nicht der Moment, nachlässig zu werden. Es war nicht der Moment, alles zu vermasseln.

»Nur drei Tage nicht im Büro«, polterte Lanny weiter, »und ich weiß jetzt schon genau, daß O'Connell und Shapiro auf dem besten Weg sind, sich den Catco-Deal unter den Nagel zu reißen. Was nicht heißen soll, Ray, daß ich von dir erwartet hätte, das Revier zu verteidigen, während du in San Francisco warst. Ich glaube, sie haben von oben einen Wink gekriegt, daß man Hackfleisch aus mir gemacht hat.«

»Ach, Quatsch. O'Connell hängt in dieser Antitrust-Sache drin, und Shapiro war zwei Wochen nicht in der Stadt.«

Lanny legte seinen Löffel beiseite und wartete, bis der Kellner die Suppentasse weggeräumt und die dampfenden Hauptgerichte serviert hatte. Dann beugte er sich weit zu seinem Partner vor.

»Hör mal, Kumpel, du kannst ganz offen zu mir sein. Wie viele im Büro wissen, daß ich nicht in San Francisco war?«

Ray stierte auf die Butter, die aus seinem Hähnchen Kiew tropfte. Woher, zum Teufel, sollte er wissen, wieviel Leute darüber wirklich im Bilde waren? Der Klient wußte es, Berger wußte es. Wie, verdammt noch mal, sollte er beurteilen können, wem Berger sonst noch davon erzählt hatte?

»Komm schon, Ray. Mach keinen Scheiß. Hast du die Reservierungen auf meinen Namen weiterlaufen lassen, wie ich's gesagt habe?«

»Ja. Da kann das Leck nicht gewesen sein.« Ray ging plötzlich ein Licht auf. Lanny machte sich Sorgen wegen einer undichten Stelle. Seit Tagen redete er von nichts anderem. Catco hatte dieses zweite Angebot erhalten, weil es irgendwo in der Firma eine undichte Stelle gab. Deshalb das ganze Theater. Um das Loch zu stopfen. Wieso hatte er das nicht eher kapiert? Hätte er nicht wissen können, daß Lanny ihm immer einen Schritt voraus war? Als er von seinem Teller aufsah, starrte Lanny ihn durchdringend an – wie in einem verzweifelten Versuch, ihm geradewegs in die Seele zu schauen.

»Entschuldige«, sagte Lanny. »Natürlich nicht. Tut mir leid, daß ich dir so zugesetzt habe, aber ich bin seit Ewigkeiten nicht mehr zum Schlafen gekommen. Drei Nächte war ich wach. Drei Nächte bin ich herumgeschlichen und hab' versucht, mucksmäuschenstill zu sein. Hast du eigentlich eine Vorstellung, was passiert wäre, wenn Joy erfahren hätte, daß man mich heimgeschickt hat? Wie einen zehnjährigen Schuljungen? Glaubst du etwa, sie hätte dann noch einen Funken Respekt für mich übrig? Mann, ich weiß, was es heißt, Leute zu enttäuschen. Du tust es ein einziges Mal und bist für sie nie mehr derselbe. Du machst einen beschissenen Fehler und bist auf Lebenszeit gebrandmarkt.« Er legte die Gabel aus der Hand, starrte ins Leere, richtete den Blick einen Moment später wieder auf Ray und sah ihn aus zusammengekniffenen Augen an, versuchte, seine Miene zu lesen. »Hab' ich dir je von meinem Vater erzählt?«

Ray schüttelte verneinend den Kopf und schaufelte sich die nächste Ladung sahne- und buttertriefenden Reis in den Mund.

»Mein Vater war haargenau wie Berger. Hat sich nie was gefallen lassen. Bei solchen Menschen lernt man schnell. Man lernt, keinen Mist zu bauen. Man lernt, sie bei Laune zu halten.«

Rays Gedanken schweiften von neuem ab, kreisten um das bevorstehende Treffen mit Berger. Es sollte nicht länger dauern als eine Stunde, gerade lange genug, um Berger und Lanny darüber zu informieren, was sich in San Francisco abgespielt hatte. Ray schaute nervös in die Runde und rutschte unruhig auf seinem Stuhl herum. Wenn die Bedienung nicht auf Zack war und Lanny so weitermachte, kamen sie noch zu spät.

»Ich spreche von orkanartigen Wutanfällen«, sagte Lanny gerade. »Ich habe im Lauf der Zeit gerochen, wann der nächste kommt. Auf die Art hab' ich gelernt zu kriechen. Und das hat mir durch die letzten drei Tage geholfen.«

Ray verstand überhaupt nichts mehr. In dem Gefühl, etwas Wichtiges verpaßt zu haben, gab er sich alle Mühe, besser zuzuhören.

»Kannst du das? Miese Laune riechen? Ich schon. Sobald ich sie bei ihm gerochen habe, bin ich, flach auf dem Bauch, direkt hinter ihm vorbeigekrochen, damit er mich nicht wahrnimmt. Mußtest du das schon mal tun, Ray? Hinter Leuten am Boden vorbeikriechen, damit sie nicht merken, daß du da bist? Ich schwör' dir, ich hätte einen phantastischen Spion abgegeben. Mußtest du jemals so eine Scheiße tun?«

»Eigentlich nicht«, meinte Ray. Seine Handteller waren feucht. Irgend etwas mußte ihm entgangen sein. Er verspeiste den Rest seines Hähnchen, faßte sich ein Herz und fragte: »Wo warst du die letzten drei Tage, Lanny?«

»Zu Hause, Ray. Auf meinem Dachboden. Mußtest du so was schon mal tun? Durch dein eigenes Haus schleichen, damit niemand merkt, daß du da bist? Damit du genug Zeit hast, über eine Sache nachzudenken? Eine Sache wirklich zu Ende denken? Würdest du das gerne tun?«

»Ich lebe allein. Das Problem stellt sich bei mir nicht.« Er wollte im Grunde nicht fragen, aber die Antwort interessierte ihn brennend. »Warum bist du nicht in ein Hotel gegangen?«

»Weil, mein lieber Ray, ich es wissen mußte.« Lanny fuhr mit der Gabel über das Tischtuch. Die Zinken hinterließen gleichmäßige Kerben, die an Bahngleise erinnerten. »Und das tue ich jetzt.« Er preßte die Zinken so fest gegen seine Fingerspitzen, daß winzige Kerben entstanden. »Sie ist übergeschnappt, Ray. Total übergeschnappt. Joy könnte nicht einmal eine Ameise großziehen. Kannst du ein Geheimnis für dich behalten?«

Er konnte, aber er hatte keine Lust dazu. »Ja.«

»Ich auch. Ich bin ein ganzes Geheimnislager. Bei keinem sind sie besser aufgehoben als bei mir. Hab' ich dir je von meiner Großmutter erzählt?«

Doch ehe Ray »Nein« sagen konnte, sprach Lanny weiter.

»Ich bin zu ihr gezogen, als ich fünfzehn war. Ich war ihr Haustier, eins unter vielen. Drei Katzen und ich. Sie fütterte uns gemeinsam, sie schickte uns gemeinsam ins Bett, und wenn einer von uns etwas tat, das ihr nicht paßte, wurden wir alle zusammen bestraft. Diese gottverdammten Katzen. Wenn sie am Sofa rumkratzten, war das meine Schuld. Ich wurde eine Woche in ihr Zimmer gesperrt.«

Ganz vorsichtig, um ihn nicht zu unterbrechen, legte Ray sein Besteck nieder. Ich bin wohl besoffen, dachte er. Voll bis unter die Hutschnur.

»Willst du wissen, welche Strafe sie sich extra für mich reserviert hatte?«

Diesmal machte sich Ray gar nicht erst die Mühe, zu antworten. Er hob nur schläfrig die Lider und ließ seine Schultern nach vorn sacken.

»Die Gabel. Sie wollte, daß ich bestimmte Dinge tue, Ray. Sie wollte, daß ich jemand Besonderes bin. Und damit ich das auch nicht vergaß, piekste sie mich mit einer Gabel. Schon mal mit einer Gabel gepiekst worden, Ray?«

Ray zuckte stirnrunzelnd die Achseln.

»Sie nahm eine verdammte Gabel, Ray«, Lanny senkte die Stimme, »und stach damit auf mich ein. Und ich meine nicht nur leicht. Sie stach so fest zu, bis Blut floß.«

Doch Ray hörte kaum zu. Er glotzte auf Lannys Hand, die mit der Gabel traktiert wurde, sah, wie sich die stumpfen Spitzen aus rostfreiem Stahl in die Haut bohrten. Er beobachtete ungläubig, wie Lanny die Zähne zusammenbiß und immer fester zudrückte, bis vier hellrote Tropfen Blut zum Vorschein kamen.

Lanny ließ die Gabel fallen.

»Scheiße!« Er preßte die Hand gegen den Mund und begann daran zu saugen. »Verfluchte Scheiße!« Dann hob er den Kopf, sah Rays aufgedunsenes, kalkweißes Gesicht. »Schau dir nur an, was ich getan habe, Ray. Na, ist das zu fassen?«

## Einundzwanzig

Sie dachte schon, ihre Mutter hätte den Hörer auf dem Tisch vergessen. Ihn einfach dort liegen lassen und ihrer Wohnung kurzentschlossen den Rücken gekehrt. Doch dann vernahm sie das spitze Klick-klack von Absätzen und wenig später Dorothys ermattete Stimme: »Ich hab' sie.«

»Toll. Kannst du sie mir bitte durchgeben?«

Ein Seufzer schallte durchs Telefon, so laut, daß sogar Molly ihn hörte. Sie saß neben Joy und reagierte mit einem schwachen Lächeln.

»Ich begreife wirklich nicht, warum du das unbedingt tun willst.«

»Ich möchte nur einen kleinen Ausflug machen, sonst nichts«

»Dowling Place 19. Falls es noch steht.«

»Danke, Mutter. Ich lass' es dich wissen.«

»Spar dir die Mühe. Es interessiert mich nicht.«

Joy legte auf. Während Molly schon raus zum Auto ging, in dem Trina wartete, hörte sie noch den Anrufbeantworter ab.

»Und?« fragte Molly, als sie wieder im Wagen saßen.

»Immer noch kein Anruf von Lanny. Dafür aber von den Schicksalsschwestern.«

»Von allen dreien auf einmal?« Molly ließ den Motor an.

Joy nickte. »Sie wollten mich wissen lassen, daß ihre engelsgleichen Kinder vergangene Nacht in ihren Betten lagen, als der Streifenwagen vor meinem Haus hielt. Irgendwer muß ihnen ein Drehbuch geschrieben haben. Sie sagten haargenau dasselbe, Wort für Wort.«

Molly legte kopfschüttelnd den Gang ein und lenkte den Wagen über die kurvenreiche Straße. Auf der Rückbank saß Trina, ein Kinderlied nach dem andern vor sich hin krähend.

Joy dachte an die Nachricht, von der sie nichts erwähnt hatte. Die von Ray.

»Bitte rufen Sie zurück, sobald Sie eine Minute Zeit haben«, hatte er gesagt. Er meinte eindeutig, sie sollte ihn anrufen, wenn Lanny nicht in der Nähe war. Sie entnahm es seiner Stimme, dem verdrucksten, geheimniskrämerischen Ton. Doch während sie sich noch vorzustellen versuchte, was er wohl von ihr wollte, fielen ihr die Augen zu, und ihr Kopf schaltete ab.

Weniger als eine Stunde später glitt der Wagen über die Hauptstraße von Toney's Brook. An einer Tankstelle hielten sie an. Der Tankwart malte eine primitive Wegskizze auf die Rückseite eines fettfleckigen Umschlags.

»Ihr habt ein Riesenglück, daß ihr ausgerechnet hier angehalten habt«, erklärte er, während er Trina zuliebe, die gerade aus einem Nickerchen erwacht war, mit den Armen fuchtelte und

Grimassen schnitt. »Dowling Place ist nur einen Block weg, außerdem kennt das kaum jemand. Richtige Glückspilze seid ihr, daß ihr mich getroffen habt.« Er richtete sich kerzengerade auf. »Nette Häuschen da oben. Wollt wohl jemanden besuchen, wie?« Er schlenderte hinter den Wagen, um einen Blick auf das Nummernschild zu werfen. »Kommt den ganzen weiten Weg von New York, hä? Seid ihr direkt aus New York City?«

»Fahren wir los«, flüsterte Joy gedämpft.

»Vielen Dank für die Wegbeschreibung«, rief Molly aus dem Fenster und plazierte die derbe Skizze über dem Steuerrad. Sie kamen an einem Kaufhaus, einem Fahrradgeschäft und einem Apothekenschild mit der Aufschrift *Drogeriearktikel, Spirituosen und Süßwaren* vorbei. »Und? Klingelt's bei dir?«

»Nein«, erwiderte Joy. Nichts kam ihr vertraut vor. Sie fragte sich unwillkürlich, ob das Ganze vielleicht ein großer Fehler war. Nichtsdestotrotz strengte sie ihre Augen an, um etwas zu entdecken, das ihrem Gedächtnis auf die Sprünge half. Doch das Städtchen flog wie ein nichtssagendes Pappmodell mit Park, Blumengeschäft und Bäckerei an ihnen vorbei. Bis ihr Rücken sich plötzlich versteifte. »An der nächsten Ampel rechts.«

Molly bremste ab und musterte die Karte. »Dazu ist es noch zu früh. Siehst du?« Sie reichte Joy die Skizze, die sie auf ihren Schoß legte, ohne das Blatt eines Blickes zu würdigen.

»Bieg an der Ampel rechts ab«, wiederholte sie.

»Rechts rum, Mami!« schrie Trina von hinten.

»Okay.« Molly lenkte den Wagen hinter einen Schulbus, der an der roten Ampel stand. »Aber Mr. Texaco wäre das sicher nicht recht.«

»Das ist der richtige Weg«, sagte Joy. »Ich bin mir absolut sicher.«

»Ist dir etwas eingefallen?« fragte Molly ruhig.

»Ja. Der Weg von der Schule nach Hause.«

Sie warteten hinter den roten Blinklichtern des Schulbusses, während er eine Reihe junger Fahrgäste ausspuckte.

»Es ist nicht der kürzeste Weg«, Joy beobachtete einen kleinen Jungen, der seine Mutter unwirsch daran hinderte, ihn an der Hand zu halten, »aber es ist genau die Strecke, die ich immer gegangen bin.«

Der Bus scherte aus, beförderte eine dicke Rauchwolke in die Luft, und Molly bog rechts um die Ecke.

»Wohin jetzt?« wollte sie wissen. Der Wagen glitt eine breite Prachtstraße mit imposanten Villen entlang.

»Fahr einfach«, gab Joy zurück, unsicher, wie es weitergehen sollte. Molly tuckerte gemächlich dahin.

Bis Joy unvermittelt »Stop!« rief. »Wir haben die Abzweigung verpaßt.« Sie zeigte auf ein winziges Straßenschild einen halben Block hinter ihnen. »Lily Lane« stand darauf. »Da müssen wir rein.«

Molly kehrte um und bog rechts in die Lily Lane ein. Die Häuser hier waren kleiner und älter, aber ausgesprochen gepflegt.

»Ganz vorne ist die Straße, in der ich gewohnt habe.«

Das Straßenschild wurde von einer mächtigen Eiche verdeckt, doch als sie unter den schweren Zweigen hindurchfuhren, erkannten sie den schmalen weißen Schriftzug. »Dowling Place«.

Molly stopfte den Umschlag in den Aschenbecher. »Soviel zu Mr. Texaco.«

»Haben wir uns verirrt, Mami?« ertönte Trinas Stimme aus dem Hintergrund.

»Nein, Engelchen«, antwortete Joy, ohne sich umzudrehen. »Ich glaube, wir sind angekommen.«

Molly brauchte keine Anweisung, wo sie halten sollte. Der Wagen kam vor dem vertraut aussehenden Haus zum Stehen.

»Kannst du mitkommen?« fragte Joy. Sie fühlte sich wacklig auf den Beinen, ihre Knie waren wie Gummi.

»Komm, Trina.« Molly dirigierte ihre Tochter über den mit Schieferplatten ausgelegten Fußweg. Joys Schritte wurden zunehmend kürzer und langsamer, je näher sie dem Haus kam, so daß Molly und Trina vor der Tür auf sie warten mußten. Endlich bei ihnen angelangt, atmete sie tief durch und drückte auf den Klingelknopf.

Die Tür sprang fast augenblicklich auf. Vor ihnen stand eine winzige, dunkelhaarige Frau.

Joy verschlug es die Sprache. Sie hatte nicht damit gerechnet, daß jemand in dem Haus wohnen könnnte.

»Guten Tag«, eilte Molly ihr zu Hilfe. »Ich bin Molly Fischel, und das ist meine Freundin Joy Bard. Sie hat als Kind in diesem Haus gewohnt. Wir dachten uns, wir machen mal einen Ausflug in ihre Vergangenheit und fragen nach, ob wir uns ein bißchen umsehen dürfen.«

Die Frau entblößte lächelnd einen Goldzahn. »Ich nix sprechen Englis«, erklärte sie. »Missy nix da.«

Joy spähte über den Kopf der Zwergin in die Halle hinein. »Wann kommt sie zurück«

Die Miene der Frau verdüsterte sich. Sie zog die Tür ein Stückchen zu, versuchte den verbliebenen Spalt mit ihrem schmalen Körper auszufüllen. »Missy nix da.«

»Wie heißt die Familie, die hier wohnt?« fragte Joy mit gepreßter Stimme.

»Okay?« Die Frau nickte lächelnd mit dem Kopf. »Danke sön. Okay?« Sie wollte die Tür schließen.

»Wie heißen die Leute?« wiederholte Joy, lauter diesmal.

Die Frau lächelte wieder. »Vielen, vielen Dank.« Die Tür fiel ins Schloß und wurde mehrmals verriegelt.

»Schön, Trina, ab in den Wagen.« Ihre Tochter an der Hand, steuerte Molly auf den Gehsteig zu. Als sie sich umdrehte, sah sie Joy über die weitläufige Rasenfläche hinweg auf das Nachbarhaus starren.

»Warte hier auf mich«, sagte sie zu Trina. »Rühr dich nicht vom Fleck. Spiel mit den Blättern.«

Trina verfolgte mit großen Augen, wie ihre Mutter zu der Stelle rannte, wo Joy erst wie angewurzelt stand, sich dann unvermittelt zusammenkrümmte. Eine Hand schwebte regungslos vor ihrem Mund.

»Was ist?« fragte Molly. Sie nahm Joys Arm. »Was siehst du?«

In dem Moment kam eine Frau aus dem Haus, schüttelte einen kleinen Bettvorleger aus, ging wieder hinein und schlug die Tür geräuschvoll hinter sich zu. Joys Hände flogen zu ihren Ohren. Ihre Augen klappten zu. Sie ging schnell in die Hocke, um nicht umzufallen.

»Sag mir doch, was los ist!« Molly kniete neben sie. »Soll ich drüben klingeln?«

Da tat sich die Tür jenseits des Fußwegs erneut auf, und die

Frau kam zum zweitenmal heraus. »Hallo?« rief sie über den Rasen. »Kann ich Ihnen helfen?«

»Willst du mit ihr sprechen?« fragte Molly leise. »Würde das helfen?«

»Alles in Ordnung?« erscholl es von nebenan.

Joy rappelte sich hoch, stürzte den schmalen Weg hinunter und sprang in den Wgen.

»Was hat sie denn, Mami?« kreischte Trina.

»Gar nichts, Schatz«, gab Molly zurück, während sie ihrer Tochter in den Kindersitz half. »Joy ist nur ein bißchen aufgeregt, das ist alles.«

»Warum, Mami?«

»Das weiß ich auch nicht, Schatz.« Sie schloß die hintere Wagentür und rutschte auf den Fahrersitz, den sonderbaren Blick der Frau, die zu ihnen herüberstarrte, mit aller Macht ignorierend.

»Bitte, fahr los«, sagte Joy, und Molly fuhr. Zurück durch die stillen Straßen, über die mit Luxusvillen gesäumte Prachtstraße, am Einkaufsviertel vorbei. Erst als sie die Schnellstraße erreicht hatten, warf sie Joy einen verstohlenen Blick zu und sah, daß sie stocksteif vor sich hin starrte.

»Manchmal hilft es, wenn man darüber spricht«, meinte sie.

Joy preßte die Hand auf den Mund, als hätte sie Angst vor dem, was sie sagen könnte.

»Was ist los? Was hast du?«

Joy atmetete ein paarmal tief durch und ließ die Hand fallen. »Etwas Furchtbares hat sich hier abgespielt«, sagte sie schließlich kaum hörbar. »Jeder weiß es, aber keiner will darüber reden. Ich weiß es auch, aber ich kann mich nicht erinnern. Ich kann mich einfach nicht erinnern, was es war.«

»Irgendwann weißt du es«, sagte Molly sanft und reichte ihr ein Taschentuch. »Wenn die Zeit reif ist, taucht alles wieder auf.«

## Zweiundzwanzig

Die Haustür schlug zu, dann war wieder alles still. Joy watschelte die Treppe hinunter. In der Halle stand Lanny, den Kopf hinter zwei Dutzend roten Rosen verborgen. Zwischen den Knitterfalten der klaren Plastikumhüllung sah sie sein verkrampftes, angespanntes, beunruhigendes Gesicht.

»Du hast mir schrecklich gefehlt.« Er streckte ihr den Strauß entgegen. Sie nahm ihn, wußte aber nichts zu sagen. Das Schweigen dehnte sich aus, und die Furchen in seiner Stirn vertieften sich.

»Du mir auch«, brachte sie schließlich hervor. Er schaute sie aus zusammengekniffenen Augen an, versuchte offenbar, aus ihren Worten schlau zu werden.

Dann entspannten sich seine Züge plötzlich, als hätte er einen Entschluß gefaßt. Er beobachtete, wie Joy die Blumen auf den Hallentisch legte. »Willst du mich nicht erst mal drücken?«

Sie schleppte sich in seine offenen Arme, doch sobald sich ihre Körper berührten, wurden beide steif. Es war eine unbeholfene, traurige Umarmung.

»Schön, wieder zu Hause zu sein«, flüsterte er ihr ins Ohr und drückte sie fester an sich. Wie gern wollte sie glauben, daß alles in Ordnung war. Ihr Körper entkrampfte sich ein wenig.

»Alles klar bei dir? Fühlst du dich gut?«

Kaum hörte sie die unterschwellige Panik in seiner Stimme, spannten ihre Muskeln sich wieder an. Sie nickte, ohne ihm in die Augen zu sehen.

»Warum ziehst du dich dann nicht schnell um? Ich würde dich gern zum Abendessen ausführen.«

Mit dem seltsamen Gefühl, sich wie unter Wasser zu bewegen, stieg Joy die Treppe hoch. Dutzende von Fragen drängten sich in ihrem Kopf, warteten darauf, ausgesprochen zu werden. Sie blickte sich um. Lanny war direkt hinter ihr, setzte ihr nach. Im Schlafzimmer angelangt, warf er sich quer über das Bett, verschränkte die Hände hinter dem Kopf und verfolgte jede ihrer Bewegungen mit kaltem, berechnendem Blick. Die feinen Härchen in ihrem Nacken stellten sich auf.

Sie verschwand in ihrem gemeinsamen Schrankkabuff, nahm ein Kleid vom Bügel, preßte es an ihre Brust und ließ sich an der Wand hinab auf den Boden gleiten. Keine Ahnung, ob sie das durchstehen würde, ein ganzes Abendessen, stumm wie ein Fisch. Sie atmete tief durch. Ihr blieb nichts anderes übrig, als durchzuhalten. Besser, sie fing gar nicht erst mit einer Sache an, die sie doch noch nicht zu Ende bringen konnte. Besser, sie wartete ab. Sie würde mit ihm essen gehen, und sie würde auch die Nacht irgendwie überstehen. Morgen hatte sie dann genügend Zeit, sich über alles klarzuwerden und – dachte sie unvermittelt – ihre Flucht vorzubereiten.

»Schatz?« ertönte Lannys Stimme. »Bist du okay?«

Sie stieß sich vom Boden ab und streifte das Kleid über, ohne die Hose auszuziehen. Falls er hereinkam, sollte er sie nicht nackt vorfinden. Sie wollte nicht derart entblößt vor ihm stehen.

»Mir geht's prima«, rief sie zurück.

Sie stieg gerade aus der Hose, als er kam. »Was für ein Anblick!« Er musterte sie von Kopf bis Fuß, schob ihr Haar aus dem Nacken und küßte ihn.

»Hier drinnen wird es allmählich zu eng.« Sie strich sich über die Brust. Lanny schnappte ihre Hand, hielt sie fest und preßte sie hart auf ihren schwellenden Busen. Dann zog er sie an sich.

»Autsch!« entfuhr es Joy. Er wich einen Schritt zurück. »Ein Tritt«, klärte sie ihn auf und massierte ihren Bauch.

Lanny grinste. Er schob ihr Kleid hoch, kniete sich hin, küßte ihren Bauch, streichelte ihre Schenkel, ließ seine Zunge an ihrem Bein hinabgleiten. Joy schloß die Augen, unterdrückte einen Schrei, hoffte, er möge die Tränen nicht sehen, die sich an ihren Wimpern sammelten.

Er merkte nicht das geringste. Nicht, als er sie auf die kühlen Eichendielen zog und sie auf die Seite rollte – nicht, als er von hinten in sie eindrang, die Arme um ihren verspannten Bauch geschlungen, den Kopf in ihrem Haar vergraben. Sein Atem streifte heiß ihre Haut, als er an ihrem Nacken knabberte.

Joy lag regungslos da, den Blick starr auf ein Paar schwarze Lackschuhe mit Fersenriemen geheftet, die umgefallen waren. Während der gesamten Zeit, die er in ihr wütete, klebten ihre Augen auf dem dunklen Abdruck, den ihre Ferse an der Stelle hinterlassen hatte, wo das Schuhetikett halb zerschlissen war. Es war jemand anders, der hier auf dem Boden lag, redete sie sich ein. Jemand anders, dessen ersticktes Stöhnen Lanny fälschlicherweise für Entzückensbekundungen hielt.

»Mmmmm«, grunzte er satt, rollte sich von ihr weg. »Gar nicht mehr gewußt, wie gut das tut.«

Was sich daraufhin ihrer Kehle entwand, wurde von Lanny als Lachen interpretiert.

»Hab' mich schon gefragt, ob wir's überhaupt noch mal tun würden.«

Joy stützte sich auf den Ellbogen ab und stellte die Schuhe wieder hin, ehe sie sich hochrappelte.

»Was hast du vor?«

»Ich will vor dem Essen noch schnell duschen«, erwiderte sie hastig und verschwand ins Bad.

»Wir treffen uns unten, Schatz«, brüllte er durch die geschlossene Tür, um das Prasseln des Wasserstrahls zu übertönen.

»Ja, gut«, schrie sie zurück. Dann klappte sie den Toilettendeckel herunter, setzte sich hin und sah zu, wie sich das Badezimmer langsam mit Dampfschwaden füllte. Nach einer Weile zog sie die Beine an und ließ sich endlich gehen, bis ihr Körper von heftigen Schluchzern geschüttelte wurde.

Scheinbar Sekunden später klopfte Lanny an die Tür, drehte am Knauf und stellte fest, daß abgesperrt war.

»He! Bist du bald fertig? Ich sterbe vor Hunger.«

»In einer Minute bin ich unten.« Sie stellte die Dusche ab und spritzte sich eiskaltes Wasser ins Gesicht, in der Hoffnung, daß ihre rotumränderten Augen danach weniger verschwollen aussahen. Als sie hinunterkam, stand Lanny vor dem Tisch im Eßzimmer und sah seine Post durch.

»Was ist das?« Er hielt einen Brief von Dorothy in die Höhe. »Warum hast du die Post noch nicht aufgemacht? Was hast du denn den ganzen Tag getrieben?«

»Ich bin nicht dazu gekommen.« Joy drängte sich an ihm vorbei, nahm ihm den großformatigen Umschlag aus der Hand und schlitzte ihn mit dem Finger auf. Ein Foto rutschte heraus und schwebte auf den Boden.

Während Lanny es aufhob, las Joy den Begleitbrief.

»Was steht drin?«
»Nichts.«
»Was soll das heißen, nichts?«
Sie tauschte den Brief gegen das Foto aus.

Er stellte sich hinter sie, um das Bild über ihre Schulter hinweg noch einmal betrachten zu können. Es zeigte sein Klubhaus. Sein ganz privates Klubhaus aus seiner Jugendzeit. Buddy steckte den Kopf zu einem Seitenfenster, er selbst den Kopf zur Tür heraus. Joy stand davor, wartete darauf, eintreten zu dürfen. Das war der größte Fehler aller Zeiten gewesen, dachte er. Hätte er sie nicht reingelassen, wär es nie soweit gekommen. Wäre sie nicht so verdammt scharf darauf gewesen, bei allem mitzumischen, hätte er seine Zelte nicht abbrechen müssen.

Das Foto in Joys Hand begann zu vibrieren. Sie hat es nicht nötig, alte Bilder anzusehen, dachte er. Ihr Gedächtnis befördert auch so genügend an die Oberfläche. Sie braucht dabei nicht auch noch Unterstützung.

Die Dinge gerieten allmählich außer Kontrolle. Dabei war er so vorsichtig gewesen, hatte ihr gemeinsames Leben so sorgfältig arrangiert. Die Werbung, die Hochzeit, alles bestens geplant. Ihr Vertrauen gewinnen, ihre Liebe wecken, dafür sorgen, daß sie schwanger wird. Alles behutsam in die Wege leiten, nur um eins zu vermeiden: daß sie letztendlich doch noch dahinterkam. Nach der ganzen langen Zeit begann sie sich jetzt zu erinnern.

Er seufzte tief, und Joy legte das Foto weg. Als er um sie herumging, einen Blick auf ihr Gesicht warf, war es leer.

»Wie kommt Dorothy dazu, dir dieses uralte Foto zu schikken?« Er schlüpfte in seine Anzugjacke, öffnete die Tür.

Joy schob das Bild in ihre Handtasche. »Vermutlich dachte sie, ich würde es gern behalten wollen«, meinte sie achselzukkend. »Als Andenken sozusagen.«

Lanny legte eine Hand auf ihren Rücken und dirigierte sie hinaus. »Hat sie dir noch mehr geschickt?« Er bemühte sich um einen lockeren, interessierten Ton. Sein festgefrorenes liebenswürdiges Lächeln wich auch dann nicht, als sich sein Jackenärmel am Türgriff verfing. Irgend etwas machte Joy schwer zu schaffen.

Er zog die Tür hinter sich ins Schloß.

# Dreiundzwanzig

»Auf eine sorgenfreie Schwangerschaft.« Ihre Gläser stießen aneinander, ohne in Schwung zu geraten. Lanny nahm Joy das ihre ab und gab dem Kellner einen Wink.

»Sie können es wieder mitnehmen«, erklärte er. »Wir brauchten es nur für den Toast.«

Joy wandte den Blick ab. Sie wollte ihr Glas behalten und ihren Wein austrinken, aber sie ließ es geschehen. Es war den Streit nicht wert. Es war an der Zeit, ihre Waffen zu wählen.

Sie schaute sich um. Sie saßen im einzigen Restaurant von Edgebury, dem einzigen Grund, warum überhaupt jemand hier aß.

»Hier bin ich«, sagte Lanny. »Kennst du mich noch?«

Sie sah ihn an und versuchte dahinterzukommen, ob das neu an ihm war, dieses völlige Verabscheuen ihrer Schweigsamkeit. »Ich habe über die Restaurants in der Gegend nachgedacht«, erklärte sie mit einem schwachen Kopfschütteln, wie um ihm zu signalisieren: Ist nicht der Rede wert, laß es gut sein.

»Du klebst immer noch an diesem Kerl, den du gesehen hast, stimmt's? Der Typ, der dich an mich erinnert hat.«

»Er hat haargenau ausgesehen wie du«, wiederholte sie langsam. »Haargenau.«

Lanny lachte. »Der Apfel fällt nicht weit vom Stamm, wie? Was dachte denn deine Mutter, wie er aussieht? Wie Henry Fonda?« Er brach erneut in scherzhaftes Gelächter aus, doch unter dem Tisch bohrte sich die Gabel in seinen Handteller. Er hatte so sehr gehofft, daß er ihr in diesem Gewimmel nicht aufgefallen war.

»Ich hätte schwören können, daß du es warst«, murmelte Joy, aber ihre Selbstsicherheit geriet bereits ins Wanken.

»Okay, ich war's. Ich bin die Fifth Avenue entlangspaziert und hockte gleichzeitig in einem verqualmten Konferenzsaal in der Montgomery Street in San Francisco, um einen Geschäftsabschluß zu retten. Ein toller Trick. Wie hab' ich das wohl gemacht?«

Sie befreite die Gurken in ihrem Salat von dem zähen orangeroten Dressing.

»Hör mal, glaubst du im Ernst, daß ich gar nicht in San Francisco war? Ruf doch Kelly an. Oder Berger. Oder Ray. Such dir einen aus.«

»Schon gut, ich glaub' dir ja.« Joy spießte einen Knäuel Sojabohnensprossen auf, das dem klebrigen Überzug entkommen war.

»Willst du wissen, was ich denke?« Er schob seinen Salatteller beiseite.

»Was?« Sie rückte mit ihrer Gabel einer Kirschtomate zu Leibe und kratzte sie ab.

»Ich denke, du kannst dein Phantasiegebilde und die Realität nicht mehr auseinanderhalten. Ich denke, du hast mich vermißt. Du hast jemand gesehen, der dich an mich erinnert hat. Du wolltest, daß ich es bin, und plötzlich *war* ich es.«

Joy legte die Gabel weg. Seine These hatte so wenig mit der Wahrheit gemein, daß es geradezu lachhaft war. Trotzdem lachte sie nicht, denn sie wußte, wie sehr sie in der Klemme steckte. Wenn Lanny die Wahrheit sagte, wenn er tatsächlich in San Francisco gewesen war, verlor sie offenbar den Verstand. Doch wenn er log... Ehe sie den Gedanken vollenden konnte, spürte sie einen Tritt, gefolgt von einem Krampf. Sie schob sich eine Ladung grünen Salat in den Mund und schluckte ihn hinunter, aber der üble Geschmack wollte nicht weichen.

»Soll ich dir einen Salat ohne Dressing bestellen?«

»Nein, danke. Alles ist bestens.«

Der jugendliche Kellner mit der soßebekleckerten Schürze erschien, räumte die Salatschüsseln ab und ersetzte sie durch zwei schmale Holzbrettchen, auf denen je ein saftiges Lendensteak lag.

Joy, deren Hunger mit voller Wucht erwacht war, machte sich gierig über ihres her. Stück für Stück spießte sie das gut durchgebratene Fleisch auf, dankbar, sich aufgrund dieser Beschäftigung nicht unterhalten zu müssen. Als das Fleisch vertilgt war, legte sie Messer und Gabel nieder und warf einen kurzen Blick auf Lanny.

»Hat's dir die Sprache verschlagen?« fragte er.

»Ich bin wohl nicht besonders unterhaltsam, wenn ich Hunger habe.«

»Fühlst du dich jetzt besser?« Er verhalf sich zu einem Stück Fleisch.

»Ja.« Aber das stimmte nicht. Sie fühlte sich nicht die Spur besser. Ihr Magen war aufgebläht und verkrampft, außerdem hockte sie auf dem äußersten Rand ihres Stuhls – an der Schwelle zur Angst.

»Na, dann erzähl mir doch was, während ich esse. Zum Beispiel von deinem Besuch bei Dr. Wayne.«

Joy atmete tief ein. Er wußte, daß ihr etwas auf den Nägeln brannte. Doch selbst wenn sie ihm die Wahrheit sagen würde, daß bei Dr. Wayne rein gar nichts geschehen war, würde er nicht aufhören, herumzubohren. Er konnte einfach nicht anders als herumbohren, bis er bekam, was er wollte. Nur hatte sie diesmal nicht vor, ihm etwas zu erzählen. Nicht von Molly und ihrem Ausflug nach Toney's Brook. Nicht jetzt.

»Hallo!« Er fuchtelte mit seinem Messer vor ihrem Gesicht herum. »Hier bin ich!«

»Entschuldige. Ich muß gerade an die drei Jungen denken.«

»Darum kümmere ich mich schon.« Er machte eine Pause, kaute sein Fleisch sorgfältig. Lanny haßte es, mit vollem Mund zu sprechen. Bislang hatte sie diese Marotte immer für gutes Benehmen gehalten, nun erschien es ihr wie reinstes Geziere.

»Ich werde Barb anrufen. Noch heute abend.« Er schnitt einen breiten Streifen Fleisch ab und legte ihn auf Joys Brettchen.

Eine schmale Blutspur grub sich in das Holz. »Danke, ich kann nicht mehr.«

»Komm schon. Wir müssen dich bei Kräften halten.«

Sie lächelte matt.

Lanny knallte sein silbernes Eßbesteck auf die Tischplatte aus Preßspan. Die Leute an den Nebentischen schauten herüber und sofort wieder weg. »Was soll diese Schweigefolter eigentlich?« So sehr er sich auch bemühte, leise zu sprechen, er schaffte es nicht. »Wenn dich etwas belastet, sag es mir. Bring es offen zur Sprache. Hör auf, durch die Gegend zu laufen, als hättest du tausend Jahre Geheimnisse auf dem Buckel.«

»Ich habe keine Geheimnisse, ich habe Lücken.« Joy spürte ihre Kehle eng werden. Sie umklammerte ihre Hände, damit sie nicht zitterten. »Und ich werde versuchen, sie zu füllen.«

Lanny streckte eine feuchte Hand über den Tisch, legte sie auf ihre. »Du kannst nichts erzwingen«, sagte er. »Es ist nichts Schlimmes, wenn man Gedächtnislücken hat. Es ist lediglich ein Handikap. Daß du gelernt hast, bis heute damit zu leben, ist schon eine starke Leistung.«

Joy preßte eine Hand vor den Mund. Ihr war schlecht und fürchterlich heiß. »Ich will aber nicht mehr damit leben.« Sie senkte den Kopf, ein kläglicher Versuch, sich vor den Paaren zu beiden Seiten zu verstecken, die viel zu oft hüstelten, sich große Mühe gaben, das eigene Gespräch in Gang zu halten. Ihr Blick konzentrierte sich auf das vor ihr liegende Holzbrett, das mit dunkelrotem Blut und unzähligen Kerben bedeckt war, wo sich die Messer anderer Menschen hineingegraben hatten.

Lanny zückte sein Taschentuch wie eine weiße Fahne und reichte es über den Tisch. Völlig leer im Kopf, hielt sie es gegen ihre trockenen Augen. Die Leute neben ihnen waren inzwischen gänzlich verstummt.

»Ich werde dir helfen«, erklärte Lanny leise. Er beugte sich weit zu ihr vor, damit nur sie ihn verstehen konnte, und drückte ihre Hand. »Sobald die Babys auf der Welt sind«, fuhr er fort, merkte nicht, wie sie bei diesen Worten zurückwich. »Im Augenblick mußt du an die ungeborenen Kinder denken. Wir dürfen nichts mehr riskieren, Dr. Wayne ist da ganz meiner Meinung. Am wichtigsten ist momentan, daß du Ruhe bewahrst.«

Sie entzog ihm ihre Hand. »Was ist mit meinem Bruder passiert?«

»Er wurde entführt.«

»Und dann?«

Lanny wischte sich über den Mund und setzte sich aufrechter hin. »Hör mir zu, Joy. Du bringst das Leben deiner Kinder in Gefahr, wenn du diese Geschichte weiterverfolgst. Willst du das? Ist dir egal, was mit den Babys geschieht?«

»Weshalb ist Irene bei mir aufgetaucht?« fragte sie ebenso barsch zurück. »Was hast du ihr erzählt?«

»Irene ist eine gute Freundin von mir. Und wie es im Moment

aussieht, macht sie sich mehr Sorgen wegen deiner Schwangerschaft als du selbst.«

Joy konzentrierte sich auf ihre Atmung, bis ihr wild klopfendes Herz sich allmählich beruhigte.

»Ich verspreche, dir bei deiner irrwitzigen Mission zu helfen, sobald die Babys auf der Welt sind. Aber jetzt mußt du noch warten. Siehst du das nicht ein? Kannst du's nicht wenigstens so lange auf sich beruhen lassen?«

Sie tauchte die Fingerspitzen in ihr Wasserglas und preßte sie gegen die Schläfen. Unter bleiernen Lidern starrte sie in Lannys harte, glitzernde Augen. Er sah aus wie ein Verzweifelter. Sie wünschte, sie könnte ihm den Gefallen tun.

»Nein«, gab sie in sanfterem Ton zurück und schüttelte den Kopf. »Ich kann es nicht so lange auf sich beruhen lassen. Wenn du mir wirklich helfen willst, mußt du es jetzt tun.« Sie starrte auf den Tisch. Als sie den Blick wieder hob, stand Lanny vorn an der Kasse und beglich die Rechnung.

## Vierundzwanzig

»Ich gehe jetzt zu Barb und regle das mit ihr«, sagte Lanny beim Türaufschließen. »Meinst du, du schaffst es, dich hinzulegen und auszuruhen?«

Als sie ihn aus völlig hoffnungslosen Augen ansah, wurde ihm klar, wie weit sich die Dinge schon entwickelt hatten. Sie ließ garantiert nicht locker. Nichts würde mehr sein, wie es gewesen war. Da hatte er jahrelang vorausgeplant, um eben das zu vermeiden, und nun war es nicht mehr zu verhindern.

»Ich werde oben im Studio ein bißchen arbeiten. Keine Sorge, ich bewege mich nicht groß. Nur mein Handgelenk.«

Ihr Sarkasmus versengte ihn, doch er riß sich zusammen und lächelte. Unnötig, sie noch mehr aufzuregen.

»Arbeite nicht zuviel«, rief er ihr nach, als sie im Haus verschwand. Dann starrte er eine Zeitlang auf die geschlossene Tür. Wirklich schade, was er würde tun müssen. Er hätte alles gegeben, um es zu ändern, um wieder an den Punkt zurückzukehren, an dem sie vorher gewesen waren. Aber es gab kein Zurück.

Er strich sich das Haar aus den Augen, ließ die Schultern ein paarmal kreisen, atmete tief durch und überquerte die Straße. Schon als er auf die kleine Messingklingel drückte, strömte ihm der Duft von Barbs Parfum durch die Ritzen des Briefkastens entgegen. Kaum hatte sie die Tür aufgerissen, wußte er mit Bestimmtheit, daß sie sich in der kurzen Zeit seit seinem Anruf vom Restaurant umgezogen und frisches Make-up aufgelegt hatte. Momentan konnte er jedoch keine Ablenkung gebrauchen. Er ignorierte die unausgesprochene Einladung und folgte ihr ins Wohnzimmer – zu dem weißen Sofa, dem weißen Teppich, den weißen Kissen, den weißen Wänden –, in dem sie wie ein dickes schwarzes Ausrufezeichen hervorstach.

»Tut mir leid, daß ich so spät noch rüberkomme.« Er machte es sich auf einem Stuhl bequem, in sicherer Entfernung von Barb, die mit sittsam geschlossenen, schwach schimmernden, schwarzbestrumpften Beinen auf dem Sofa saß.

»Kein Problem«, versicherte sie, schlug das rechte Bein über das linke, das linke über das rechte und wieder zurück, schlüpfte dann aus ihren schwarzen Pumps und vergrub die Zehen im dicken Teppichflor.

»Aber meine Frau ist furchtbar aufgeregt.«

»Sie regt sich ganz schön oft auf, nicht wahr?« Als sie sich über den Tisch beugte, um Lanny ein Glas Wein einzuschenken, fiel ihre Wickelbluse leicht auseinander, so daß ihm ein langer freizügiger Blick auf ihren schwarzen Spitzen-BH und ihren sommersprossigen Brustansatz zuteil wurde.

Er lockerte seine Krawatte, nahm das Glas in die Hand, lächelte – ohne sich anmerken zu lassen, daß ihm der Anblick keineswegs entgangen war und daß ihm gefallen hatte, was er da sah. Dafür war jetzt keine Zeit. Er mußte das Geschäftliche regeln und wieder nach Hause gehen. Er mußte das mit Joy ins Rollen bringen.

»Sie macht gerade eine Menge durch«, erklärte er mitfühlend. »Sie hat eine blühende Phantasie.«

»Sie meinen, sie ist paranoid?« soufflierte Barb.

»Es geht ihr nicht gut.«

»Machen Sie sich deshalb keine Sorgen. Sie erzählen mir nichts, was wir nicht alle schon wüßten.«

Lanny verwandelte sein spontanes Grinsen in eine bedrohliches Stirnrunzeln. »Was wollen Sie damit sagen?«

»Gar nichts.« Barb hatte etwas gehässig geklungen und machte einen blitzschnellen Rückzieher. »Nur daß jeder von uns inzwischen gemerkt hat, wie sensibel Ihre Frau ist.«

Sie schenkte ihm nach. In dem Moment klingelte es, was sie mit einem vernehmlichen Fluchen quittierte. Sie quetschte sich zwischen seinen Beinen und dem Couchtisch durch, sagte verhalten: »Armer Kerl!«, gerade laut genug, daß er es verstehen konnte, und ging hinaus, um die Tür zu öffnen.

»Lanny Bard, Sue Burner«, verkündete sie bei ihrer Rückkehr mit einem gelangweilten Blick, der Lanny verriet, daß sie über die Störung gar nicht glücklich war. »Sue wollte nur kurz reinschauen. Sie ist die Mutter von Charlie.«

Er stand auf, schüttelte die ihm dargebotene Hand und setzte sich wieder hin. Die beiden Frauen auf dem Sofa gaben ein phantastisches Paar ab. Barb war winzig, bestand nur aus Kurven und Polstern, die zum Hingrabschen verführten. Sue, hochaufgeschossen und dürr wie ein Laternenpfahl, besaß so gut wie gar keinen Arsch. Dafür klebten ihre hautengen Jeans an zwei langen, muskulösen Beinen, die ihm gerade recht erschienen, sich fest um ein Paar Hüften zu schlingen.

»Schließlich haben wir ja auch so etwas wie Vernunft«, meinte Sue gerade, als er sich wieder in das Gespräch einklinkte. Sie durchbohrte ihn mit einem intensiven Blick. Es war ihr nicht entgangen, wie seine Augen über ihren Körper gewandert und zu lange auf ihrem dünnen T-Shirt verweilt waren, unter dem ihre Brustwarzen sich aufgestellt hatten. Die großen, dicken Nippel ihrer kleinen, hoch aufgerichteten Brüste. Hoch aufgerichet, dachte er, um ihm ins Auge zu fallen.

»Ist sie denn nicht in ärztlicher Behandlung?« fragte Barb und beugte sich zu ihm vor.

»Ein Arzt kann auch nicht mehr tun als seinen Job.« Lanny sah von einem Augenpaar zum andern. Beide Frauen verströmten einen starken moschusartigen Geruch nach Sex, aber er biß sich auf die Zunge, um jede aufkommende Erregung im Keim zu ersticken. Im Augenblick konnte er darauf nicht einsteigen. Nicht, bevor er das andere geregelt hatte. Nicht, bevor alles vorbei war. Er stellte sein Glas auf den Tisch.

»Ich will nicht, daß Sie mich bedauern.« Er stand auf. »Ich liebe Joy und habe ihr bei unserer Heirat ein Versprechen gegeben, das ich zu halten beabsichtige. Ihr beizustehen, so gut ich kann.«

»Nicht gerade das Leben, das ich mir ausgesucht hätte.« Sue griff nach Lannys vollem Weinglas und leerte es in einem Zug.

Barb erhob sich ebenfalls. Sie hakte sich bei ihm ein. »Können wir irgend etwas tun?«

Lanny ignorierte den sanften Druck ihrer Finger auf seinem Handgelenk. »Haben Sie nur ein bißchen Geduld mit ihr. Sie hat es momentan nicht leicht. Wenn die Schwangerschaft ausgestanden ist, wird sich das ganze Chaos von selbst regeln. Und wenn nicht, kriege ich das schon wieder hin. Meinen Sie, Sie können so lange nachsichtig mit ihr sein?«

»Klar doch, Lancelot«, sagte Sue, während sie das leere Glas abstellte. »Aber falls Sie sich in der Zwischenzeit mal einsam fühlen sollten, dürfen Sie mich jederzeit anrufen.«

»Sue!« stauchte Barb sie zurecht. »Er ist ein treuer Ehemann. Laß ihn in Ruhe!«

Sie dirigierte ihn zur Tür und gab ihm einen Kuß auf die Wange, wobei ihre Brüste sich in seinen Oberkörper bohrten. Dann preßte sie ihr Becken kaum merklich gegen seine Lendenregion. Als Sue von hinten nahte, rückte sie von ihm ab.

Lautlos wie eine Katze glitt Lanny über die Straße. Er schlüpfte ins Haus, zog die Schuhe aus und schlich ins Dachgeschoß hinauf, ohne sich um das Quietschen von Joys Drehstuhl zu kümmern, als diese sich hinter der verschlossenen Tür ihres Studios umdrehte.

Er trat gebückt in den Speicher und begann hastig, die Kleidungsstücke einzusammeln, die zu einem großen, zerdrückten Haufen auf dem Boden lagen, wo er die letzten Nächte geschlafen hatte. Die Sachen waren alt, weich, abgetragen – Buddys Klamotten, die Dorothy ihm vor Jahren geschenkt hatte. Leise kichernd mußte er daran denken, daß Joy nie einen Blick in die Kiste mit der Aufschrift PERSÖNLICH geworfen hatte – vor langer Zeit von ihm gepackt und aus dem Apartment mit in ihr neues Haus genommen. Hätte sie je einen Karton besessen, auf dem PERSÖNLICH stand, er hätte garantiert versucht, hineinzuspähen. Doch schließlich konnte er sich kaum mit ihr vergleichen. Seine Sinne befanden sich ständig in Alarmbereitschaft, während sie wie im Tran herumlief. Genau deshalb hatte es auch so lange funktioniert. Aber jetzt wachte sie auf, und das durfte er auf keinen Fall zulassen. So einfach war das. Er durfte es nicht zulassen.

Er betrachtete das schmale graue Sweatshirt in seinen Händen, das zusammengeknüllte weiße T-Shirt, die ausgebeulten Socken. Buddy war genauso gewesen – halb im Tran. Joy hatte überall mitmischen wollen, vor Leben gesprüht, war nicht zu bremsen gewesen. Nicht so Buddy. Buddy war sein kleiner Sklave.

»Schließ die Augen und laß dich fallen«, pflegte Lanny zu ihm zu sagen. »Ich fang' dich auf. Vertrau mir. Ich fang' dich auf.«

Buddy zögerte keine Sekunde. Seine Augen klappten zu, und

dann ließ er sich völlig gehen. Selbst wenn Lanny ihn die ersten beiden Male nicht auffing, war er für einen dritten Versuch immer noch zu haben.

Bis auf ein kleines Häufchen, das vor seinen Füßen liegen blieb, schaufelte Lanny alle Sachen in einen großen Müllsack. Aus dem Rest zog er Buddys verblichene Jeans hervor und stopfte die Beine mit Zeitungspapier aus, bis sie selbständig stehen konnten. Danach nahm er sich das blaugrüne Flanellhemd vor.

Als er fertig war, befeuchtete er seine Finger, drehte die heiße, nackte Glühbirne neben der Tür heraus und ersetzte sie durch eine schummrigrote. In dem rötlichen Glühen war kaum zu unterscheiden, ob es sich um eine Vogelscheuche oder um Buddy handelte, der da mitten im Speicher stand, die Hand zu einem gespenstischen Gruß erhoben.

Er ließ die Tür einen Spaltbreit offenstehen, schlich über den Teppich zu Joys Studio und rief mit lauter, hoher Stimme: »Joy! Hilf mir, Joy!«

Im selben Moment, in dem sie die Tür aufmachte und in den Flur hinaustrat, verschwand er lautlos über die Treppe nach unten. Die Dielen über ihm knarrten vertraut, als sie sich auf das schwachrote Glühen im Dachboden zubewegte.

## Fünfundzwanzig

Der Geruch stieg ihr in die Nase, noch bevor sie die Augen aufschlug. Lysol gemischt mit Hühnerbrühe. Mittagszeit im Krankenhaus.

»Gott sei Dank!« sagte ihre Mutter, als Joy sich umdrehte, um Dorothy stocksteif auf dem Rand einer orangeroten Sitzschale hocken zu sehen.

»Warum bin ich hier?« Sie hatte Angst, sich zu bewegen, da sie nicht wußte, was sie fühlen sollte. Sie hatte keine Ahnung, was geschehen war.

Ihre Mutter studierte mit flatternden Lidern ihr Gesicht.

»Lanny war den ganzen Morgen bei dir. Vor zehn Minuten ist er ins Büro gegangen.« Sie zog ein Taschentuch aus dem Ärmel und zwirbelte es langsam zu einer langen Schlange.

Das Rascheln von dicker Plastikfolie zerschnitt die Stille, als ein großgewachsener Mann hereinmarschiert kam, im Arm einen riesigen Strauß roter und blauer Blumen, über dem ein heliumgefüllter Ballon mit der Aufschrift »Wir haben einen Sohn!« schwebte.

»Entschuldigen Sie.« Er drückte sich an dem blickdichten beigen Vorhang vorbei, der Joys Bett von dem einer Zimmergenossin trennte, deren Existenz ihr erst jetzt auffiel. »Maria«, gurrte er seiner Liebsten ins Ohr. »Ich wußte genau, daß es ein Junge wird. Hab' ich dir nicht gleich gesagt, es wird ein Junge?«

»Lanny hat versucht, dich in einen anderen Stock verlegen zu lassen«, sagte Dorothy leise. »Aber sie meinten, du gehörst auf die Wöchnerinnenstation.«

Joys Hände zuckten an ihren Bauch. Ihre Schultern lockerten sich, als sie die vertraute Wölbung fühlte. Sie drückte die Fingerspitzen hinein, doch der Bauch blieb hart und unnachgiebig. Dann erwischte ihre Hand das Kabel, welches zwischen ihren Beinen hindurch zu einem Monitor neben dem Bett führte. »Ist den Babys was passiert?« flüsterte sie, während ihre Augen sich schlossen.

»Keine Angst. Dr. Wayne ging gerade, als ich reinkam. Er sagt, es besteht nicht der geringste Grund zur Sorge.«

Wütend schlug Joy die Augen wieder auf. »Was soll das heißen?«

Dorothy zuckte zurück, als hätte man sie geschlagen. »Weißt du, die meisten Leute sind einfach froh, daß sie noch leben, wenn sie das Bewußtsein verloren haben. Du brauchst mich nicht gleich so anzuschreien.«

Joy schob den linken Arm aus dem Bett, um das Datum auf ihrer Armbanduhr zu überprüfen. Aber die Uhr war verschwunden. Sie zog den anderen Arm unter der Decke hervor, und riß dabei fast die Kanüle des Venentropfes heraus, der in ihrem Handrücken steckte.

»Wie lange bin ich schon hier?«

»Ich weiß nicht genau, um wieviel Uhr du eingeliefert wurdest«, erklärte Dorothy, erleichtert, über etwas Konkretes zu sprechen. »Es war entweder Mitternacht oder zwei Uhr früh. Lanny sagt, es wäre um zwei gewesen, aber wenn ich mich recht entsinne, klingelte er mich um Mitternacht aus dem Bett.«

»Zwei Uhr wann?« fragte Joy viel zu laut.

Dorothy starrte einen Moment lang vor sich hin, ehe sie antwortete. »Soll ich Dr. Wayne bitten, dir etwas zur Beruhigung geben zu lassen?«

Der kiebige Unterton in der Stimme ihrer Mutter war eine eindeutige Warnung. »Nein. Es geht mir gut.« Sie versuchte sich aufzusetzen. »Ich möchte nur wissen, wie lange ich schon hier liege.«

»Ach so.« Dorothys Mund verzog sich zu einem flüchtigen Lächeln und wurde im Handumdrehen wieder ausdruckslos. »Fast einen Tag. Seit letzter Nacht, wie gesagt.« Sie zog ihren Stuhl näher ans Bett. Dann lehnte sie sich zurück, als fürchte sie sich vor der Antwort auf ihre nächste Frage. »Was ist passiert?«

Genau das interessierte auch Joy brennend. Sie ließ den Kopf auf das flache, harte Kissen zurücksinken, betrachtete die Preßspanquadrate an der Zimmerdecke und versuchte sich zu erinnern. Nach einer Weile blickte sie Dorothy an, deren Blick unbarmherzig auf ihr lag. Ihre Mutter saß kerzengerade da, als hätte sie einen Stock verschluckt, die Knöchel überkreuzt, die Hände im Schoß gefaltet. Das Kleid mit dem beigebraunen Paisley-Muster ging fast nahtlos in die Farben des Krankenhausdekors über.

»Weißt du es nicht mehr?«

»Nein«, erwiderte Joy. »Wie üblich.«

Dorothy setzte sich noch aufrechter hin. Sie machte einen beinah erleichterten Eindruck. »Dann werden wir es wohl nie erfahren.«

Doch Joy war nicht gewillt, sich so leicht damit abzufinden. Sie durchforstete ihr knausriges Gedächtnis nach irgendeinem Anhaltspunkt, irgendeiner Spur.

»Lanny hat versucht, sich einen Reim aus allem zu machen, aber es ist ihm nicht gelungen. Es ist bestimmt nicht einfach, die eigene Frau wie tot auf dem Speicherboden vorzufinden.«

Da traf die Erinnerung sie plötzlich mit der Gewalt eines

Peitschenschlages. Buddy stand mitten im Speicher und starrte sie an. Sie mußte würgen. Aus weiter Ferne hörte sie die verzweifelte Stimme ihrer Mutter nach der Schwester brüllen.

Eine schwarze Hand hielt ihr eine weiße Nierenschale unter das Kinn.

»Nur zu«, sagte jemand ermunternd.

Joy beugte das Gesicht über die Schüssel und erbrach sich, während die Hand ihr das Haar aus Mund und Augen strich.

»Ist ja gut, Kindchen«, sagte jemand in jamaikanischem Singsang. Die fleischige Hand streichelte ihre Stirn.

Joy war fix und fertig. Sie hatte einen galligen Geschmack im Mund, zitterte am ganzen Körper. Die dicke Schwester mit der sanften Stimme ragte über ihr auf wie ein Turm und deckte sie bis zum Hals zu. Dann verschwand sie mit der schmutzigen Schale, um kurz darauf mit einem Fieberthermometer zurückzukehren.

Dorothy schaute sie entsetzt an. »Soll ich ihren Mann verständigen? Geht es ihr nicht gut?«

Die Schwester überhörte die Frage und fuhr mit ihren Routinegriffen fort. Sie steckte das Thermometer in Joys Mund, ließ es einige Sekunden dort verweilen und drückte dann auf ein Knöpfchen, woraufhin die Schutzumhüllung aus Plastik ausgestoßen wurde. Sie landete im Abfalleimer neben dem Bett. »Sie wird schon wieder«, meinte sie schließlich, während sie das Thermometer ablas.

Zu Joy sagte sie in wesentlich freundlicherem Ton: »Alles in Ordnung, Kindchen. Bleiben Sie nur still liegen, und ruhen Sie sich aus.« Das Weiße in ihren Augen blitzte gefährlich, als sie sich zu Dorothy umwandte. »Noch fünf Minuten, dann ist die Besuchszeit vorbei.«

»Ich bin nicht schuld, daß sie sich übergeben hat«, versuchte diese sich zu verteidigen.

Die Schwester verließ wortlos den Raum. Kaum war sie verschwunden, konzentrierte Dorothy sich wieder auf ihre Tochter.

»Ich hab' Buddy letzte Nacht gesehen«, platzte Joy heraus, ehe ihre Mutter mit der obligatorischen Tirade über die Qualität des Pflegepersonals in Amerika loslegen konnte.

Dorothys rotgeäderte Augen füllten sich mit Wasser, die Lippen preßten sich fest zusammen. Ihr Gesicht war eine angespannte Maske. »Warum sagst du so etwas? Willst du mir unbedingt weh tun?« Tränen liefen über ihre Wangen.

Joy betrachtete das Gitter, das an der Bettseite herabhing, und versuchte sich vorzustellen, wie es wohl sein würde, wenn es hochgeklappt wäre, wenn man sie einsperren würde und alle andern draußen bleiben müßten. Dann drehte sie sich auf die Seite und zeigte ihrer Mutter den Rücken.

Als sie erwachte, war sie allein. Nur das schwächliche Schreien des Säuglings im Arm ihrer Zimmergenossin erfüllte den Raum, begleitet von den sanften Klängen eines spanischen Wiegenlieds.

»Na, wie geht's uns denn heute?« trompetete Dr. Wayne, als er ins Zimmer marschiert kam und den Plastikvorhang um Joys Bett zusammenzog, so daß sie in einem stickigen Zelt miteinander eingeschlossen waren. Er klatschte ihr Krankenblatt auf das Fußende und rieb sich die Augen.

Sie musterte seine Schultern, die schlaff nach vorn hingen. Nichts schien auf ihnen ruhen zu können, nicht einmal Staub.

»Ich möchte wissen, was mit mir nicht stimmt«, ging sie in die Offensive.

Er hörte auf, seine Augen zu traktieren, und ließ die Hände fallen, wobei er unter seinen pelzartigen Brauen hervorspähte, als ob er am liebsten dahinter verschwinden würde. »Sie waren kurze Zeit bewußtlos, aber jetzt scheint alles wieder in Ordnung zu sein. Trotzdem sollten wir angesichts der gehäuften Zwischenfälle in den letzten Wochen kein Risiko eingehen.«

»Wann kann ich nach Hause?«

»Morgen.«

»Muß ich im Bett bleiben?«

»Darüber haben Lanny und ich bereits gesprochen, und wir sind beide der Meinung, Sie brauchen dringend Ruhe. Es geht nicht so sehr darum, daß Sie im Bett liegen müssen, aber das Bett ist immer noch der beste Ort, um Ruhe zu finden.«

»Warum sprechen Sie mit Lanny? Ich bin die Patientin. Sprechen Sie mit mir.«

»Nun ja, er ist schließlich Ihr Ehemann. Er will nur das Beste für Sie und...« Er wackelte mit den Händen, als ihm die richtigen Worte nicht einfielen.

»Die Babys«, half sie ihm weiter.

»Genau. Er macht sich Sorgen. Das ist völlig normal. Er wird zum erstenmal Vater und möchte natürlich, daß alles perfekt ist.«

»Ach wirklich?«

»Joy. Erinnern Sie sich noch an diesen Arzt, den ich Ihnen empfohlen habe? Der, mit dem Sie vielleicht einmal reden sollten?«

»Der Seelenklempner?«

»Er ist Psychiater, ja.« Ihren Blick sorgsam meidend, kritzelte er einen Namen auf ein Blatt Papier. »Sie erinnern sich doch, daß wir darüber gesprochen haben, nicht wahr?«

»Ja, selbstverständlich.« Joy nahm das Blatt, ohne es eines Blickes zu würdigen. Sie mußte aufpassen, was sie sagte. Falls Dr. Wayne herausbekam, daß sie umgekippt war, weil sie den Geist ihres Bruders gesehen hatte, würde er sie in eine Gummizelle sperren und ihr die Babys ganz bestimmt wegnehmen.

Er zwirbelte die grauweißen Zotteln über seinem rechten Auge. »Schön, Sie hatten ein traumatisches Erlebnis und stehen unter Streß, aber Sie sind keine Invalidin. Alles, was Sie tun müssen, ist Ihren gesunden Menschenverstand benutzen.«

»Könnten Sie sich etwas konkreter ausdrücken?«

Er kratzte sich müde die Brauen. »Verlieren Sie nicht die Nerven.«

»Das ist alles?«

»Und besuchen Sie Dr. Friedman. Das sollte eigentlich eine glückliche Zeit für Sie sein.« Er legte ihr eine Hand auf die Schulter. »Sie müssen auf sich aufpassen. Ihre Mutter und Ihr Mann werden sehr böse auf mich sein, wenn Sie das nicht tun.«

»Ich bin Ihre Patientin, Dr. Wayne.« Sie ließ die Schultern fallen, so daß seine Hand hinunterplumpste. »Nicht sie.«

»Sie müssen mir versprechen, sich bei Dr. Friedman zu melden«, sagte er und zupfte erneut an seinen Brauen.

»Ich lass' es mir durch den Kopf gehen.« Joy drückte einen Knopf, um sich in eine sitzende Position zu bringen.

Dr. Wayne legte seine Hände auf ihren Bauch und tastete ihn

ab. Dann überprüfte er die Aufzeichnungen des Herztonschreibers. »Gut. Ich werde Sie heute nacht noch hierbehalten, und dann möchte ich Sie in drei Tagen wiedersehen. Mit blühenden Wangen und in bester Verfassung.«

Sobald er das Zimmer verlassen hatte, hievte sie sich aus dem Bett, griff nach dem Gestänge, an dem der Venentropf hing, und rollte es vor sich her aus dem Raum, um endlich von den Lauten des Neugeborenen im Nachbarbett wegzukommen. Dr. Wayne stand direkt vor der Tür, in ein vertrauliches Gespräch mit einem kurzgeratenen, bärtigen Mann vertieft.

»Da kommt sie ja!« rief er überlaut und breitete die Arme aus, als wolle er sie gleich umarmen. »Joy – das ist Dr. Friedman.«

»Guten Tag«, sagte sie ruhig.

Dr. Friedman grinste, aber seine strengen Augen studierten ihr Gesicht, taxierten ihren Geisteszustand. »Ich hoffe bald von Ihnen zu hören.« Die Hand, die er ihr hinstreckte, erinnerte sie an die Klaue eines Aasgeiers, jederzeit bereit, sie in Stücke zu reißen.

Matt lächelnd erwiderte sie den Druck der knochigen Hand. Er lächelte zurück, herzlich, aber wachsam.

Als sie samt Venentropf wieder in ihr Zimmer kam, sah sie Lannys lederne Aktentasche auf dem Besucherstuhl liegen. Sie steckte den Kopf durch eine Lücke in dem blickdichten Vorhang, hinter dem ihre Zimmergenossin lag, im Rücken eine Unmenge Kissen, die zweifellos von zu Hause stammten.

»Haben Sie meinen Mann hereinkommen hören?« Sie gab sich alle Mühe, unbeschwert und fröhlich zu klingen.

»Nein, tut mir leid«, sagte die Frau und schüttelte den Kopf.

»He, du! Was hast du außerhalb deines Bettes verloren?«

Joy fuhr herum. In der Tür stand Lanny. Sein Ton war heiter, sein Mund zu einem Lächeln verzogen, doch die Zeichen in seinen Augen standen auf Sturm.

## Sechsundzwanzig

Obwohl es früh am Morgen war, erschien ihm die Bücherei, als hätte sich bereits die Nacht darüber gesenkt, düster, verschwiegen und tot. Er suchte sich einen Platz an einem langen Tisch, an dem ein schlafender alter Mann saß. Den Kopf in die Arme vergraben, atmete er seinen eigenen Modergeruch ein. Lanny trug seinen Stuhl zum anderen Ende des Tisches und schlug das Buch auf. Er hatte nur eine Stunde Zeit. Um zwölf sollte Joy entlassen werden. Die ersten zehn Minuten verschwendete er mit einem Ausflug in die Vergangenheit.

Die Bibliothekarin, die die Jugendabteilung leitete, hatte selbst Hände wie ein Kind und einen winzigen Kopf über einer gigantischen Brust. Er marschierte schnurstracks auf sie zu.
»Entschuldigung...«
Sie schaute ihn über den Rand ihrer Lesebrille an und hob abwartend eine Braue.
»Ich schreibe an einem Artikel für unsere Schülerzeitung und brauche ein bißchen Ihre Hilfe.«
Sie nickte schweigend; ihr Blick sagte: Okay, mach schon, beeil dich, spuck's aus.
»Es geht um potentielle Haushaltsgifte, wie beispielsweise eine Überdosis Aspirin, oder was passiert, wenn man aus Versehen Bleichmittel schluckt oder Kohlenmonoxid einatmet. All so was eben. Wo kann ich da nachschlagen?«
Ihr Gesicht leuchtete auf. Was für eine phantastische Idee für einen kleinen Jungen, schienen ihre Augen zu sagen. Ein Artikel über häusliche Sicherheit! Sie stapfte zu ihrem schwarzen Aktenschrank. »Mal sehen, was wir da haben.« Ihre Hände flogen über altertümliche Ordner, bis sie den richtigen gefunden hatte.
»Aha«, triumphierte sie, befeuchtete die Fingerspitzen und begann Regierungsschriften und magere Broschüren hervorzuzerren, bis sich etwa ein Dutzend Informationshefte auf dem schmalen Arbeitstisch auftürmten. Dann kehrte sie an ihr Pult zurück und widmete sich ihren Karteikarten.

Es gab jede Menge miserabel kopierte Flugblätter mit Überschriften wie *Zehn heimliche Killersubstanzen, Wie schütze ich meine Familie vor Giften im Haushalt?* und *Ist Ihr Heim sicher?*, aber keins davon verriet ihm das, was Joy unbedingt wissen wollte. Wie lange brauchte Kohlenmonoxid, bis es einen umbrachte?

Buddy saß an einem anderen Tisch, auf dem Schoß das entsprechende Exemplar eines enzyklopädischen Gesamtwerks. Was er las, machte ihn nervös. »Hier steht, man kriegt Magenkrämpfe«, meckerte er, als hätten die Schmerzen bereits eingesetzt.

»So lange bist du ja nicht drin«, klärte Lanny ihn auf.

»Und wie lange kann man drin sein, ohne Magenkrämpfe zu kriegen?« Buddy spähte über Lannys Schulter.

Lanny ließ *Fishbeins Bilderlexikon der Medizin und Volksgesundheit* zuschnappen, ehe Buddy weitere Einblicke in die Materie gewährt wurden. »Du hast mindestens eine Stunde, bevor das Gift in deinen Kreislauf kommt, weil dein Körper zuerst die gute Luft verbraucht und dann das schlechte Zeug reinläßt. Jedenfalls schreiben sie das hier.« Er schwenkte *Careys Sicherheitstips für den Allgemeingebrauch* vor Buddys Nase. Doch ehe der zugreifen konnte, war Lanny schon entschwunden und gab der Bibliothekarin sämtliche Schriften zurück.

Joy und ihre Mutter warteten draußen im Wagen. Sobald die Jungen eingestiegen waren, drehte Joy sich um und formte mit den Lippen die Worte: Hast du's gefunden?

Lanny zwinkerte und gab ihr mit emporgerecktem Daumen das Okay-Zeichen. Buddy tat das gleiche. Später, im Klubhaus, erklärte Lanny ihr dann, daß sie mindestens eine Stunde Zeit hatten, bis sich die Symptome einstellten, und daß er sie vor Ablauf dieser Frist herauslassen würde. Mindestens eine Stunde, wiederholte er und hatte mittlerweile völlig vergessen, daß es frei erfunden war.

Er erläuterte noch einmal, wie der »Vertrauensklub« funktionierte. Wenn Joy tatsächlich Mitglied werden wollte, mußte sie ihm absolutes Vertrauen schenken, genau wie Buddy es getan hatte. Sie mußte hundertprozentig darauf bauen, daß er auch kam, wenn er das sagte. Und wenn sie wirklich bei Buddy blieb, bis er sie beide herausholte, wenn sie bis zum Schluß ausharrte, dann würden er und Buddy darüber abstimmen, ob sie als Gründungsmitglied aufgenommen werden sollte. Was Buddy betraf, war das seine letzte Prüfung.

Der Gedanke an Buddy ließ Lanny lächeln. Wie ein kleiner Hund war er um ihn herumscharwenzelt, geradezu versessen darauf, alles zu tun, was von ihm verlangt wurde. Dann verschwand das Lächeln schlagartig. Die Erinnerung an den Gestank in der Garage traf ihn mit solcher Wucht, daß er würgen mußte.

*Fishbeins Bilderlexikon der Medizin* hat sich nicht geirrt, schoß es ihm durch den Kopf. Buddy hatte gekotzt wie ein Reiher. Obwohl Lanny alles beseitigt und den Waschbeton mit Chlorbleiche durchtränkt hatte, war der Gestank im Gemäuer hängengeblieben, war er jedesmal in die Küche gewäht, wenn sein Vater die Verbindungstür zur Garage öffnete.

Sein Vater hatte kein Wort über den penetranten Geruch verloren. Dennoch ließ er den Wagen jeden zweiten Tag waschen und brachte ihn mindestens zweimal die Woche mit der Beschwerde in die Werkstatt, er klänge irgendwie seltsam. Er mußte es gewußt haben.

Im Gegensatz zu Dorothy. Sie verbrachte den ganzen Sommer wie ein geparktes Auto in einem grünweißen Aluminiumklappstuhl neben der Einfahrt und wartete auf Buddys Rückkehr.

Er hätte nicht dort sterben müssen, sagte Lanny sich zum x-tenmal. So war es nicht geplant gewesen.

Als er zum erstenmal danach in die Garage ging, mußte er die Luft anhalten. Er hockte sich in eine Ecke, ließ seinen Blick durch den quadratischen Raum schweifen und grübelte darüber nach, was er wohl getan hätte, wäre er durch eigene Hand hier drinnen eingesperrt gewesen und hätte giftige Luft geatmet, die zwar prima roch, ihn aber umbringen konnte.

Doch darüber hatte Buddy sich nicht den Kopf zerbrochen. Er vertraute darauf, daß Lanny kommen und sie rechtzeitig rausholen würde.

Die Wandregale der Garage waren mit Schädlingsbekämpfungsmitteln, Dünger und rostigen Kaffeedosen der früheren

Bewohner vollgepfropft. An mehreren Haken baumelten Schaufeln und Rechen.

Es gab keine Fenster, die Beleuchtung war schummrig. Trotzdem sah Lanny die Axt, die an der Stirnwand hing. Und die angerostete Mistgabel daneben. Und die Säge, die an ihrem derben Holzgriff hing. Gegen Beton hätte die Axt kaum eine Chance gehabt, gegen das automatische Garagentor allerdings schon. Buddy hätte rauskommen können. Es wäre ihm möglich gewesen, sein Leben zu retten. Er hätte nicht ausharren müssen.

Der Alte am anderen Ende des Tisches begann so heftig zu husten, daß er keine Luft mehr bekam. Ein Bibliothekar, dessen dürrer Hals meterweit aus dem Kragen seines kurzärmeligen Hemdes herauszuragen schien, ging zu ihm hin und flüsterte ihm etwas Beruhigendes ins Ohr. Als der Mann aufstand und dabei fast über die eigenen Füße fiel, funkelte er Lanny wild gestikulierend an, als wäre alles seine Schuld.

Lanny konzentrierte sich wieder auf das vor ihm liegende Buch. Er zeichnete das Schaubild dessen, was er tun mußte, zu Ende. Es war der letzte Punkt auf seiner Liste.

## Siebenundzwanzig

»Ich wollte dir erst eine Pflegerin beschaffen, aber dann dachte ich, ohne eine hast du es gemütlicher.« Er trat einen Schritt zur Seite, um Joy in das rückwärtige Schlafzimmer einzulassen. Aus der Mitte des Raumes starrte ihr ein Krankenhausbett entgegen. Daneben stand ein Krankenhauswägelchen mit einem gelben Saftkrug darauf, einem Turm kegelförmiger Pappbecher, einem Stapel Illustrierten und einer Schachtel Kleenex, alles fein säuberlich angeordnet.

»Was ist das?« wollte sie wissen.

Seine Stimme war zuckersüß. »Hab' ich gemietet.« Stolz wies er auf das Bett. »Du kannst es höher und tiefer stellen, genau wie im Krankenhaus.«

»Wozu das alles?« Sie hielt ihren Unmut sorgfältig im Zaum.
»Du wirst jetzt viel Zeit im Bett verbringen. Ich wollte sichergehen, daß du es auch bequem hast.« Er nahm die Bedienungsliste in die Hand und ließ das Bett hinauf- und hinuntergleiten.
»Siehst du? Eine tolle Erfindung.« Sein Lächeln war breit, aber sie sah die Sehnen an seinem Hals hervortreten. Es machte ihn nervös, ihr das Bett zu zeigen. Woher sollte er wissen, wie erleichtert sie war, allein schlafen zu können.
»Das war sehr umsichtig von dir«, meinte sie vage.
»Außerdem habe ich eine gründliche Untersuchung des Dachbodens vorgenommen. Da oben ist alles in bester Ordnung. Es gibt absolut nichts, vor dem man Angst haben müßte. Deine Phantasie hat dir einen Streich gespielt. Du kannst es einfach vergessen.«
Doch das war es nicht, was ihr Sorgen machte. Sie hatte akzeptiert, daß sie von einer weiteren Halluzination heimgesucht worden war. Sie wußte, daß sie des Rätsels Lösung Schritt für Schritt näher kam. Nur sollte Lanny nichts davon merken.
»Ist schon so gut wie vergessen.« Sie schlüpfte aus den Schuhen und kletterte ins Bett.
Er schaute von der Tür aus zu, ging dann zu ihr und setzte sich aufs Fußende.
»Es macht mir überhaupt keinen Spaß, dich wie ein Kind zu behandeln, Joy, aber du hast dich in letzter Zeit wirklich wie eins benommen.«
Mit leerem Blick sah sie ihn an.
»Ich würde gern etwas klarstellen«, fuhr er fort. »Ich kann dir die Babys jetzt nicht wegnehmen, und ich möchte es auch gar nicht. Aber wenn du mir nicht beweist, daß du auf dich aufpassen kannst, schwör' ich dir, daß ab der Sekunde der Geburt eine Sozialarbeiterin neben deinem Bett stehen wird.«
»Ach, Lanny. Es geht mir gut. Ich passe schon auf mich auf. Mach dir nicht soviel Sorgen.«
»Ist es in Ordnung, daß du hier schläfst? Es macht dir nichts aus?«
»Es ist ja für die Kinder.« Joy schloß die Augen und ihn somit aus. Vollkommen still lag sie da, wartete darauf, daß er

endlich verschwand. Sie wollte nicht einschlafen, aber der Schlaf war da, bereit, sie zu holen.

Als sie bei Morgengrauen erwachte, waren ihre Lippen wie ausgedörrt. Sie bekam sie nicht auseinander. Ihre Beine schmerzten wie bei einer Grippe. Das Nachthemd schnürte ihren Körper ein wie eine Zwangsjacke. Während sie langsam die Füße aus dem Bett streckte und sich aus schwindelerregender Höhe hinunterließ, versuchte sie vergeblich sich daran zu erinnern, wann sie sich ausgezogen hatte.

Lautlos watschelte sie nach unten in die Küche. Ihre nackten Füße blieben an den kalten Fliesen kleben. Sie füllte ein großes Glas mit Wasser und ließ es in einem einzigen, langen Schluck durch ihre rauhe Kehle gleiten. Danach war sie hellwach und munter.

Von einem Zimmer zum anderen wandernd, überdachte sie noch einmal ihre Alternativen. Sie konnte jetzt sofort verschwinden, noch während er schlief. Einfach eine Tasche packen und gehen. Zu Dorothy. So lange mit den Kindern bei ihr wohnen, bis sie wieder auf die Beine gekommen war. Sie in der düsteren Wohnung ihrer Mutter aufziehen, unter deren ständiger Überwachung, begleitet von ihren ständigen Vorschriften, wie sie was am besten tat. Ihr Magen rebellierte.

Sie konnte Lanny bitten zu gehen, aber das würde er nicht tun. Nicht ohne die Babys. Nicht ohne Kampf. Ihr Bauch wölbte sich vor wie ein schlecht gearbeiteter Medizinball. Muskeln, von deren Existenz sie bislang nichts gewußt hatte, begannen plötzlich, sich zu dehnen und wieder zusammenzuziehen, weh zu tun. Sie war jetzt nicht imstande zu kämpfen.

Sie schaute aus dem Fenster, als läge dort draußen eine weitere Alternative verborgen, und da sah sie ihn. Er lief im Bademantel über den Bürgersteig, schleppte einen vollen Müllsack zur Bordsteinkante. Er wirft etwas weg, das ich nicht sehen soll, dachte sie und stürzte, zwei Stufen auf einmal nehmend, mit fliegendem Morgenrock in ihr neues Schlafzimmer hinauf.

Sie kroch auf die harte Matraze, zog die Decke über den Kopf, versuchte ihren keuchenden Atem unter Kontrolle zu bringen. Die Haustür fiel leise ins Schloß. Lanny schlich zurück ins Bett.

Für Sekunden versank das Haus in absoluter Stille, als würden sie beide fest schlafen. Dann erklang, in der Überzeugung, daß sie seinen verstohlenen Ausflug nach draußen nicht bemerkt hatte, unvermittelt ein heftiger Bums. Jetzt sollte sie wach werden. Er sprang aus dem Bett. Die Badezimmertür knallte zu. Die alten Rohre jaulten auf, als er die Klospülung betätigte. Und wenig später registrierte sie durch die Bettdecke hindurch, daß das Licht im Raum sich geändert hatte. Er stand in der Tür, beobachtete sie. Gleichmäßig atmend lag sie im Bett. Das Licht änderte sich wieder. Sie hörte ihn in die Halle gehen.

Kurz darauf wurde die Lautstärke des Fernsehers in ihrem ehemaligen Schlafzimmer bis zum Anschlag aufgedreht. Sie hatte das Gefühl, Bryant Gumbel würde neben ihr im Bett sitzen und sie fragen, wie es denn so wäre, mit zehn Kindern um die Welt zu segeln. Sie stützte sich auf den Ellbogen ab und tastete nach dem Schalter, um sich in eine sitzende Postition zu manövrieren. Dann griff sie nach einer der Illustrierten, blätterte sie hastig durch, ohne die Worte zu erkennen. Nach einer Weile spazierte Lanny herein.

Er schien überrascht, sie wach zu sehen. Als er sich dem Bett näherte, fiel sein Bademantel vorn auseinander und entblößte seine nackte Hüfte. Er hat noch nicht geduscht, dachte sie. Er hat sich noch nicht angezogen. Wollte er Sex? Konnte er haben, wenn es denn sein mußte. Sie würde ihn einfach hineinlassen. Sie war jetzt nicht imstande zu kämpfen.

»Na, du Schlafmütze?«, begrüßte er sie. Das Haar stand ihm in allen Richtungen vom Kopf ab. Er sah aus, als hätte er kein Auge zugetan.

»Ist das Bett okay?« Sein Ton war sanft und besorgt, ging ihr furchtbar auf die Nerven. Damit hatte sie nicht gerechnet. Er strich ihr ein paar Haarsträhnen aus dem Gesicht. Sie gab sich alle Mühe, nicht zurückzuzucken, wußte aber, daß er ihre Abwehr bemerkt hatte.

»Ich hab' jedenfalls prima geschlafen.« Sie entspannte sich merklich, als er die Hand wieder wegnahm.

Er lehnte am Bett, senkte den Kopf, dachte einen Augenblick nach. Dann begann sein Fuß auf den Boden zu trommeln. Ein Alarmzeichen. Seine Laune verdüsterte sich. Sie übte sich in Mißachtung und spürte, wie ihr ein Schauer über den Rücken lief. Sie griff erneut nach der Illustrierten und stierte auf eine Parfümwerbung, bis sie vor ihren Augen verschwamm.

»Ich zieh' mich jetzt an«, verkündete er nach einer Weile.

Sie nickte leicht, ohne den Blick zu heben, als sei sie sich seiner Anwesenheit nur halb bewußt.

»Ich sagte, ich zieh' mich jetzt an.« Die Furchen auf seiner Stirn vertieften sich.

»Nur zu.« Sie ließ das Heft zuklappen. »Ich halte dich bestimmt nicht auf.« Ihr Ton blieb gelassen, doch insgeheim fragte sie sich: Wer würde meine Schreie hören, wer würde kommen?

Er stampfte hinaus. Sie hörte ihn wütend herumhantieren. *Rums*, wurden Schubladen aufgerissen. *Rums*, gingen sie wieder zu. *Rums*, landete der hölzerne Kleiderbügel auf dem Fußboden. *Rums*, fiel ihm ein Paar Schuhe aus der Hand. *Rums*, wurde der Toilettendeckel hochgezerrt. *Rums*, knallte er auf die Brille zurück. *Rums*, stampfte er die Treppen hinunter. *Rums*, schwang die Haustür auf. *Krach*, knallte sie hinter ihm zu.

Sie wählte die Nummer ihrer Mutter, um sie zu fragen, ob sie ein paar Tage bei ihr wohnen könnte, aber als sie Dorothys gereizte Stimme vernahm, legte sie schnell wieder auf. Vielleicht gab es einen anderen Weg, die Angelegenheit zu regeln. Wenn sie sich ein bißchen anstrengte, funktionierte es vielleicht auch so. Doch sie wußte, daß es eine Selbsttäuschung war.

## Achtundzwanzig

»Bis morgen dann«, sagte sie in den Telefonhörer. Er lehnte seine Aktentasche gegen die Treppe und zog das Jackett aus.

Sie hängte ein und lächelte, als sei alles in bester Ordnung. Erst da fiel ihm auf, daß sie angezogen war. Er wollte sie nicht in voller Montur, er wollte sie im Bett. »Wer war das?«

Ihr Lächeln verschwand. »Ich muß den Entwurf morgen bei Anna-Marie abliefern. Dr. Wayne hat nichts dagegen. Er meint, solange ich mir vom Bahnhof aus ein Taxi nehme, ist es kein Problem.«

Lannys Fingernägel gruben sich tief in die Handteller. Er zwang seine Fäuste, sich wieder zu öffnen.

»Ich dachte, wir wären übereingekommen, daß du es locker angehen läßt.«

»Das ist mein letzter Auftrag«, erwiderte sie ruhig. »Ich muß ihn zu Ende bringen.«

Sie stand am Fenster und sah zum dunklen Himmel empor. Wie schön sie ist, dachte er. Ich wünschte, ich könnte sie behalten.

Sie gingen in die Küche. Lanny bot sich an, Eier zu machen. Joy nickte und folgte ihm zum Herd. In stummem Reigen begannen sie zu kochen, nur unterbrochen vom gelegentlichen *Klong* eines Topfes, dem Zugleiten einer Schublade. Selbst das Aufschlagen der Eier klang überlaut.

Lanny öffnete den Kühlschrank, die Tür rammte Joys Bauch. Als sie den Tisch decken wollten, prallten sie zusammen. Die Morgenzeitung lag immer noch auf der Frühstückstheke. Sie lächelten einander befangen zu und erhoben sich gleichzeitig, um Salz und Pfeffer zu holen.

War's das? dachte Lanny. Hat das Schweigen zu bedeuten, daß sie dahintergekommen ist? Mußte er sofort handeln?

Er musterte ihr Gesicht, während sie durch die Hintertür nach draußen schaute.

Ihre Augen blickten müde, die Lider waren geschwollen. Sie war blaß, sah völlig ausgelaugt aus. Er seufzte schwer und starrte sie weiter an. Es spielte keine Rolle. Sie merkte es nicht. Sie war vollkommen weggetreten.

Wie verwundbar sie heute wirkte. Durch ihre durchscheinende Haut konnte er bis auf die schwachblauen Linien ihrer Venen sehen. Er versuchte sich zu entsinnen, ob sie immer so bleich gewesen war.

»Warst du heute in Toney's Brook?« wagte er einen Vorstoß ins Blaue.

»Ist das nicht gestern gewesen?« Verblüfft schaute sie ihn an. Er lächelte. »Tatsächlich?«

Sie stieß ein erschöpftes Lachen aus. »Ich erinnere mich nicht mehr.«

Er lächelte so freundlich er konnte. Keine Ahnung, was in

ihrem Kopf vorging. »Ich werde noch ein bißchen am Wagen basteln.«

Sie warf einen Blick auf die Uhr. »Jetzt?«

»Du hast doch gesagt, die Schlösser würden klemmen. Du willst sie bestimmt repariert haben, oder?«

Sie wußte nichts von klemmenden Schlössern, nickte trotzdem.

Er stand auf, um in die Garage zu gehen. Als er merkte, daß sie ihn beobachtete, fing er an, fröhlich zu pfeifen.

In dem Moment läutete das Telefon. Geistesabwesend nahm Joy den Hörer von der Gabel.

»Joy? Hier ist Ray.«

»Lanny!« rief Joy, bevor Ray hastig hinzufügte: »Nein, ich wollte mit Ihnen sprechen.«

»Hallo, Kumpel«, sagte Lanny, nachdem Joy ihm den Hörer überreicht hatte. »Welche Katastrophe gibt's heute zu vermelden?«

## Neunundzwanzig

»Hier geht's zu wie in einem Zoo.« Anna-Marie knallte die Tür zu ihrem Büro hinter sich zu. »Überläßt du mir dein Haus? Du kriegst dafür meinen Job.«

Zum erstenmal an diesem Tag hellten Joys Züge sich auf.

»O wirklich, es ist ein toller Job. Du brauchst nichts weiter tun, als einem Dutzend brillanter Redakteure ihre haarsträubenden Einfälle zu einem Buchcover auszureden. Wenn das nicht funktioniert, mußt du einen begabten Illustrator davon überzeugen, daß die Idee soooo schlecht gar nicht ist. Und danach mußt du den Chefredakteur dazu bringen, den schrulligen Autor anzurufen und ihm zu versichern, daß man ein Buch – letzten Endes – nicht nach seinem Cover beurteilen kann. Hast du das alles geschafft, bist du top.«

Joy zog ihr Kleid über ihrem gewaltigen Bauch straff.

»Kein guter Zeitpunkt für einen beruflichen Richtungswechsel, was?«

»Nein«, bestätigte Joy lachend. Anna-Marie war wie üblich ständig in Bewegung. Selbst wenn sie mit Joy redete, warf sie einen flüchtigen Blick auf irgendein Cover, las die Inhaltsangabe einer Story an, ordnete den Stapel telefonischer Nachrichten neu, klebte winzige Zettel auf ihre Lampe, ihren Schreibtisch, ihre Hand.

»Hast du mir was mitgebracht?«

Joy zog den Entwurf aus ihrer Mappe. »Tut mir leid, daß es so lang gedauert hat.«

Anna-Marie ließ sich hinter ihrem Schreibtisch nieder, um Platz für Joys Kunstwerk zu schaffen. »Du kennst mich. Es macht mir nichts aus zu warten, wenn sich das Resultat sehen lassen kann.«

Sie übergab Anna-Marie die Zeichnung. Das war der Teil, den sie am meisten haßte. Der erste Blick sagte alles. Jede spätere Reaktion konnte unecht sein, reine Höflichkeit. Der erste Blick aber sprach Bände.

In Anna-Maries Zügen spiegelte sich keine Spur von Höflichkeit. Ihre Augen wurden erst groß, dann kniff sie sie zusammen, wie um besser sehen zu können. Sie legte das Blatt auf den Schreibtisch. »Das soll ein Scherz sein, nicht? Jetzt zeigst du mir die richtige, ja?«

Joy riß die Skizze zu sich herüber und starrte darauf. Lannys Vater, das Gesicht mit roten Kritzeleien bedeckt. Weder hatte sie das hier in ihre Mappe gesteckt noch Henrys Konterfei mit rotem Filzstift beschmiert.

»Tut mir leid«, sagte sie matt. Ihre Hand zitterte leicht. »Die muß aus Versehen dazwischengerutscht sein.« Sie angelte in der Mappe nach dem nächsten Blatt. Als sie es umdrehte, sah sie Buddy. Den Mund sperrangelweit aufgerissen, schrie er wie am Spieß.

»Das ist nicht der Entwurf, den ich für dich gemacht habe.«

»Puh! Mir fällt ein Stein vom Herzen!« Anna-Marie stand auf und fing an, Buntstifte von dem drehbaren Tablett zu entfernen, das auf ihrer Kredenz stand.

»Hör zu, Anna-Marie, es tut mir wirklich leid. Ich weiß genau, daß ich gestern abend die richtige Skizze in meine Mappe getan habe. Sie muß noch zu Hause sein.«

»Verstehe. Sie hat sich verdünnisiert, während du schliefst. Und die von jemand anderem hat ihren Platz eingenommen.«

»Nein.« Joy überlegte kurz. »Ich habe ein Problem, Anna-Marie.«

Anna-Marie hörte nur widerstrebend zu. Für so etwas hatte sie keine Zeit.

Joy flüsterte: »Ich glaube, daß Lanny die Zeichnungen ausgetauscht hat. Irgendwas geht bei mir vor. Ich traue ihm nicht mehr.« Sie wußte beim besten Willen nicht, warum sie ausgerechnet Anna-Marie das erzählte, die Lanny nur ein einziges Mal gesehen hatte.

»Für gewöhnlich erteile ich keine Ratschläge«, gab Anna-Marie sachlich zurück. »Aber wenn dein Mann eine Landplage ist, wenn er dir in die Arbeit pfuscht, schmeiß ihn raus.«

Dann sah sie Joys niedergeschmettertes Gesicht. Sie mochte die Frau.

»Wir haben alle unsere Probleme«, sagte sie etwas freundlicher. »Wenn ich kein Cover abliefern kann, verliere ich meinen Job. Du, andererseits, hörst dich an, als wärst du auf dem besten Weg, deinen Mann zu verlieren.« Sie senkte die Stimme. »Soweit ich weiß, kann es ziemlich häßlich werden, wenn Leute sich scheiden lassen. Aber dir in die Arbeit pfuschen ist wirklich nicht die feine Art. Hast du einen guten Anwalt?«

Ehe Joy weitere Erklärungen abgeben konnte, kam eine aufgeregte Frau ins Zimmer gestürmt. »Anna-Marie – wir haben ein Problem mit den Terminen für das DeRossi-Buch. Susan will sofort jeden in ihrem Büro haben.«

»Ich schicke dir den Entwurf mit Federal Express«, schrie Joy Anna-Marie hinterher, die bereits halb im Gang verschwunden war. »Bis morgen hast du ihn.«

»Phantastisch«, brüllte Anna-Marie zurück und bog um die Ecke.

Gedankenverloren steuerte Joy auf den Aufzug zu. Sie sah deutlich vor sich, wie sie die Skizze in ihre Mappe geschoben hatte. Die richtige. Sie sah, wie sie den Reißverschluß zuzog, die Mappe an die Wand lehnte.

»Fahren Sie runter?« Ein Kurier hielt die Tür für sie auf.

»Ja«, bestätigte Joy. Wenn sie die Skizze hineingetan hatte, mußte Lanny sie wieder herausgeholt haben. »Schwein«, sagte sie laut.

Der Kurier ließ seine beiden mit Büchern gefüllten Einkaufstüten fallen und schaute sie drohend an. »Sie nennen mich Schwein?«

»Nein«, beruhigte sie ihn hastig.

»Ist hier vielleicht sonst noch jemand, den ich nicht sehen kann?«

»Ich hab' mit mir selbst gesprochen«, erklärte Joy. »Nur mit mir selbst.«


# Dreißig


Von der Türschwelle aus beobachtete er, wie sich die Decke über ihrem gewaltigen Bauch sanft hob und senkte. In dieser Position, das weiße Laken bis über die Ohren hinaufgezogen, sah sie aus wie jemand, der in der Leichenhalle lag. Als sie sich auf die Seite drehte, verschwand er rasch ins Schlafzimmer, zog sich an und verließ das Haus. Er wollte nicht da sein, wenn sie erwachte.

Der Zug rollte fahrplanmäßig in den Bahnhof ein, doch er erwischte kein Taxi, so daß er mit dem Bus fahren mußte. Bei seiner Ankunft vor Dorothys Haus war es bereits neun.

»In einer halben Stunde habe ich eine Verabredung gleich um die Ecke«, sagte er in die Sprechanlage im Foyer. »Kann ich so lange raufkommen?«

»Ja, selbstverständlich«, tönte es hocherfreut zurück.

Er sah schon von weitem, daß die Tür halb offen stand. Sie hielt sich im Hintergrund und wartete auf ihn. Wie ein pflichtbewußter Sohn drückte er ihr einen Kuß auf die Wange, als sie ihm ihr Profil hinstreckte.

»Toll siehst du aus heute morgen«, sagte er zur Begrüßung.

Dorothy dankte für das Kompliment und schubste ihn mit einem neckischen Stoß ins Eßzimmer.

Wie üblich ließ er sie einfach quasseln. Daß Leute, die allein lebten, zu Geschwätzigkeit neigten, war ihm nicht neu. Für sie bedeutete das etwas ganz Besonderes. Ihr Schwiegersohn war da. Bald bin ich das einzige, was sie noch hat, dachte Lanny und fragte sich: Ob sie »Sohn« zu mir sagen wird? Wird sie mich je versehentlich »Buddy« nennen? Er beugte sich zu ihr vor, machte ein interessiertes Gesicht und sorgte dafür, daß sein Lächeln herzlich blieb.

Sie erging sich in weiterem Geschwafel über die sonderbare Vorstellung, im Alter von einundsechzig Jahren Oma zu werden, wo sie doch selbst gerade erst die Hoffnung aufgegeben hätte. Er ließ sie reden, nickte hie und da verständnisvoll. Egal, auf welchen Umwegen, irgendwann würde sie dort enden, wo er sie haben wollte – bei Joy.

»Hab' ich dir schon erzählt, daß ich einen kleinen Auftrag für einen arabischen Prinzen übernommen habe?« Sie goß Milch in seinen Kaffee und rührte für ihn um.

Er schüttelte den Kopf, als hätte sie noch nicht. Dann lauschte er ihren Ausführungen, wie klein die Gemächer des Prinzen waren, wie hoch die Decken, wie dunkel das Ganze.

»Wenigstens ist er imstande, Entscheidungen zu treffen. Deine Frau kann sich nicht mal zwischen zwei Tapetenrollen entscheiden.«

Er ließ sie meckern, wie unentschlossen Joy war, wie distanziert, wie undankbar, wie kalt. Irgendwann stieß er einen tiefen Seufzer aus, als könne er es nicht länger ertragen.

»Ich glaube, ich muß dir etwas erklären, Ma«, unterbrach er sie schließlich. »Es gibt da etwas, von dem du nichts weißt. Das ich dir vermutlich gar nicht sagen sollte.«

»Wir hatten noch nie Geheimnisse voreinander, Lanford. Wir konnten immer offen miteinander reden.«

»Ich möchte dich einfach nicht aufregen.«

Sie schaute in ihre Tasse, auf das Spitzenmuster der irischen Tischdecke, überallhin, nur nicht in seine Augen. »Ich kann mehr verkraften, als du mir zutraust. Sprich weiter. Sag mir, was du auf dem Herzen hast.«

»Deine Tochter ist besessen vom Tod.«

Ihre Lippen kräuselten sich, als hätte sie in eine saure Zitrone gebissen. Sie wollte, daß Lanny verschwand, aber den Gefallen würde er ihr nicht tun.

»Sie ist besessen vom Tod und besessen von Buddy. Sie hat in letzter Zeit jede Nacht von ihm geträumt. Sie fragt mich immer wieder, warum er entführt wurde. Warum man ihn mitgenommen hat und nicht sie.«

Dorothy schloß die Augen, doch er hörte nicht auf. Er wollte weiterbohren. Bis zum bitteren Ende.

»Sie findet, man hätte sie mitnehmen sollen. Sie hat die verrückte Vorstellung, wenn sie an seiner Stelle entführt worden wäre, wären alle Beteiligten glücklicher.«

Dorothy schüttelte den Kopf, wollte, daß er den Mund hielt, sagte aber nichts.

»Er ist das letzte, wovon sie spricht, bevor sie einschläft, und das erste, woran sie denkt, wenn sie aufwacht.«

Ihre Augen füllten sich mit Tränen.

»Sie setzt alles in Beziehung zu ihm. Dieser Typ da drüben ißt genau so, wie Buddy immer gegessen hat. Der da hinten hat absolut dieselbe Augenfarbe. Jeder ist entweder besser oder schlechter als Buddy. Netter oder fieser als er.«

»Ich dachte, sie könnte sich gar nicht mehr richtig an ihn erinnern«, quäkte Dorothy mit einer Kleinmädchenstimme, die Lanny widerwärtig fand.

»Genau das solltest du auch denken, damit du sie mit immer mehr Informationen über ihn fütterst. Ich glaube, sie hat einen Plan. Ich glaube, sie hat vor, ihm zu folgen.«

Ihre Tasse landete klirrend auf dem Unterteller. »Wie soll ich das verstehen?«

Lanny gab keine Antwort. Sollte sie doch von allein drauf kommen. Und das tat sie auch. Schlagartig wich alle Farbe aus ihrem Gesicht, als hätte man sie bis auf den letzten Blutstropfen ausgesaugt.

»Der bloße Gedanke ist grauenhaft.« Seine Finger umkreisten die zarte Kante der Tasse. »Aber ich habe wirklich Angst um ihr Leben.«

Doch nicht soviel wie Dorothy. Er beobachtete, wie sie ihre Arme umklammerte, als stünde sie im Winter ohne Mantel auf offener Straße. Bibbernd saß sie in ihrer überheizten Wohnung, während Lanny sich verstohlen mit der Serviette die Stirn abwischte.

»Ich mache mir große Sorgen«, erklärte er.

Sie zog den Kopf ein wie eine Schildkröte. »Was können wir tun?«

»Nichts mehr. Ich habe mit dem Arzt gesprochen, und er machte ihr den Vorschlag, einen Psychiater aufzusuchen. Ich habe den Leuten in ihrer Arbeit gesagt, sie sollen sie eine Weile in Ruhe lassen. Ich habe sogar die Nachbarn ins Gebet genommen. Ich habe sie soweit wie möglich von jeglichem Streß befreit. Aber letzten Endes liegt es bei ihr.«

»Das ist doch lächerlich«, sagte Dorothy nach einer Weile und richtete sich auf.

Sie ist tatsächlich härter im Nehmen, als ich angenommen habe, dachte Lanny. Sie hat sich schon wieder unter Kontrolle.

»Joy muß Buddy endlich vergessen. Es ist allerhöchste Zeit.«

»Das sage ich ihr auch ständig.« Lanny seufzte, wie um sie wissen zu lassen, daß sie ihm aus der Seele sprach. »Aber es fällt ihr unglaublich schwer. Überall lauern Erinnerungen an ihn.«

»Dann beseitige sie.«

Jetzt ist sie stolz auf sich, dachte er. Sie hat mein Problem gelöst. Ich bin es, um den sie sich Sorgen macht, nicht ihre Tochter. Ihre Tochter ist eine einzige Belastung, wie immer. Ihren Sohn möchte sie schützen. Mich.

»Schaff einfach alle Erinnerungen an ihn fort und sag ihr, das Thema wäre endgültig erledigt. Ich bin sicher, nach einer gewissen Zeit hat sie es überwunden. Genau wie ich.« Doch noch während sie dies sagte, geriet ihre Entschlossenheit ins Wanken. Ihr fiel ein, daß sie diejenige gewesen war, die Joy mit Fotos versorgt hatte. Er sah es ihr deutlich an. Ihre dünnen Lippen verzogen sich zu einer mißvergnügten Grimasse, ihre Schultern sackten nach vorn, ihr Kinn scheuerte am obersten Knopf ihrer Bluse.

»Wenn es dir recht ist, würde ich dir gern das Foto zurückgeben, das du ihr neulich geschickt hast«, half Lanny ihr ein Stück weit aus der Bredouille. »Das von Buddy, Joy und mir vor dem Klubhaus.«

Ihre Wangen färbten sich dunkelrot. In der Beziehung war sie wie Joy. Sie konnte nicht das geringste vor anderen verbergen.

»Ich hätte es ihr niemals überlassen dürfen.« Sie rieb die

Fingerspitzen aneinander, als wolle sie ein Feuer in Gang bringen.

»Du konntest doch nicht wissen, wohin das führt.« Er streckte ihr den geöffneten Handteller hin. Dorothys knochige Finger umschlossen ihn und drückten fest zu.

»Woher auch?« setzte er seufzend hinzu.

Sie lächelte. Wieder stieg ihr das Wasser in die Augen, doch Lanny stand jetzt nicht der Sinn nach Rührseligkeit. Er machte sich frei, um die Krümel auf dem Tisch zu einer langen Schlange zusammenzuschieben.

»Ich wünschte, ich könnte noch bleiben«, er fegte die Krümel in die hohle Hand, »aber das geht leider nicht. Meinst du, du kommst zurecht? Es paßt mir überhaupt nicht, dich in diesem Zustand allein zu lassen. Vergiß nicht, Dorothy, du kannst nichts dafür, daß ihr Leben aus den Fugen gerät. Niemand kann was dafür.«

»Oh, mach dir um mich keine Sorgen.« Sie stand auf, zog die Ärmel bis zum Handgelenk herunter, rückte den Kragen zurecht, strich ihren Rock glatt.

»Es kommt alles wieder in Ordnung«, sagte er und ließ die Krümel auf den Boden fallen. »Schließlich hat sie zwei harte Brocken, die auf sie aufpassen. Wir werden nicht zulassen, daß sie eine Dummheit begeht.«

Welche Art von Dummheit ihm dabei vorschwebte, brauchte er nicht zu erwähnen. Dorothys Blick verriet ihm deutlich, daß sie schon selbst darauf gekommen war.

»Und jetzt Schluß mit dem Sorgenmachen, versprochen?« Er nahm sie fest in den Arm.

Sie erwiderte den Druck. »Versprochen.«

»Und was dieses Foto betrifft...«, er war bereits halb durch die Tür, »...zerbrech dir deshalb nicht den Kopf. Ein Bild vom Klubhaus wird sie bestimmt nicht dazu verleiten, etwas Entsetzliches zu tun.« Seine Stimme hallte dumpf durch den Flur.

Mit versteinerter Miene schaute sie ihn an. Erzählt sie mir gleich, sie hätte ihr noch eins geschickt? schoß ihm durch den Kopf.

»Schön, daß du hier warst. Du bist ein Engel«, flüsterte Dorothy, während sie ihn auf beide Wangen küßte.

Sie verfolgte, wie er zum Aufzug ging, auf den Knopf drückte, dann seine Meinung änderte und wieder zurückkam.

»Da ist noch etwas«, sagte er gedämpft. »Wenn ich wirklich ehrlich zu dir sein soll, mußt du auch das wissen.«

Sie starrte ihn stumm an.

»Es gab Probleme mit der Schwangerschaft.«

Ihre Lippen formten die Worte: O Gott! Doch der einzige Laut, der herauskam, war ein leises Schnalzen, als ihre Zunge gegen den Gaumen schnellte.

»Joy weiß nichts davon. Sie hat einen der Zwillinge verloren. Es ist tot. Der andere lebt noch.«

Er fing sie auf, ehe sie mitten im Flur zusammenbrechen konnte, und half ihr in die Wohnung. Bei dem Geräusch der zuknallenden Tür wäre sie fast wieder umgekippt.

»Wie ist das passiert? Wie willst du ihr das beibringen?«

»Keine Ahnung. Aber ich muß es ihr bald erzählen.«

Sie hing an ihm wie eine Klette. »Sobald ich den Eindruck habe, daß sie es verkraften kann. Dr. Wayne meint, wenn ich bis zur Geburt warte, könnte es sich negativ auf unser Verhältnis auswirken. Trotzdem fällt es mir unglaublich schwer. Ich habe schreckliche Angst davor.« Er zwang seiner Stimme ein unterdrücktes Beben auf. »Denn wenn sie sich aufregt, könnte es noch einmal passieren. Dann verliert sie auch das zweite Kind.«

Dorothy sah ihn mit nassen Augen an. »Armer Schatz.« Es gelang ihr nur mit großer Mühe, die Tränen zurückzuhalten. »Armer Lannyschatz.«

## Einunddreißig

»Bleib dran. Ich bin sofort zurück.«

Joy hörte Mollys sich entfernende Schritte, dann einen entsetzten Aufschrei. Als Molly wieder ans Telefon kam, drang aus dem Hintergrund Trinas Schluchzen durch den Hörer.

»Sorry. Trina hat eben eine halbe Flasche Parfüm über das Kleid gekippt, das ich die letzte halbe Stunde extra für ein

Rendezvous gebügelt habe. Trotzdem hast du mich nicht in einem schlechten Moment erwischt. Der Moment ist sogar phantastisch gewählt. Wir amüsieren uns prächtig. Und wie steht's mit dir?«

»Mit wem hast du denn dieses Rendezvous?« wich Joy der Frage aus. Sie wußte nicht, was sie eigentlich sagen wollte.

»Keine Ahnung. Ich meine, ich weiß natürlich, wie er heißt und was er tut und so weiter, aber das ist auch schon alles.«

»Und?«

»Dick. Dick Zwick. Verrückt, was? Niemand sollte zu einer Verabredung mit einem Unbekannten namens Dick Zwick gehen.«

»Kommt drauf an, wo du ihn aufgegabelt hast.«

»Er hat mich aufgegabelt. Trina, hör auf, mit meinen Strümpfen zu spielen – nimm lieber die Kette hier.«

Nach kurzer Pause fuhr Molly fort: »Er hat mich aus heiterem Himmel angerufen. Sagt, er wäre in meinem Donnerstagskurs, aber ich habe keine Ahnung, wer er ist. Wenn ich auch ganz genau weiß, was ich hoffe, wer er ist. Ganz schön bescheuert, da hinzugehen, stimmt's?«

»Nein«, sagte Joy leise. Sie fand Molly überhaupt nicht bescheuert. Sie fand, Molly hatte Riesenglück.

»Ohoh! Irgendwas ist los. Ich hör's an deiner Stimme.«

»Laß uns morgen darüber sprechen.«

»Raus damit.«

»Es ist zu kompliziert, um es am Telefon zu erklären.«

Es entstand ein längeres Schweigen. »Wie wär's, wenn ich mich bei dir in Schale werfe?« schlug Molly schließlich vor. »In irgend etwas anderes als mein parfümiertes Kleid? Meine Mutter ist schon da, wahrscheinlich sollte ich sowieso besser das Feld räumen. Das heißt ... ist Lanny zu Hause? Dann käme ich mir nämlich komisch vor.«

»Nein. Er arbeitet heute länger.«

»Prima. Bin schon unterwegs.«

Molly bot einen merkwürdigen Anblick, als Joy ihr die Tür öffnete. Sie hatte sich einen Wintermantel über ihren Morgenrock gezogen, ihre Haare unter einen roten Filzhut gestopft und in jeder Hand eine Einkaufstüte.

»Ich hatte nicht mehr genug Zeit, mich für irgendein Outfit zu entscheiden«, erklärte sie. »Also hab' ich mehrere mitgebracht. Ich hoffe, du besitzt einen Fön?« Sie schüttelte den Kopf, um das angeklatschte, nasse Haar ein wenig zu lockern.

»Du hast Glück. Ich besitze einen Fön«, gab Joy lachend zurück. Sie nahm Molly eine der Tüten ab und ging nach oben voraus.

»Was, um Gottes willen, ist denn das?« Molly starrte entgeistert durch die offenstehende Tür auf das Krankenhausbett. »Zieht irgend jemands Mutter bei euch ein?«

»Niemand zieht bei uns ein. Frag bloß nicht weiter«, erwiderte Joy.

»Also bitte! Ich bin den ganzen weiten Weg hier rübergekommen. Da mußt du mir schon mehr bieten.« Sie probierte das Monstrum aus, ließ es hinauf- und hinuntersurren, rollte das Wägelchen durch die Gegend, spähte in den Plastikkrug und lauschte währenddessen Joys Bericht über ihren Abstecher ins Krankenhaus.

»Ich brauche deine Hilfe«, schloß Joy.

»Kein Problem. Worum geht's?«

»Ich will mir das Haus ansehen, in dem Lanny früher gewohnt hat, und möchte, daß du mitkommst.«

»Klar. Und was tun wir dann?«

»Das hängt davon ab, was ich finde. Vielleicht endet's damit, daß ich mich selbst in die Klapsmühle einweise.«

»Red keinen Unsinn.«

»Womöglich bleibt mir keine andere Wahl. Ich bin wirklich kurz davor, den Verstand zu verlieren, Molly.«

Diesmal erhob Molly keinen Einspruch, was Joy nicht entging. »Wie wär's mit morgen nachmittag? Es sei denn, du mußt unbedingt heute abend noch hin.«

»Morgen reicht vollkommen.«

»Gut. Wir machen das allein. Ich werde meine Mutter fragen, ob sie auf Trina aufpassen kann.« Sie sah auf die Uhr. »Mist! Der Typ erwartet, daß ich in zwanzig Minuten auf der Matte stehe.«

»Am besten, du ziehst dich im Schlafzimmer an. Da gibt's einen großen Spiegel.«

Joy zeigte ihr den Weg. Sie betrat den Raum zum erstenmal seit zwei Tagen – er glich einem Trümmerhaufen. Die Bettwäsche lag zusammengeknüllt auf dem Fußboden. Lannys Unterwäsche, Socken und Schlafanzüge waren wie Brotkrumen verstreut, die seinen Weg vom Bett zur Arbeit und wieder zurück markierten. Sie schüttelte die dicke Daunendecke aus, warf sie aufs Bett, legte sich darauf und schob sich einige Kissen in den Rücken.

»Ist das zu sexy?« Molly hielt ein auf Taille gearbeitetes schwarzes Kleid mit tiefem Ausschnitt in die Höhe. »Ich bin noch nicht sicher, ob ich diesen Kerl anmachen will.«

»Dann zieh lieber was anderes an.«

Molly nickte beipflichtend und zog ein zweites Exemplar heraus: blauer Seidenstoff, schlichter Schnitt. Aufs Joys Zustimmung hin angelte sie nach einer passenden Strumpfhose.

»Es wird alles wieder gut«, sagte sie, während sie in die Strumpfhose stieg. »Wir fahren nach Toney's Brook, klingeln an jeder Haustür, stellen tausend Fragen – bis wir rausgefunden haben, was immer du wissen mußt.«

»Hoffentlich.« Joys Gedanken schweiften ab zu der Frage, wie es wohl sein würde, Lanny ihre Trennungsabsichten mitzuteilen.

Molly schlüpfte in das Kleid und reichte Joy ihr Schmucksäckchen. »Leg mal eine kurze Grübelpause ein und such mir ein Paar Ohrringe aus.«

Joy schüttelte das umfangreiche Sortiment aus Kreolen, Ohrsteckern und langen Perlengehängen auf die Bettdecke, breitete es darauf aus und pickte schließlich zwei baumelnde Goldbarren heraus.

»Perfekt.« Molly versuchte das Loch in ihrem rechten Ohrläppchen zu finden, während sie gleichzeitig zum drittenmal in fünf Minuten auf die Uhr schaute. »Ich hoffe, er hat nichts gegen Frauen, die notorische Zuspätkommer sind.« Sie fuhr mit dem Kamm durch ihr zerzaustes Haar. »Wo ist der Fön?« Das Schmucksäckchen landete wieder in der Tüte.

»Hängt in der Schranktür.«

Molly stöpselte den Stecker ein und beugte sich vor, bis ihr Kopf dicht über dem Boden schwebte. Dann ließ sie eine steife

Brise durch ihre Haarpracht rauschen. Der lärmende Motor des altertümlichen Geräts übertönte das Zuschlagen der Haustür.

Molly richtete sich auf, schüttelte die Haare aus, um zu sehen, wie sie lagen, beugte sich noch einmal vor und zielte mit der Düse auf ihren Kopf, als wolle sie sich erschießen. Der Luftschwall wirbelte ihre ohnehin nicht vorhandene Frisur völlig durcheinander. Joy, die sie beobachtete, überhörte das Tappen von Füßen auf der Treppe.

Nachdem diese Prozedur beendet war, vollendete Molly ihr Styling mit ein paar rosaroten Farbtupfern auf ihren vollen Lippen. Anschließend steckte sie den Lippenstift in ihr kleines schwarzes Umhängetäschchen und ließ es zuschnappen.

»Weißt du, was wir morgen noch tun sollten?« fragte sie, während sie in zwei schwarze Pumps schlüpfte, die ihrer nicht unbeträchtlichen Körpergröße weitere fünf Zentimeter hinzufügten. »Wirke ich so zu groß? Soll ich lieber flache anziehen?«

»Flache«, bestätigte Joy.

»Wenn wir zurück sind«, Molly stieg in ein Paar flache Lackschuhe, »sollten wir uns euren Dachboden vorknöpfen.«

In Joys Bauch begann es zu zappeln. Mit einer langsamen, wellenförmigen Bewegung schichtete sich sein Inhalt um.

»Warum?« wollte sie wissen, als wieder Ruhe eingekehrt war.

»Weil du nicht an Geister glaubst. Wir müssen das Phantom also entlarven.«

»Es gibt kein Phantom. Wenn wir jetzt raufgehen würden, wäre da oben rein gar nichts.«

»Dann gehen wir eben rauf und finden rein gar nichts.«

»Ach, ich weiß nicht«, Joy reichte Molly ihre restlichen Kleidungsstücke. Sie landeten achtlos in den Tüten wie schmutzige Wäsche.

»Was spricht dagegen? Du mußt aber heute nacht ordentlich schlafen – weil wir morgen eine Menge zu tun haben. Ich fahre nur mit dir nach Toney's Brook, wenn du gut ausgeruht bist.« Sie brachte den Fön ein letztes Mal zum Einsatz, steckte ihn dann aus und hängte ihn in den Schrank zurück.

Als Joy die Haustür öffnete, um Molly hinauszulassen, fand sie sich Lanny gegenüber. Den Schlüssel in der Hand, stand er auf den Stufen, anscheinend eben erst angekommen.

## Zweiunddreißig

Fortuna war ihm hold. Er hatte eine regelrechte Glückssträhne. Sie war bereits mit dem Essen fertig und zu Bett gegangen. Es hatte nicht lang gedauert, bis ihre Atemzüge regelmäßig wurden und er dieses leichte Stocken darin vernahm, das immer dann auftauchte, wenn sie fest eingeschlafen war. Nicht, daß es noch eine Rolle gespielt hätte. Sie ging ihm ohnehin aus dem Weg, als wäre er von einer ansteckenden Krankheit befallen.

Das einzige Problem war diese Freundin. Er hatte nicht einkalkuliert, daß sie eine Freundin einbeziehen könnte. Folglich lagen die Dinge wieder einmal anders.

Er holte sein Werkzeug aus dem Keller und schlich in die Garage, doch die Arbeit ging ihm nur langsam von der Hand. Erinnerungen pfuschten ihm ins Werk.

Atemlos kam sie zu ihm in den Garten gestürzt, wo er auf der Schaukel stand.

»Du mußt ihn rauslassen!« verlangte sie mit leuchtendroter Birne.

»Er muß nicht drinbleiben, wenn er nicht will.«

»Die Tür ist abgesperrt. Dein Vater hat gesehen, wie ich rausgekommen bin, und sie zugeschlossen.«

»Buddy kann raus, wenn er will.«

»Aber die Tür ist zu, und außerdem würde er das niemals tun, bevor du ihn nicht holst.«

Er hüpfte von der Schaukel und wirbelte ihr mit dem Fuß einen Wust Blätter ins Gesicht. »Du bist ja eine reizende Schwester«, sagte er im Fortgehen. »Läßt ihn einfach da drinnen sitzen.«

»Mir ist schlecht geworden«, schrie sie ihn an, während sie die Blätter auszuspucken versuchte. »Und bei ihm wird's auch nicht mehr lange dauern. Du mußt ihn rausholen!«

»Dir ist hoffentlich klar, daß du's gründlich versaut hast. Du kommst nie mehr in den Klub.«

»Hol ihn raus!«

Die Schlösser waren nicht so leicht zu präparieren wie das Auspuffrohr. Aber das war nicht weiter schlimm. Er nahm das Schloß erneut auseinander und begann noch mal von vorn. Jetzt machte es sich bezahlt, daß er früher all die Eieruhren und Staubsauger zerlegt hatte. Es war ein Kinderspiel, nur dauerte es etwas zu lang. Er mußte bald wieder zurück.

Er lag auf dem aufgeschlitzten Klubhaussofa. Draußen vor der Tür kauerte Joy, weigerte sich hereinzukommen, weigerte sich zu sprechen. Dank tagelangen, heftigen Regengüssen war der Boden derart aufgeweicht, daß er Henrys schwere Schritte vollkommen verschluckte.

»Lanny!« brüllte sein Vater. »Lanny, komm sofort da raus!«

Er raste hinaus, ehe sie zu ihm hineinkommen konnten. Sie hatten die tiefstehende Sonne im Rücken. Ihre Gesichter blieben ihm verborgen, so daß er lediglich zwei aneinandergedrängte Umrisse sah, die er anhand ihrer Form identifizierte.

»Stimmt was nicht?« wollte er wissen. Er konnte Joys Augen nicht erkennen. Konnte nicht sicher sein, was sie sagen würde.

»Sag uns, wo der Junge ist!« schrie sein Vater.

»Buddy«, fiel Dorothys schrille Stimme ein. »Wo ist Buddy?«

Er zuckte die Achseln. »Ich hab' euch doch gesagt, daß ich es nicht weiß.« Er zeigte auf Joy. »Fragt sie doch.«

»Wo ist dein Bruder?« keifte Dorothy.

Schweigen. Er hörte den Gesang der Zikaden, das Zirpen von Grillen, die unermüdlich die Beine gegeneinanderrieben, Spatzen, die in den Baumkronen über ihm zur Landung ansetzten.

»Steh auf!« befahl Joys Mutter.

Joy gehorchte, wich ihrem Blick jedoch aus.

»Sie war als letzte mit ihm zusammen«, platzte Lanny heraus, »aber sie sagt, sie kann sich nicht mehr erinnern, was passiert ist. Ich hab' versucht, sie zum Reden zu bringen, aber ihr braucht sie euch bloß mal anzusehen. So ist sie schon den ganzen Tag.«

Joy hob das tränenüberströmte Gesicht. »Er war im Wagen eingesperrt.« Ihre Stimme versagte. »Er konnte nicht raus.«

»Gütiger Gott – er wurde entführt!« verkündete Dorothy entgeistert. »Mein Buddy wurde entführt«, schrie sie fassungslos. »O mein Gott!« Sie rannte quer über den Rasen zum Haus zurück. Henry polterte schwerfällig hinter ihr her. »O Gott!« erscholl es immer wieder, bis der Wind ihre Worte davontrug.

»Großartig!« jubelte Lanny, sobald sie allein waren. »Absolut genial! Das war's, du hast's geschafft. Du bist drin. Du bist im Klub. Mitglied auf Lebenszeit! Komm mit rein. Ich muß dir was zeigen.«

Doch sie wollte keinen Fuß über die Schwelle setzen. Wie angewachsen stand sie da.

»Er wurde entführt«, wiederholte Lanny grinsend. »Du bist wirklich genial. Er wurde entführt!« Er schob das Sofa zur Seite, rollte den Teppichfetzen auf und stemmte einige Bodenbretter hoch, die er noch nicht wieder festgenagelt hatte.

Vom Türstock aus stierte sie auf das frisch umgegrabene Erdreich.

»Da unten ist genug Platz für zwei!« sagte er, legte die Bretter zurück und griff nach dem Hammer, um die Nägel in die winzigen Löcher zu schlagen. »Solltest du also irgendwann mal den Drang verspüren, es jemandem zu erzählen, vergiß nicht – da unten ist auch noch Platz für dich!«

Simultan mit dem ersten Hammerschlag schloß sie die Augen und kotzte ihm vor die Tür. Dann verschwand sie im Unterholz hinter dem Haus.

Er brauchte einen Haufen Blätter, um den Dreck aufzuwischen. Später warf er das Ganze in einen Korb und schleppte ihn tief in den Wald. Dort kippte er ihn aus, stampfte das Zeug in den Boden und pinkelte kräftig darauf.

Am gleichen Abend kamen die Bullen. Er erzählte ihnen, er hätte Buddy den ganzen Tag nicht gesehen, aber Joy hätte etwas von einem Wagen gefaselt, einem schwarzen Wagen, der weggefahren war, ehe sie eingreifen konnte. Er selbst sei den Nachmittag über im Wald gewesen, um Insekten zu fangen. Zum Beweis standen drei große Einmachgläser auf der Küchenanrichte – sie enthielten Zecken, verendende Grillen und eine Feldmaus –, nur für den Fall, daß sie es überprüfen wollten.

Am folgenden Morgen erwartete ihn Joy vor dem Klubhaus.

»Wer hat ihn entführt?« verlangte sie zu wissen, als hätte sie die ganze Nacht darauf gewartet, diese Frage zu stellen.

In dem Moment wußte er, daß sie daran glaubte. Sie glaubte an ihre eigene Lüge.

»Er wurde entführt«, sagte Lanny gedämpft zu dem Schloß. Was hätten sie auch anders denken sollen? rief er sich in Erinnerung. Schließlich gab es keine Leiche. Jedenfalls keine, die sie gefunden hätten.

## Dreiunddreißig

Die schwarze Tür knallte zu. Sie rüttelte am Griff, doch er fiel einfach ab. Sie versuchte ihn wieder am Wagen festzumachen, aber da verwandelte er sich plötzlich in einen Türknauf und wollte nicht passen.

»Verschwinde«, brüllte Buddy.

Hilflos starrte sie die Metallkugel an, sah, wie sie auf den Boden schlug und wegrollte. Auf allen vieren suchte sie danach, packte alles, was ihr in die Finger kam: Stöcke, Betonbrocken, zusammengedrückte Dosen. Sie fegte den Stapel Illustrierte von dem Wägelchen neben ihrem Bett. Mit einem dumpfen Knall landeten sie auf dem Boden. Sie setzte sich auf, war sofort hellwach und versuchte sich an ihren Traum zu erinnern. Umsonst.

Hastig, krampfhaft bemüht, sich zu beruhigen, zog sie sich an. Der Tag hatte eben erst begonnen, und sie fühlte sich schon wieder am Ende ihrer Nervenkraft.

Gegen halb neun rief Dorothy an, um ihr baldiges Erscheinen anzukündigen, aber Joy vertröstete sie auf den nächsten Tag. Dann ließ sie sich von Dr. Wayne den Nachmittagstermin bestätigen.

»Haben Sie Kontakt zu Dr. Friedman aufgenommen?« erkundigte er sich beiläufig.

»Er ist der nächste auf meiner Liste«, erklärte sie ausweichend, doch es war ihr ernst damit. Sollte sie im Verlauf dieses Tages keine Klarheit finden, würde sie dem Psychiater tatsächlich einen Besuch abstatten. Es mußte sein. Sie stand zu dicht am Abgrund.

Fünf Minuten vor Mollys Ankunft läutete das Telefon wieder. Rays dröhnendes Organ tönte ihr ins Ohr. Sie schämte sich ein wenig. Obwohl er in den letzten Tagen mehrere Nachrichten auf ihrem Anrufbeantworter hinterlassen hatte, hatte sie sich nicht bei ihm gemeldet.

»Nur eine Sekunde, ja?« flüsterte er verschwörerisch, als hätten sie eine heimliche Liebschaft miteinander.

»In Ordnung.«

»Okay. Ich mach's kurz und komme gleich auf den Punkt. Mit Lanny stimmt irgendwas nicht. Er bildet sich ein, alle hätten es auf ihn abgesehen, sowohl die Kollegen als auch Sie. Ich will ihm helfen, verstehen Sie? Denn wenn er hier den Bach runtergeht, passiert mir dasselbe. Ich bin verpflichtet, ihm zu helfen.« Er schneuzte sich die Nase und fuhr fort: »In der Arbeit steht er furchtbar unter Druck, und dann kommt noch dazu, daß er sich schreckliche Sorgen um seine Kinder macht. Er darf auf keinen Fall erfahren, daß ich Sie angerufen habe. Aber wenn er explodiert, ist er nicht der einzige, der dadurch ruiniert wird. Begreifen Sie, worum's mir geht?«

»Was soll ich Ihrer Ansicht nach tun?«

»Irgendwas, ganz egal«, fuhr er atemlos fort. »Schaffen Sie ihn eine Woche irgendwohin. Seien Sie zu Hause weniger verkrampft. Er ist Ihretwegen vor Sorge ganz krank. Vielleicht reicht es schon, wenn Sie ein bißchen ausgeglichener sind. Er leidet wahnsinnig unter dem Druck durch diesen Catco-Deal und unter dem Druck durch die Babys. Beides zusammen ist einfach zuviel für ihn. Es wäre toll«, ein Räuspern, »wenn Sie einfach eine Weile Ruhe geben könnten. Er sagt, sie hätten diesen Sherlock-Holmes-Tick. Wollen unbedingt Ihre Wurzeln ausgraben oder so. Vielleicht sollten Sie das vorübergehend lassen. Vielleicht ist das der ganze Trick.«

Joy mußte sich unvermittelt fragen, ob Ray sie tatsächlich aus purer Sorge angerufen hatte, oder ob Lanny neben ihm stand und ihm ein Skript unter die Nase hielt.

»Ich fahre heute nach Toney's Brook«, sagte sie klar und deutlich, falls irgendwer mithörte, »um mir das Haus anzusehen, in dem Lanny früher gewohnt hat. Danach ist das Geheimnis hoffentlich gelüftet, und Sherlock Holmes kann wieder zum Alltagstrott übergehen.«

Sie knallte den Hörer auf die Gabel und ging hinaus zu Molly, die, von Sue und Barb umzingelt, in der Auffahrt wartete.

»So was«, zwitscherte Barb. »Seht nur, wer da kommt. Sie haben sich ja lange nicht mehr blicken lassen.«

Joy wollte eben erklären, weshalb, aber Molly wußte es erfolgreich zu verhindern. »Dasselbe haben Joy und ich über Sie auch schon gesagt.«

Barb legte den Kopf schief. »Bei Ihnen weiß ich nie, woran ich bin, Molly. Wollen Sie sich über mich lustig machen?«

»Tut sie nicht«, meinte Sue, während sie eine Hand schützend vor ihre Zigarette hielt, um sie besser anzünden zu können. Dann inhalierte sie mehrmals kräftig, stieß eine dichte Rauchwolke aus und beobachtete, wie sie in der Luft verschwand. »Und? Haben Sie die Strolche erwischt? Diese Woche stand gar nichts über Sie im ›Dienstbuch der Polizei‹.«

»Ich schätze, Ihre reizenden Kinderchen sind zur Zeit alle nicht in der Stadt«, lautete Mollys trockene Erwiderung.

»Entschuldigen Sie vielmals«, Sue warf die Zigarette auf den Boden, trampelte sie mit ihrem Tennisschuh aus und holte die nächste aus der Packung. »Aber ich dachte eigentlich, Joy wäre diejenige, die Probleme hat –«

»Abgesehen davon«, fiel Barb ihrer Freundin ins Wort, »empfinde ich es als persönliche Beleidigung, daß Sie einfach unterstellen, unsere Kinder hätten etwas Unrechtes getan. Dennis hat den ganzen Sommer in Exeter verbracht. Er ist ein guter Junge.«

Sie schlenderte zu Joy hinüber und fügte hinzu: »Alles durchaus passable Burschen.« Schließlich blieb sie so dicht vor Joys Gesicht stehen, daß die ihren Tabakatem riechen und die winzigen Krähenfüße um ihre unruhigen Augen deutlich sehen konnte. »Also? Wir sterben vor Neugier. Sind Sie die Störenfriede losgeworden? Das ist ja besser als *Man lebt nur einmal*, was sich in Ihrem Haus abspielt. Manche Leute in der Siedlung haben schon Angst, es könnte ansteckend sein, so eine Art Virus.

Ich persönlich vertrete die Theorie, daß es erblich ist. Wie Irresein zum Beispiel.«

Joy erbleichte. »Laß uns verschwinden«, sagte sie zu Molly.

»Nein, was sind wir doch wieder in einer reizenden Stimmung«, höhnte Barb. »Wissen Sie, ich hätte Ihnen das Haus niemals verkauft, wenn ich Sie besser gekannt hätte. Aber Ihr Mann war so nett, ich wäre im Traum nicht auf die Idee gekommen...« Ihre Stimme verlor sich, begleitet von einem betrübten Kopfschütteln.

»Egal, was passiert, keine zehn Pferde können mich dazu bewegen, hier noch länger wohnen zu bleiben«, verkündete Joy, sobald sie im Wagen saßen.

»Du kannst hier nicht weg, es sei denn, du nimmst mich mit«, gab Molly zurück, während sie aus der Ausfahrt fuhr.

Joy schloß die Augen und ließ sich von dem Rhythmus des Motors einlullen. Als er eine Stunde später verstummte, zuckten ihre Lider abrupt hoch.

Sie standen vor Lannys altem Haus am Dowling Place. Bis auf zwei kleine Kinder, die in einem Miniaturauto saßen, war die Straße wie leergefegt. Joy stieg aus, ging auf sie zu und beugte sich zu dem etwa fünfjährigen Jungen hinunter, der sie mißtrauisch beäugte. »Wohnst du hier?«

»Ja, aber ich darf nicht mit dir sprechen«, erklärte er feierlich.

»Da drüben wohnt meine Omi.« Das blonde Mädchen zeigte auf Lannys damaliges Heim.

»Wie heißt du?« fragte Joy.

»Das ist Jeremy, und ich bin Shannon«, gab die Kleine freimütig zurück.

»Als ich so alt war wie du, Jeremy, hab' ich auch hier gewohnt.« Joy schaute über seinen Kopf hinweg auf die Veranda.

»Hast du nicht«, protestierte der Junge und kniff grimmig die Augen zusammen. »Da gibt's nur mich, Mami, Papi, Sol und manchmal Onkel Rob.«

»Ist deine Mami zu Hause?« fragte Molly.

»Nein, sie ist in der Arbeit, damit ich mehr Spielzeug haben kann«, antwortete Jeremy.

»Meine Omi ist da, aber sie hängt am Telefon«, meinte das Mädchen. »Sie hängt immer am Telefon. Willst du's sehen?«

Joy warf Molly einen auffordernden Blick zu.

»Gehen wir«, sagte diese.

Die Kleine nahm Mollys Hand und zerrte sie ins Haus. Joy folgte ihnen. Sie starrte auf die blaugestrichenen Wände mit den traubenförmig angeordneten Pflanzendrucken, ohne sie oder den verblichenen Holzboden wahrzunehmen. Was sie sah, war Lannys Flur. Moosgrünen Teppichboden und eine beigegrüne Tapete mit Enten und Gewehren. An einer Wand einen langen Tisch mit Lannys Büchern, einem Stapel Rechnungen und einer Glasschüssel randvoll mit Pennies. Es hätte erst gestern gewesen sein können, daß sie hergekommen war, um Buddy zum Abendessen nach Hause zu zerren.

»Omi!« rief die Kleine. »Die Frau will das Telefon sehen!«

Am Ende einer acht Meter langen Telefonschnur erschien ihre junge Großmutter. Sie bedeutete Molly und Joy, ihr in die geräumige Landhausküche zu folgen. »Bin sofort fertig«, meinte sie, eine Hand über die Sprechmuschel gelegt.

Auf dem Tisch stand eine große Kasserolle mit Schokoladenpudding, aber Joy sah den riesigen Topf Haferschleim, den Lanny jeden Morgen kochte, damit er bis zum Abend schön hart war.

Sie schaute durchs Fenster zu ihrem alten Haus. Jetzt stand eine kleine Bank davor, doch für sie war es immer noch das runde Tischchen mit der orangefarbenen Linoleumplatte, die mit allen möglichen Gerätschaften übersät war.

Ihre Augen wanderten zu der Abstellkammer, die an die Küche grenzte. Dort hingen Regenmäntel an niedrigen Haken, waren Stiefel fein säuberlich der Größe nach aufgestellt, wurde der Abfall verstaut, ehe man ihn wegbrachte. Dann fiel ihr Blick auf die Tür zur Garage. Sie trat etwas dichter heran. Sie war als einziges unverändert. Es war dieselbe schwarze Stahltür mit demselben verrosteten Schloß. Plötzlich sprang sie auf, und Jeremy kam hereinspaziert.

»Moment«, sprach die Frau in den Hörer. »Ich hab' dir schon tausendmal gesagt, du sollst nicht durch die Garage kommen«, schrie sie den Jungen an. Er ließ die schwere Tür erschrocken los. Sie fiel mit einem lauten Knall ins Schloß, bei dem Joy sich automatisch flach an die Wand drückte.

»Ich rufe dich später wieder an«, sagte die Frau zu ihrem Gesprächspartner. Die Augen neugierig auf Joy geheftet, die mit glutroten Wangen und pochendem Herzen an der Wand klebte, hängte sie ein.

»Was kann ich für Sie tun?« Sie wischte sich die Hände an dem Geschirrtuch ab, das vorn im Bund ihres marineblauen Plisseerocks steckte.

»Falls wir ungelegen kommen, können wir gleich wieder gehen«, erbot sich Joy, während sie bereits den Rückzug in die Halle antrat. O ja, sie wollte gehen. Sie wollte nichts weiter als gehen.

»Nein, ihr sollt bleiben!« heulte das Mädchen.

»Shannon, geh raus und spiel mit Jeremy.« Die Frau schob ihre Enkelin zur Haustür hinaus. Jeremy trottete hintendrein. »Wenn ich euch rufe, gibt's Pudding.«

»Uuiiih toll!« rief Shannon, stürzte aus dem Haus und schleifte den Jungen an der Hand mit. »Ich krieg' nachher Schokoladenpudding, ich krieg' nachher Schokoladenpudding!«

»Jeremy bekommt auch welchen«, schrie die Frau ihnen nach. Dann schloß sie seufzend die Tür und forderte Joy mit einer Geste auf, ihr in ein kleines Zimmer mit grünen Korbstühlen zu folgen.

Joy sah sich um, musterte die geflochtenen Schalen mit bunten Chrysanthemen. Zu Lannys Zeiten war dies seine Räuberhöhle gewesen. Damals hatten an zwei Wänden windschiefe Regale aus Kiefernholz gestanden, vollgestopft mit Lastern, Zügen und winzigen Plastiksoldaten. Buddy hatte die gleichen Soldaten besessen. Tagtäglich erteilten sie einhundert Soldaten den Marschbefehl, geradewegs aus den Eingeweiden einer Packung Cocoa Puffs heraus, und verstreuten sie dann im ganzen Haus.

Die Frau wartete, Molly wartete – bis Joy endlich bewußt wurde, daß sie das Objekt ihrer Ungeduld war.

»Verzeihung«, sagte sie hastig. »Mein Name ist Joy Bard.«

»Mrs. O'Neill«, erwiderte die Frau und verschränkte Arme und Beine.

Joy holte tief Luft. »Ich bin in dem Haus aufgewachsen, in dem Jeremy jetzt wohnt, und möchte gern...« Sie brach ab und schaute durchs Fenster auf die Garage. Als sie den Blick wieder in den Raum richtete, sah sie einen jungen Lanny auf einem roten Vinylsofa sitzen. In der Mitte hatte es einen breiten Schlitz, aus dem es weiß hervorquoll. Sie sagte irgend etwas zu ihm. Er lachte nur.

»Sie möchte Klarheit über ein paar Dinge bekommen, die sich in ihrer Kindheit abgespielt haben«, erklärte Molly in bemüht leichtem Ton.

»Oh«, meinte Mrs. O'Neill, während sie von einer zur anderen blickte.

»Hätten Sie etwas dagegen, wenn wir uns ein bißchen im Haus umsehen würden?«

»Oh«, wiederholte Mrs. O'Neill. »Ich weiß nicht recht. Ich meine, ich weiß doch überhaupt nichts über Sie. Und man hört ja die furchtbarsten Sachen. Sie sind bestimmt ganz reizende Leute, aber ich weiß schließlich absolut nichts über Sie. Nein, das möchte ich nicht.«

Joy stand auf. »Macht nichts. Ich verstehe das. Ich würde auch keine wildfremden Menschen in meinem Haus herumlaufen lassen.« Ihre Augen klebten an der Garage.

»Heilige Mutter Gottes!« Die Frau schlug eine Hand vor den Mund. »Es geht um diesen Jungen, den man entführt hat, stimmt's?«

»Ja«, bestätigte Joy abwesend.

»Als wir das Haus gekauft haben, wußten wir natürlich nichts davon. Und dann kamen uns plötzlich alle möglichen Geschichten zu Ohren. Über eine Entführung. Sie wissen ja, wie die Leute reden. Wir hörten noch mehr Geschichten. Manche hier behaupten felsenfest, es hätte gar keine Entführung gegeben. Der Junge wäre einfach gestorben, seine Leiche sei aber nie gefunden worden. Haben Sie ihn gekannt?«

Molly schüttelte rasch den Kopf und schaute Joy an, doch die hörte gar nicht zu. Sie starrte weiterhin auf die Garage. Plötzlich wurde sie weiß wie die Wand.

»Kann ich da reingehen?«

Mrs. O'Neills Blick glitt von Joy zu Molly, dann wieder zurück zu Joy. »Ich weiß nicht recht«, sagte sie langsam. Sie versuchte offenbar, die Gefahr abzuschätzen, wollte andererseits auch nicht unhöflich sein. »Ich denke, es ist nichts dagegen einzuwenden, wenn Sie in die Garage gehen. Aber nur in die Garage!« fügte sie nachdrücklich hinzu.

Sie stand auf und holte einen Schlüsselbund von dem Bücherregal neben der Tür. »Gehen wir außenrum, damit ich den Kindern Bescheid sagen kann.« Sie lief zur Vordertür voraus.

»Shannon, wie wär's, wenn ihr zwei im Haus auf mich wartet? Ich bringe die beiden Damen nur schnell in die Garage, und wenn ich zurückkomme, gibt's den Pudding.«

»Für mich ganz allein!« kreischte das Mädchen.

Doch Mrs. O'Neill ließ sich nicht erweichen. »Für euch beide.« Sie wartete, bis die Kinder aus ihren Spielzeugautos geklettert und im Haus verschwunden waren.

»Die Polizei hat die Garage zweimal durchsucht. Warum, hat man uns nicht verraten. Meine Tochter hat immer gesagt, es würde da drinnen so merkwürdig riechen. Während der ganzen Zeit, die sie hier gewohnt hat, hat sie sich standhaft geweigert, einen Fuß hineinzusetzen. Wir benutzen die Garage bis heute nicht, sehen Sie?« Sie wies auf den Wagen, der in der Auffahrt geparkt war, und schob dann endlich einen Schlüssel in den antiquierten automatischen Garagentoröffner. Das Tor begann sich langsam zu heben.

Joy blickte starr geradeaus. Sie sah den blauen Plymouth, der längst nicht mehr da war. Sie sah ihren Bruder hinter dem Lenkrad sitzen, die Finger in beide Ohren gestopft, um ihre hysterische Stimme auszuschalten. Sie sah die schwarze Metalltür, die ins Haus, in die Küche führte.

»Lanny hat nichts von Erbrechen gesagt«, rief sie Buddy in Erinnerung.

»Wahrscheinlich hab' ich was Falsches zu Mittag gegessen.«

»Aber ich hab' noch nicht zu Mittag gegessen. Wie kommt es dann, daß mir auch kotzübel ist?«

»Weil du meine dämliche Schwester bist, die mir unbedingt alles nachmachen muß. Jetzt halt endlich die Klappe und warte, bis er uns holt.«

»Ich hau' ab.«

»Komm sofort wieder rein! Wenn du abhaust, ist der Klub für dich gestorben.«

»Und wenn schon. Ist sowieso ein blöder Klub. Du solltest lieber auch verschwinden. Du siehst ziemlich mies aus.«
»Kommt nicht in Frage.«
»Hilf mir mal, diese bescheuerte Tür aufzumachen.«
»Du spinnst wohl. Los, komm wieder in den Wagen. In wenigen Minuten holt er uns raus.«
»Dann geh' ich eben durch die Küche.«
»Tu das bloß nicht! Sein Vater ist zu Hause.«
»Komm doch mit. Bitte.«
»Verzieh dich.«
»Ich werd' Mama erzählen, daß du hier drin bist.«
»Wenn du das tust, hast du die längste Zeit gelebt.«
»Dann komm endlich mit.«
»Hau ab und spül dich im Klo runter.«
»Okay. Okay! Bleib doch hier, bis du schwarz bist. Ist mir doch egal! Dir kräht sowieso kein Hahn nach. Ich wette, die merken nicht mal, daß du weg bist.«

»Wissen Sie etwas? Wissen Sie irgendwas darüber, was damals hier passiert ist?«
Joy hörte die Frage zwar, aber Mrs. O'Neills Stimme klang unglaublich weit weg, als käme sie aus großer Distanz – einer Distanz von Jahrzehnten.

Sie stürzte in Lannys Haus, Henry direkt in die Arme.
»Was hast du hier zu suchen?« brüllte er sie an, zog einen Schlüssel aus der Hosentasche und schloß die schwarze Tür zweimal ab.
Sie brauchte eine halbe Stunde, um Lanny zu finden. Er war weder im Hof noch in dem Waldstück hinter dem Haus, ja nicht einmal oben bei den Gleisen. Endlich stöberte sie ihn in ihrem Garten auf. Sich sacht vor und zurück wiegend, stand er auf der Schaukel und starrte ihr durch dicke Brillengläser entgegen.
Als sie die Garage erreichten, mußte Lanny erst eine Weile mit einer Haarnadel herumstochern, bevor sich das Tor langsam hob. Buddy saß zusammengesunken auf dem Fahrersitz.

Joy stützte sich auf dem nicht vorhandenen Wagen ab und fiel hin.

»Gott im Himmel!« ertönte die ferne Stimme. »Ich rufe besser einen Krankenwagen.«

»Nein«, brachte Joy mühsam hervor. »Mir ist nichts passiert. Helft mir nur hoch.«

»Heiliger Strohsack«, sagte die Frau leise. »Es gab doch noch eine Schwester, die nicht ganz richtig im Kopf war.« Sie glotzte Joy mit großen Kuhaugen an. »Sind Sie diese Schwester?«

»Nein«, antwortete Molly schnell, nahm Joys Arm und führte sie zu den Betonstufen, damit sie sich setzen konnte.

»Ich hätte sie nicht reinlassen sollen«, bemerkte Mrs. O'Neill verärgert, während sie die Verbindungstür zur Küche aufdrückte. »Joseph wird mich umbringen, wenn wir deshalb Schwierigkeiten kriegen.«

Sie verschwand im Haus. Kurz darauf hörte man, wie sie die Kinder anschrie, weil die bereits den ganzen Schokoladenpudding verputzt hatten.

Molly ließ sich an Joys Seite plumpsen und legte ihr einen Arm um die Schulter. »Bist du okay?«

»Er wurde gar nicht entführt.« Sie versuchte mit aller Macht, die Tränen zurückzuhalten.

In dem Moment kamen Shannon und Jeremy in die Garage gestürmt.

»Ist was passiert?« fragten sie unisono, wechselten einen Blick, lachten und hakten sich jeder am kleinen Finger des anderen ein. »*Ich krieg' von dir 'ne Cola, krieg' von dir 'ne Cola, schwarzer Mann. Fress' doch glatt 'nen Besen, wenn ich nicht auf die Dose draufspringen kann.*« Dann zogen sie die kleinen Finger auseinander, bis sie aussahen wie ein menschlicher Wünschelknochen.

Joy schoß hoch, als hätte man ihr einen Tritt versetzt. Sie packte Jeremy jäh an den Schultern.

»Woher kennt ihr das? Wer hat euch das beigebracht?«

»Lassen Sie ihn sofort los!« Mrs. O'Neill erschien in der Tür.

Joy ließ die Hände sinken. »Wo habt ihr das her? *Ich krieg' von dir 'ne Cola, krieg' von dir 'ne Cola, schwarzer Mann* – das haben wir früher immer gesagt. Wieso kennt ihr das?«

»Es steht in ihrem Klubhaus«, erklärte Jeremy kleinlaut. Er wußte offenbar nicht recht, was als nächstes geschehen würde.

»In Buddys und Lannys Klubhaus«, erwiderte Joy ruhig.

»In Shannons Klubhaus«, berichtigte Jeremy und preßte die Lippen fest zusammen.

»Wollt ihr's sehen?« erbot sich das Mädchen.

Joy schaute Mrs. O'Neill an, die gereizt verkündete: »Da gibt's nichts zu sehen.«

»Och bitte, Omi«, bettelte Shannon. »Dürfen wir's ihr zeigen?«

»Na gut«, kapitulierte die Frau. »Aber dann ist Schluß. Sie sehen sich das Klubhaus an, und dann gehen Sie.«

Die drei folgten den Kindern zu dem Gartenschuppen, unter dessen Efeuranken zwei verblichene rote Handabdrücke zu sehen waren.

»Es steht drinnen an der Wand«, sprudelte Shannon hervor. »Der Mann hat's mir vorgelesen.«

»Welcher Mann?« fragten jetzt Joy und Mrs. O'Neill wie aus einem Mund.

»Der von heute morgen. Er hat auch mal hier gewohnt.«

»Davon hast du mir gar nichts erzählt«, beschwerte sich Mrs. O'Neill. »Warum nicht?«

»Er hat gesagt, wir dürfen nicht«, erklärte Jeremy mit gewichtiger Miene.

Seine Großmutter schüttelte mißbilligend den Kopf. »Das Ganze gefällt mir nicht. Gehen Sie rein und sehen Sie sich an, was immer Sie sehen wollen«, sagte sie zu Joy, »und dann machen Sie, daß Sie hier verschwinden.«

Joy mußte sich zwingen, über die Schwelle zu treten. Das gesamte Mobiliar war verschwunden. Das aufgeschlitzte Sofa, der verschossene Läufer, die geklauten Lampen. Der ganze Sperrmüll, der Abfall anderer Leute, den die Jungen wie einen kostbaren Schatz gesammelt hatten, alles war fort. Übriggeblieben war nur die leere Schale.

Plötzlich stand Shannon neben ihr. »Ich find's eklig hier drin.« Sie begann auf den nackten Bodenbrettern herumzuhopsen. Der dumpfe Aufprall ihrer Füße hallte laut durch den engen Verschlag.

Als drohe das Dach sie zu zermalmen, rannte Joy mit geducktem Kopf ins Freie. Molly, die mit gerunzelter Stirn hinter ihr her zum Wagen lief, ignorierte auch diesmal die entgeisterten Blicke in ihrem Rücken.

Sie waren gerade in die Lily Lane eingebogen, da bat Joy Molly, rechts ran zu fahren. Doch noch ehe der Wagen ganz stand, rollte sie sich auf die Seite, kurbelte hastig das Fenster hinunter und übergab sich in hohem Bogen über die Beifahrertür – genau wie an dem Tag, als Buddy starb, fiel ihr unvermittelt ein.

## Vierunddreißig

Alle waren in Lannys Büro versammelt, und er spielte jeden einzelnen Part nach.

»Euer Ehren«, sagte er zu seinem leeren Schreibtischstuhl, »dieser Vertragsabschluß ist mehr als fair. Die Gegenseite besitzt volle Handlungsfreiheit. Wir bieten einfach die besseren Bedingungen.«

»Gute Arbeit, Lanny«, feuerte Ray ihn an, doch Lanny konnte ihm kaum in die Augen sehen. Denn Ray war ein Blödmann. Wer außer einem Blödmann würde die Frau seines Chefs anrufen und eine Nachricht auf dem Anrufbeantworter hinterlassen? Wer außer einem Blödmann? Er stellte den Gedanken für später zurück und sonnte sich wieder im Glanz des Augenblicks.

»Und was meinte der Richter dazu?« erkundigte sich Ray, schwitzend und wißbegierig wie immer.

»Ich entscheide nun, die Begründung folgt später«, fuhr Lanny im tiefen Bariton des Richters der Menge zugewandt fort. »Ich entscheide zugunsten von Catco.«

O'Connell, für die Trankopfer zuständiger Anwalt bei Fusionierung und Neuerwerb, entkorkte eine Flasche Champagner. Alle applaudierten. Drei von Lannys Kollegen flüsterten ihm ins Ohr, er hätte ganze Arbeit geleistet, hätte seinen Arsch noch mal gerettet – und den von jemand anders auch.

Kelly kam in Begleitung einiger Sekretärinnen herein. Sie hatte einen Pappbecher aus dem Waschraum dabei. Es herrschte die gelöste Stimmung einer guten, spontanen Büroparty, zumindest bis das Telefon klingelte. Kelly hob ab, bedeutete der Menge zu schweigen und formte mit den Lippen das Wort *Berger*. Der Raum leerte sich so schlagartig, als wäre ein Stinktier hereinspaziert und hätte seine Duftmarke hinterlassen.

Lanny folgte Bergers Sekretärin Leslie in das dezent beleuchtete Büro. Berger, kein Freund von übermäßiger Bewegung, blieb hinter seinem kahlen Glasschreibtisch sitzen und verriet durch nichts, wie seine Laune war.

»Meinen Glückwunsch«, sagte er schließlich. Seine Augen gaben Lanny zu verstehen, er solle sich setzen. »Ich wußte, daß Sie es schaffen würden.«

Durch das Lob innerlich erwärmt, begann Lanny die Einzelheiten des Gerichtsverfahrens zu wiederholen, doch Berger fiel ihm ins Wort: »Davon spreche ich nicht. Ich hatte gerade ein längeres Telefonat mit Ed Robinson. Er sagte mir, der Catco-Ausschuß hätte den Aktionären einstimmig zur Fusionierung geraten.«

Lanny unterdrückte ein Grinsen. Genial, wie er das angestellt hatte. Trotzdem mußte er sich in Bescheidenheit üben. Berger konnte »arrogante Hurensöhne« nicht ausstehen, folglich war Bescheidenheit angesagt.

»Sie sollen wissen, Lanny, daß er Ihnen seine Anerkennung dafür ausspricht. Er meint, Sie wären derjenige gewesen, der das Ganze vorm Platzen bewahrt hat.«

»Vielen Dank, Sir, aber es waren wesentlich mehr Personen daran beteiligt. Ray zum Beispiel. Er hat seine Sache in San Francisco verdammt gut gemacht. Und ebenso Leonie und Bill Martin. Wir hatten ein Superteam.«

»Genau das ist der Punkt. Robinson will, daß Sie ein bißchen herumschnüffeln. Er will wissen, wer den Vertrag beinah kippen ließ. Sie haben ihn zwar nach Hause gebracht, aber in einem undichten Boot. Und jetzt sollen Sie das Leck finden.«

»Kein Problem, Sir«, sagte Lanny, aber insgeheim dachte er: Ich bin geliefert. Keine Ahnung, wo das Leck ist. Ray kann's gewesen sein. Jeder kann's gewesen sein. Irgend jemand bei Catco. Oder bei Albacon. Irgendeine Sekretärin oder ein Fahrstuhlführer, der was Läuten gehört hat. Sogar Joy könnte es gewesen sein. Er sah sich gehetzt um, hatte das Gefühl, in der Falle zu sitzen. Irgendwer war hinter ihm her. Irgendwer machte sich bereit, ihm den Gnadenschuß zu versetzen.

»Wir treffen uns Donnerstag abend um acht Uhr zum Dinner«, sagte Berger soeben. »Weder Robinson noch Catco bringen ihre Frauen mit, also gilt für uns dasselbe.«

»Gut«, erwiderte Lanny, während er versuchte, schlau aus ihm zu werden, sich ein Bild davon zu machen, wo er stand.

»Und dann möchte ich, daß Sie eine Woche Urlaub nehmen. Leslie wir für Sie und Ihre Frau alles Nötige in unserer Ferienwohnung in St. Croix arrangieren. Ich weiß, daß Sie momentan eine schwere Zeit durchmachen, also nehmen Sie sich die Woche, wann immer es Ihnen paßt.«

Lanny kam nicht mehr mit. Er konnte nicht unterscheiden, was Realität und was ein Haufen Blödsinn war. Mit respektvoll gesenktem Kopf stand er schweigend da.

»Sie haben sich in dieser Angelegenheit wirklich meinen Respekt verdient, Lanny. Als Albacon auf der Bildfläche erschien, dachte jeder, die Sache wäre gelaufen. Jeder außer Ihnen.« Berger lehnte sich zurück und begann zu wählen. Lanny war entlassen.

»Ich danke Ihnen, Sir«, sagte er bescheiden, aber seine Gedanken überschlugen sich. Wurde er aufs Kreuz gelegt? Oder war er wieder das große As?

Berger legte eine Hand über die Sprechmuschel. »Ach, eins noch. Ich werde Victoria bitten, Joy anzurufen. Da wir ja nun Nachbarn sind, würden wir Sie gern mal zum Dinner bei uns sehen.« Er schaute wieder weg und schnauzte ins Telefon: »Hallo, Thomas.«

Lanny schwebte aus dem Büro. Zum Dinner bei uns sehen! Jetzt wußte er Bescheid. Er hatte es geschafft. Er gehörte zum magischen Kreis. Womöglich wurde er noch Bergers engster Freund.

»Mr. Bard?«

Leslie kam hinter ihm her gerannt.

»Hier sind die Termine, an denen die Wohnung in den nächsten zwei Monaten noch frei ist. Rufen Sie einfach an.«

Lanny nahm die Liste entgegen und gab ihr einen Kuß auf die Wange. Dann drehte er sich im Gehen ein letztes Mal um und registrierte, daß sie ihm lächelnd nachschaute.

»Was halten Sie davon, wenn ich Sie zum Essen ins Vier Jahreszeiten einlade?« fragte er Kelly, sobald er in seinem Büro eintraf. Sie ließ sofort einen Tisch reservieren, so laut, daß alle Kolleginnen es mitbekommen mußten.

Lanny merkte, wie abgespannt er war, als er den Oberkellner zusammenstauchte, weil der sie fünf Minuten hatte warten lassen, ehe er ihnen einen Tisch gab. Er verschwand mit der Begründung, sich entschuldigen zu wollen, und kehrte mit zwei Gläsern Champagner zurück.

»Hoffentlich kann ich Joy überreden, mit mir in die Ferienwohnung zu fahren«, sagte er, nachdem er seines geleert hatte. Er wickelte etwas Lachs um seine Gabel.

Kelly nippte an ihrem Glas. »Warum sollte sie denn nicht mitfahren wollen?«

»Na ja, sie hatte in den letzten Wochen einige Probleme. Sie ist nicht mehr sie selbst.«

»O Mann! Ich würde alles tun für eine Woche St. Croix!«

Lanny musterte sie lächelnd. Sie hatte eine Haut wie ein Baby, zart und faltenfrei. Es wurde allmählich Zeit, daß er an die Zukunft dachte. Er bestellte ihr ein zweites Glas Champagner.

Lachend kehrten sie ins Büro zurück. Lanny machte die Tür hinter sich zu, um in Ruhe ein paar Rückrufe zu tätigen, um mit den Klienten auf die übliche Tour zu scherzen. Er war gerade mitten in einem Telefonat, als Ray hereinschneite und sich ihm gegenüber niederließ.

Lanny beendete das Gespräch und hängte ein. »Was gibt's, Ray?« Es gefiel ihm nicht, daß Ray einfach in sein Büro platzte, ohne anzuklopfen. Es gefiel ihm nicht, wie bequem Ray geworden war. Es gefiel ihm nicht, daß Ray seine Frau anrief.

»Ich glaube, ich bin immer noch ganz high von dieser Catco-Affäre«, ulkte Ray, wurde aber sofort todernst, als Lanny nicht darauf ansprang. »Weshalb ich hier bin – ich habe Joy heute morgen angerufen. Wegen der Weihnachtsfeier. Wußtest du, daß Berger das schon wieder mir angedreht hat? Völliger Schwachsinn, weil er sowieso darauf besteht, daß wir alle auf einen Drink zu ihm rüberkommen, egal, was ich vorschlage. Aber nein, ich muß die ganze Prozedur durchexerzieren und Leslie dazu bringen, sich bei Windows of the World, dem Rainbow Room und Twenty-One nach den Preisen zu erkundigen.«

Lanny betrachtete ihn mit stählernem Blick.

Ein Räuspern. »Also hab' ich Joy angerufen, weil ich mir dachte, woher, zum Teufel, soll ich irgendwelche Lokale kennen, wo man Weihnachtsfeiern abhält? Eigentlich war ich ja der Meinung, Berger hätte meine Vorschläge vom letzten Jahr unmöglich gefunden, aber da hab' ich mich wohl geirrt.«

Lanny hob ungeduldig die Brauen.

»Tja, Joy fiel jedenfalls auch nichts ein. Aber ich wollte dich wenigstens wissen lassen, was sie sonst noch gesagt hat. Sie meinte, sie würde es endlich aufgeben. Diese Sache, von der du mir erzählt hast.«

»Ach ja?« Lannys Fingernägel gruben sich in die Unterseite der Tischplatte.

»Du weißt schon. Daß sie sich ganz verrückt macht wegen ihres Bruders. Du brauchst dir deshalb keine Sorgen mehr zu machen.« Froh, gute Nachricht überbringen zu können, wagte er ein neuerliches Lächeln. »Sie sagte, sie würde noch mal nach Toney's River fahren, oder wie immer das heißt, wo ihr aufgewachsen seid. Im Lauf des Tages. Und heute abend wär's dann vorbei. Sie vergißt das Ganze. Es ist erledigt für sie.«

»Das hat sie dir erzählt?«

»Genau. Ich schwöre. Heute abend ist die Geschichte für sie vergessen. Du brauchst dir keine Sorgen mehr zu machen.«

»Sie hat dir erzählt, sie würde heute nach Toney's Brook fahren und dann wäre der Fall für sie erledigt?«

»Du hast's erfaßt.« In Erwartung überschwenglichen Danks verzog sich Rays Mund zu einem breiten Grinsen.

Lanny rührte keinen Muskel. Wie hat sie es bloß geschafft, Ray da mit reinzuziehen? überlegte er. Und dann dachte er daran, wie sie schon in Toney's Brook immer alles vermasselt hatte.

Ray starrte ihn an, wartete darauf, daß er irgend etwas sagte, doch Lanny war gar nicht mehr anwesend, war total in seinen Gedanken versunken.

»Schön, ich geh' dann wieder«, sagte Ray und ergriff die Flucht. Als er die Tür hinter sich zugezogen hatte, stieß er einen leisen Pfiff aus. Es war doch nicht ganz so gelaufen, wie er gehofft hatte.

Gegen siebzehn Uhr verließ Lanny das Büro unter allgemeinem Applaus. Seinen Mitarbeitern, die sich noch im Glanz seines Erfolges aalten, fiel überhaupt nicht auf, wie ernst, traurig und bedrückt er aussah.

## Fünfunddreißig

Ein langes Gesicht starrte ihr durch die Windschutzscheibe entgegen. Mit angehaltenem Atem ließ sie ihre Hand zum Türgriff wandern. Ganz langsam entriegelte sie das Schloß, und dann, als sie schon einen Fuß auf dem Bürgersteig hatte, fiel ihr auf, daß die Person auf der Glaswand sich ebenfalls bewegte.

Sie fürchtete sich davor, ihr Gegenüber direkt anzuschauen, so daß ein flüchtiger Blick aus den Augenwinkeln ihr lediglich den Eindruck vermittelte, es wäre jemand Bekanntes. Sie zwang sich, ein zweites Mal hinzuspähen. Das bange Gesicht jenseits der Scheibe wurde schärfer. Was sie sah, war ihr eigenes Spiegelbild. Sie zog den Fuß in den Wagen zurück und schloß die Tür.

»Komm doch noch ein bißchen mit rein«, sagte Molly, die das Geräusch der zuschlagenden Tür zum Anlaß nahm, das Schweigen zu brechen.

Joy senkte den Blick auf ihren Schoß. Bisher hatte sie blind auf Molly gezählt, aber jetzt war sie nicht mehr sicher. Die Heimfahrt war ein einziges Verhör gewesen. Molly hatte sie so mit Fragen bombardiert, daß sie sich schließlich fühlte wie in einem Kugelhagel – als fordere sie Antworten als Gegenleistung für ihre Hilfe.

»Laß uns reingehen, dann besprechen wir alles Weitere bei einer Tasse Kaffee.«

Joy erstarrte. Das war kein Gemeinschaftsproblem. Es war ihres. Ihres ganz allein.

Molly stieg aus und wartete, während Joy sitzen blieb und zu ihrem Haus hinunterschaute. In jedem Zimmer brannte Licht. Lanny war zu Hause.

Molly ging vor der offenstehenden Fahrertür in die Hocke, probierte noch einmal ihr Glück. »Komm schon. Wir trinken einen Kaffee und überlegen, was zu tun ist. Wenn du möchtest, rufen wir die Polizei an. Hier oder in Toney's Brook, ganz wie du willst. Laß uns die verschiedenen Möglichkeiten durchspielen.«

Joy kletterte langsam aus dem Wagen. Ihr Blick glitt zwischen Molly und ihrem eigenen hell erleuchteten Haus hin und her. Dann folgte sie der Freundin ins Haus.

»Heiliges Kanonenrohr!« Molly blieb wie angewurzelt auf der Türschwelle stehen.

Joy trat schwerfällig an ihre Seite, um besser sehen zu können. Die Diele war mit leuchtendbunten Gebilden aus Legosteinen übersät, Trinas vielfarbigen Interpretationen von Häusern, Bäumen und einzigartigen Fabeltieren. Sie ging hinter Molly ins Wohnzimmer, wo Dutzende von Bilderbüchern auf dem Boden ausgebreitet waren wie eine Patchwork-Decke.

»Das hat Trina nie im Leben allein getan«, verkündete Molly. »Es trägt eindeutig die Handschrift meiner Mutter.«

Joy betrachtete das Chaos durch glasige Augen. Sie konnte jetzt unmöglich Konversation machen. Sie wußte nicht mehr, wie das ging.

In der Küche hatten Trinas Zauberttrolle die Macht übernommen. Zwei saßen am Tisch, zwei lagen auf dem Boden, zwei thronten auf dem Rand einer Rührschüssel, einer lugte aus einer Saftpackung hervor. Der Anflug eines Lächelns glitt über Joys Gesicht.

Molly nahm einen Zettel aus dem Schnappmaul des Mickey-Mouse-Magneten an der Kühlschranktür. »Aha«, meinte sie fröhlich, als wären sie gerade von einem Einkaufsbummel zurückgekehrt. »Meine Mutter hat beschlossen, das Chaos zu ignorieren, und Trina zum Abendessen ausgeführt. Kannst du dir vorstellen, wie's in dem Restaurant inzwischen aussehen muß?«

Das reflexartige Lächeln von vorhin tauchte nicht wieder auf.

Joy trieb ziellos durch die Geschehnisse des vergangenen Tages, wollte sie nicht loslassen. Sie hamsterte jede einzelne Erinnerung und klammerte sich daran fest, als wäre sie ein prall gefüllter Ballon, der jeden Moment davonzuschweben drohte.

»*Bäng, bäng, ist es nicht toll, verrückt zu sein?*« tönte eine zuckersüße Stimme aus dem Kassettenrecorder in Trinas Zimmer.

»Sie sind wieder da!« stellte Molly verwundert fest. »Willst du mit hochkommen und einem kleinen Krach mit meiner Mutter beiwohnen?«

»Nein, danke. Ich warte lieber hier unten«, murmelte Joy, doch Molly war ohnehin schon weg.

Sie hob die Bilderbücher vom Fußboden auf, legte sie in einem Riesenstapel auf den Couchtisch und setzte sich in eine Ecke des Sofas. Todmüde hob sie die geschwollenen Füße, um die Beine genüßlich auszustrecken. Ihre Augen fielen zu, aber nur für einen Augenblick. Zu riskant, jetzt zu schlafen. Den Luxus konnte sie sich momentan nicht leisten. Es gab zuviel zu tun.

Zuallererst mußte sie nach Hause zurück. Sie brauchte Geld und einen kleinen Koffer für das Nötigste. Ein paar Kleidungsstücke, die Fotos von Buddy, die Uhr ihrer Großmutter. Es war sowieso nicht viel. Wenn sie überlegte, was ihr wirklich am Herzen lag, war es erstaunlich wenig.

Molly meinte, sie solle Kontakt zu einem Anwalt aufnehmen. Doch ein Anwalt würde ihr lediglich zum Bleiben raten. Aus Erzählungen von Lanny und seinen Freunden wußte sie, daß dies der Standardtip war. Harre aus und behalte das Haus sowie die Hälfte des Geldes. Geh und krieg nichts. Aber sie wollte das Haus nicht, und sie wollte auch kein Geld. Sie wollte nur weg, sauber und schnell, nur mit dem, was sie leicht transportieren konnte. Sonst nichts.

»Ruf deine Mutter an«, hatte Molly gesagt. Das wäre jedoch vollkommen sinnlos. Irgendwie hatte Lanny Dorothy für sich gewonnen. Irgendwie hatte er es geschafft, daß sie mehr seine Mutter war als ihre.

Und was Mollys Vorschlag betraf, die Polizei einzuschalten – das kam erst recht nicht in Frage. Wie konnte sie der Polizei erzählen, die Leiche ihres Bruders läge in dem Schmutz unter dem Klubhaus begraben? Wie sollte sie erklären, warum sie erst jetzt damit herausrückte? Was sollte sie von der Annahme abhalten, sie selbst hätte ihren Bruder ermordet, ihn eigenhändig dort unten verbuddelt? Kam es dazu, daß ihr Wort gegen Lannys stand, ging sie nicht davon aus, daß man ihrem mehr Glauben schenken würde.

In dem Moment läutete das Telefon. Joy rappelte sich hoch. Sie würde Molly bitten, sie nach Hause zu begleiten. In ihrer Gegenwart würde Lanny nichts unternehmen. Molly war eine schöne Frau – er würde alles tun, ihr zu gefallen, sie zu beeindrucken, sie zu gewinnen, wie einen Zivilprozeß.

Das Telefon läutete wieder. Joy ging zum Fuß der Treppe. Sie würde Molly bitten, mit Lanny im Wohnzimmer zu bleiben, während sie oben ihre Sachen packte. Solange Molly da war, konnte ihr nichts geschehen. Sie brauchte ein Nachthemd, eine Zahnbürste, Kleidung zum Wechseln. Ihre Dias und ihre Arbeitsmappe. Es dürfte nicht allzu lange dauern.

Das Telefon läutete zum drittenmal.

»Ich geh' schon ran«, rief Joy die Treppe hinauf. Mitten im vierten Läuten hob sie in der Küche den Hörer ab.

»Molly?« Die Stimme klang dumpf, als hätte die Anruferin eine Hand um die Sprechmuschel gelegt, um besser verstanden zu werden.

»Nein. Hier ist Joy, Mollys Nachbarin.«

»Oh, hallo. Ich bin Mollys Mutter Muriel. Sie sind die mit den Zwillingen, stimmt's?«

»Ja«, bestätigte Joy. Und sie dachte: Richtig, das bin ich. Die mit den Zwillingen. In Kürze sogar die mit den Zwillingen ganz für sich allein.

»Joy, Schätzchen, könnte ich bitte mit Molly sprechen?«

»Sicher. Ich hol' sie ans Telefon«, sagte Joy, dann erinnerte sie sich plötzlich. »Ich dachte, sie wäre oben bei Ihnen und Trina.«

»Hat sie den Zettel denn nicht gefunden? Ich habe ihr eine Nachricht am Kühlschrank hinterlassen, daß ich mit Trina zum Essen bin. Oje, sie macht sich bestimmt Sorgen. Könnten Sie ihr bitte Bescheid sagen?«

»Sofort«, versicherte Joy entsetzt, doch Muriel kannte sie

nicht gut genug, um die Angst in ihrer Stimme zu hören. »Bleiben Sie dran.«

Sie legte den Hörer auf die Theke und begab sich wieder zum Fuß der Treppe. »Molly! Deine Mutter ist am Telefon! Kannst du oben abnehmen?«

»*The Grand Old Duke of York*«, trällerte der Rekorder.

»Molly?« rief Joy noch einmal, aber die einzige Antwort, die sie erhielt, war das Lied.

Joy kehrte langsam in die Küche zurück, lauschte auf ein Lebenszeichen von Molly, auf irgendein Lebenszeichen überhaupt. Sie griff nach dem Hörer.

»Hat sie abgenommen?«

Keine Reaktion.

»Muriel, hat sie abgenommen?«

Immer noch nichts. Sie schüttelte den Hörer, versuchte es von neuem. »Hallo?« Keiner mehr da. Die Leitung war tot. Sie knallte das unnütze Ding auf die Gabel und ging abermals zum Fuß der Treppe.

»*Und wie sie endlich zur Hälfte aufgestiegen waren, waren sie immer noch weder oben noch unten*«, plärrte es aus Trinas Zimmer.

»Molly? Alles in Ordnung?«

Das Band schaltete sich ab. Das darauffolgende Schweigen war erdrückend.

Joy war bereits auf halbem Weg in die Küche, um die Polizei zu verständigen, da fiel ihr ein, daß das Telefon nicht mehr ging. Statt dessen lief sie ins Wohnzimmer und sah aus dem Fenster. Sie könnte zu Barb rennen oder zu Sue. Sie könnte bei Donna anklopfen.

Dann erinnerte sie sich. Es war noch keine halbe Stunde her, daß sie sich vor ihrem eigenen Spiegelbild gefürchtet hatte. Was, wenn es gar keine Probleme gab? Wenn sie diejenige gewesen war, die Mollys Mutter versehentlich abgehängt hatte? Wenn Molly sich im Bad aufhielt? Wenn sie gestürzt war? Wenn sie sich verletzt hatte?

»Ich komme jetzt rauf«, rief sie mit dröhnender, fester Stimme. Das Rufen tat gut, gab ihr das Gefühl, stärker und weniger allein zu sein. »Ich bin auf dem Weg ins Bad.« Sie durchquerte den totenstillen Flur. »Ich werde nachsehen, ob du da drinnen bist.« Die Tür war zu. Sie hämmerte kräftig dagegen. »Ich bin's, Joy. Alles in Ordnung?« Sie drehte am Knauf und stieß die Tür auf. Das Badezimmer war leer. Ihr Blick fiel auf den blaßgelben Duschvorhang, der die Wanne verdeckte. Mit angehaltenem Atem riß sie ihn zur Seite. Eine Kollektion Schleppdampfer und Gummienten glotzte ihr entgegen.

»*Däumelinchen, Däumelinchen, winzigkleines Ding*«, erscholl es aus Trinas Zimmer.

»Ich komme«, brüllte Joy. Sie bewegte sich ganz langsam, stützte sich dabei an der Wand ab. Vor Mollys Schlafzimmer blieb sie stehen und spähte hinein. Die Schubladen waren herausgezogen, die Kleidungsstücke auf dem Boden verteilt, die Kommode leer. Mollys Schmucksäckchen lag, das Innerste nach außen gekehrt, auf einem Berg Strümpfe und Pullover.

»Ich komme, Molly.« Die ersten Tränen rollten ihr über die Wangen. »Ich bin im siebten Monat schwanger«, fügte sie leiser hinzu, für den Fall, daß der Einbrecher sie hören konnte. »Ich bin im siebten Monat schwanger mit Zwillingen.«

»*Oh, du bist ja nicht größer als mein Daumen*«, flötete die Stimme.

Sie stand auf der Schwelle zum Kinderzimmer. Spielzeug, wo man hinsah. Bücher, Buntstifte, Puppen, ein Kinder-Teeservice in buntem Durcheinander über den Boden verteilt. Und Trinas Kleidungsstücke halb aus den Schubladen herausgerissen.

»*O Däumelinchen, sei nicht bedrückt.*«

Aus dem Innern des Schranks ertönte ein zartes Pochen.

»*Sei nicht bedrückt, sei nicht bedrückt.*«

Sie näherte sich der geschlossenen Tür. Das Pochen war nicht zu überhören. Ein schwacher, doch gleichmäßiger Laut.

»Ich öffne jetzt die Schranktür«, flüsterte Joy leise. »Ich bin schwanger mit Zwillingen. Bitte tun Sie mir nicht weh.« Ihre Stimme war kaum noch zu verstehen.

Sie zog an dem Holzgriff. Kein Widerstand.

»*Wenn dein Herz voller Liebe ist, bist du drei Meter groß.*«

Sie machte die Tür auf, blieb jedoch dahinter in Deckung.

»*Bist du glücklich und weißt es, klatsch dreimal in die Hände.*«

Sie spähte in den Schrank.

Irgendwo tief in ihrem Innern löste sich ein Stöhnen, als sie sich zu Molly vorbeugte, die zusammengesackt in einer Ecke kauerte, in der Hand einen von Trinas kleinen Plastikkleiderbügeln. Sie starrte Joy mitten ins Gesicht, schien fast durch sie hindurchzusehen. Ihr Handgelenk bewegte den Bügel vor und zurück, als würde sie immer noch gegen die geschlossene Tür klopfen.

»Was ist passiert?« fragte Joy. Molly verdrehte die Augen, dann klappten ihre Lider herunter.

»O nein, bitte nicht!« Joy packte Mollys Füße, um sie aus dem Schrank zu ziehen. Der Körper war schwer, entglitt ihrem verkrampften Griff. Sie betrachtete hilflos ihre Hände und wunderte sich flüchtig, wie die Farbe dahin kam – dann wurde ihr klar, daß es Blut war. Ihre Augen flogen über Mollys Körper, bis sie es sah. Ein riesiges Fleischermesser steckte in ihrem Leib.

Sie ließ sich auf den Boden fallen und rollte sich auf die Seite, versuchte ungeschickt eine Stellung zu finden, in der ihr Bauch sie nicht daran hinderte, Mollys Mund nahe genug zu kommen, um zu spüren, ob sie noch atmete. Nachdem sie ein schwaches, kaum wahrnehmbares Hauchen gespürt hatte, versuchte sie es mit Mund-zu-Mund-Beatmung. Anschließend hievte sie sich hoch, um das Telefon zu suchen. Es gab bestimmt eins in Mollys Schlafzimmer.

Sie stieg über die auf dem Schlafzimmerteppich verstreuten Kleidungsstücke, arbeitete sich zu dem Apparat auf dem Nachttisch vor. Es gelang ihr nicht, sich an die Notrufnummer von Edgebury zu erinnern, also drückte sie einfach die Null. Erst als sie den Hörer ans Ohr preßte, fiel es ihr wieder ein. Die Leitung war tot.

Sie kehrte zu Molly zurück und kniete sich neben ihr hin. »Du mußt weiteratmen«, sagte sie in flehendem Ton. »Ich hole Hilfe.«

Sie betrachtete das Messer in Mollys Bauch, die Blutkruste auf ihrem Hemd. War es besser, das Messer herauszuziehen, oder sollte sie es stecken lassen? Vorsichtig begann sie am Griff zu ziehen, doch es gab keinen Millimeter nach. Sie ließ ihn wieder los und starrte wie betäubt darauf. Ihre Hand hatte sich um die abgenutzten Mulden des Holzgriffs geschmiegt, als wäre er ihr bestens vertraut.

»Dieses Messer gehört mir!«

Da hörte sie die Haustür zuschlagen. »Wer ist da?« schrie sie, während sie sich die Treppe hinunterschleppte.

»Hallo?« Es war niemand da.

Joy eilte wieder nach oben. »Ich hole Hilfe.« Sie drückte Mollys Hand. »Falls du mich hören kannst – halt einfach nur durch. Ich hole sofort Hilfe.«

Als sie die Haustür öffnete, stand Trina vor ihr auf den Eingangsstufen. Muriel, Mollys Mutter, streckte eben eine Hand nach dem Klingelknopf aus.

»Wir haben unser Abendessen mit nach Hause gebracht«, verkündete Muriel vergnügt, eine fettfleckige weiße Papiertüte zwischen Daumen und Zeigefinger geklemmt. Dann sah sie Joys blutverschmierte Hände und die roten Striemen in ihrem Gesicht. Das Essen landete unsanft auf dem Boden, wobei die Tüte zerriß; ein matschiger Cheeseburger ragte heraus.

»*Frère Jacques*«, grölte es von oben.

»Mami!« kreischte Trina, schoß wie ein Blitz an Joy vorbei und raste die Treppe hinauf.

»Nein«, schrie Joy ihr nach. Sie rannte hinter dem Mädchen her, erwischte gerade noch ihre Hand und schleifte sie zu ihrer Großmutter zurück.

»Molly wurde verletzt«, sagte sie gedämpft zu Muriel, während sie die beiden aus dem Haus schob. »Ich rufe einen Krankenwagen, und dann muß ich die Polizei verständigen.«

»Wo ist mein Baby?« rief Muriel.

»Hier bin ich«, weinte Trina. »Wo ist meine Mami?«

Joy knallte die Haustür hinter sich zu. »Warten Sie hier draußen«, bat sie eindringlich. »Ich werde dafür sorgen, daß ein Krankenwagen kommt. Lassen Sie Trina bitte auf keinen Fall reingehen.«

Sie setzte eine völlig erschlaffte Muriel auf die Eingangsstufen. Trina, schlagartig verstummt, vergrub den Kopf an ihrer Brust.

Joy stürmte zum Nachbarhaus, drückte auf die Türklingel. Sie war zwar nie offiziell vorgestellt worden, hatte den alten Mann, der dort wohnte, aber oft genug in seinen altertümlichen weißen

Buick ein- und aussteigen sehen. Sie läutete noch einmal. Die Lichter waren an, doch nichts rührte sich. Sie probierte es zum drittenmal, ohne Erfolg. Vor der Einfahrt des nächsten Hauses stand ein Wagen. Sie rannte quer über den Rasen und schellte dort. Hinter den Fenstern im Obergeschoß zuckte der bläuliche Schein eines Fernsehers. Sie drückte wieder auf die Klingel und hielt den Finger hartnäckig darauf.

»Ist jemand zu Hause?« schrie sie so laut, wie sie konnte. »Ich brauche Hilfe. Bitte machen Sie die Tür auf!«

Keine Reaktion.

Sie lief über die Straße zu Donnas Haus. Noch bevor sie den schweren Messingknopf berührt hatte, riß Seth die Tür überraschend auf.

»Ich muß dringend euer Telefon benutzen«, stieß sie keuchend hervor. »Es hat einen Unfall gegeben.«

Der Junge rührte sich nicht vom Fleck. Er stand da und grinste sie blöde an.

»Hörst du nicht? Ich muß dringend euer Telefon benutzen!« wiederholte sie mit schriller Stimme.

»Ist leider kaputt!« Und damit knallte er ihr die Tür vor der Nase zu.

Sie stellte sich mitten auf die Straße und schrie. Es war ein klagender, ein markerschütternder Laut. Dann nahm sie die glühenden Lichter ihres eigenen Heims ins Visier und ging hinein.

## Sechsunddreißig

Die Haustür war nur angelehnt. Joy versetzte ihr einen leichten Schubs, und sie schwang auf. Sie trat ein, lauschte angestrengt auf ein Lebenszeichen von ihm.

Zuerst hörte sie außer ihren eigenen schnellen Atemzügen gar nichts, doch dann drangen die hektischen Laute einer hitzigen Diskussion aus dem Wohnzimmer an ihr Ohr. Sie schnappte sich einen Schirm aus dem gußeisernen Ständer neben der Tür und trug ihn wie ein Schwert vor sich her.

Vor dem offenen Garderobenschrank lag ein Mantelknäuel auf dem Boden. Es verriet ihr, daß jemand zu hastig seinen Mantel vom Bügel gerissen hatte. Mit dem Regenschirm stocherte sie in dem Gewühl herum, bis sie ihren Regenmantel, seine Jeansjacke und einen wollenen Baseballblouson freigelegt hatte, der ihr noch nie unter die Augen gekommen war.

Dann realisierte sie, daß die Stimmen aus dem Fernseher kamen. Siebenuhrnachrichten. So ging sie ins Wohnzimmer und schaltete das Gerät ab. Der Bildschirm wurde schwarz, die Stimmen blieben erhalten.

Sie folgte ihnen in die Küche, wo Charlie und Dennis am Tisch saßen, zwischen sich den massiven Holzklotz mit den Küchenmessern. Ihre Augen machten eine rasche Bestandsaufnahme. Charlie hielt sich am Schälmesser fest, Dennis am Tranchiermesser. Das große Hackmesser steckte aufrecht in seinem Schlitz. Das Fleischermesser war verschwunden.

»Was habt ihr hier zu suchen?« fragte sie scharf.

Charlie wandte sich träge zu ihr um. »Wir haben auf Sie gewartet, Mrs. Bard. Mr. Bard hat uns darum gebeten.« In dem Moment bemerkte er das Blut in ihrem Gesicht.

»Wo ist er?«

»Er mußte noch mal weg«, erklärte Dennis und legte das Messer auf den Tisch. Seine schmutzigen Fingernägel entlarvten ihn als das, was er war. Ein kleiner Junge.

»Ihr könnt jetzt gehen«, sagte Joy betont ruhig.

Die beiden zögerten. Eigentlich sollten sie sie nicht allein lassen. Mr. Bard hatte jedem von ihnen zehn Dollar gegeben.

Gelassen nahm sie das Hackmesser in die Hand. »Ich bin da. Ihr könnt jetzt wirklich gehen.«

Die Jungen rührten sich nicht vom Fleck.

Ohne das Messer loszulassen, griff Joy nach dem Telefon und tippte die Notrufnummer ein.

»Polizei«, tönte es barsch durch die Leitung.

Sie verfolgten jede ihrer Bewegungen, wie sie mit langen Schritten durchs Zimmer ging und sich schließlich vor ihnen aufbaute. »Laß das Messer fallen«, sagte sie zu Charlie. Die neugewonnene Autorität verlieh ihrer Stimme einen grimmigen Klang. Charlie legte das Messer auf den Tisch und stand auf.

»Wer spricht dort?« verlangte der Einsatzleiter in seltsam blechernem Ton zu wissen. »Hallo? Wer spricht denn dort?«

»Ich brauche einen Krankenwagen. Jemand wurde mit dem Messer verletzt.«

Die Jungen wichen entsetzt vor ihr zurück.

»Und schicken Sie auch die Polizei.«

Ohne sie aus den Augen zu lassen, flüchteten die beiden rücklings aus der Küche und stürzten aus dem Haus.

»Schon unterwegs«, versicherte ihr der Einsatzleiter. »Und – Ma'am?«

Sie mußte sich gewaltig anstrengen, um seine Worte zu verstehen. Ihr war schwindlig und übel, sie fühlte sich zum Umfallen müde. »Ja?«

»Am besten, Sie steigen sofort in Ihren Wagen und machen, daß Sie da rauskommen.«

Sie hängte ein und spritzte sich kaltes Wasser ins Gesicht. Als Handtuch benutzte sie ihren Ärmel. Dann versuchte sie halbwegs ruhig zu werden. Sie hatte keine Zeit, Angst zu haben. Die Zeit reichte gerade, um etwas Geld zu holen und zu verschwinden. Den Rest konnte er behalten.

Sie ging zu dem hohen Lehnstuhl im Wohnzimmer, auf dem sie gewöhnlich ihre Handtasche deponierte. Der große schwarze Beutel war spurlos verschwunden. Er lag weder auf dem Stuhl, noch im Regal, noch auf dem Tisch.

Im Studio, in einem Umschlag in der obersten Schublade ihres Schreibtisches, mußten etwas mehr als hundert Dollar sein. Dort bewahrte sie auch ihr Scheckheft auf. Ihre Augen flogen zwischen Treppe und Haustür hin und her. Sie hielt den Atem an und horchte angestrengt auf etwaige Geräusche, doch nichts sprach dafür, daß Lanny sich noch im Haus befand. Keine knarrenden Dielen, keine ächzenden Rohre. Schnell kletterte sie die Treppe hinauf.

Winzige schwarze Ascheflocken tanzten durch die Luft, als sie die Studiotür öffnete. Durch die geöffneten Fenster wehte ein kräftiger Wind. In den Wänden hing lauernd der süßliche Geruch von verbranntem Papier. Ihre Augen durchsuchten den Raum. Die Regale waren ausgeräumt, der Zeichentisch leer.

Sie hob den Abfalleimer hoch und ließ ihn sofort wieder fallen.

Der Blecheimer war kochend heiß. Sie warf einen Blick hinein. Der Boden war mit einer zentimeterdicken Schicht Ascheflocken und halb verbrannten Zeichnungen bedeckt. Sie beförderte ihn mit einem kräftigen Fußtritt quer durch den Raum und wappnete sich für die Begegnung mit Lanny. Das Hackmesser fest an sich gepreßt, entdeckte sie plötzlich die Klinge ihres schmalen X-Acto-Messers auf dem Boden. Sie hob es auf, stülpte die Plastikkappe darüber und steckte es in die Tasche.

In ihrer Schreibtischschublade wimmelte es von Blättern mit Zeichenanweisungen und alten Skizzen. Sie tastete mit der Hand im hinteren Teil herum, bis ihre Finger endlich den Briefumschlag mit dem Geld für Lannys Geburtstagsgeschenk zu fassen bekamen. Sie zog ihn heraus und machte ihn auf. Nichts.

»Schwein!« Fluchend lief sie wieder nach unten. In der Küche durchwühlte sie sämtliche Schubladen nach einer verirrten Dollarnote – ohne Erfolg. Dann fiel ihr der kleine Porzellankrug neben den Kochbüchern ins Auge, in den Lanny jeden Abend sein Kleingeld warf. Sie schüttete den Inhalt auf den Tisch und begann hektisch zu zählen. Besonders weit kam sie damit nicht, aber zu Dorothy würde sie es schaffen. Und woanders konnte sie nicht hin.

Sie stürzte zum Telefon, nahm den Hörer ans Ohr, tippte Dorothys Nummer und sah auf die Uhr. Schon sieben. Alle dreißig Minuten fuhr ein Zug in die Stadt. Den um halb acht konnte sie noch erwischen – sofern die Polizei nicht vorher eintraf. Bekam die Polizei sie zu fassen, war alles vorbei. Sie hatte Molly gefunden, mit ihrem Messer im Bauch. Ihre Fingerabdrücke klebten daran. Molly war nicht bei Bewußtsein, sie konnte nicht erzählen, was tatsächlich geschehen war. Joys Wort würde gegen Lannys stehen. Bis Molly wieder zu sich kam, war es mit Sicherheit zu spät. Und falls sie nicht zu sich kam ... Sie verbot sich jeden weiteren Gedanken.

»Warum klingelt es nicht?« wunderte sie sich laut, legte auf, probierte es ein zweites Mal. Wieder kam keine Verbindung zustande. Ohne den Hörer vom Ohr zu nehmen, drückte sie mehrmals auf die Gabel. Nichts. Kein Freizeichen, kein Klicken. Auch dieses Telefon war tot. Dasselbe, von dem aus sie vorhin noch die Polizei angerufen hatte. Die Polizei, die ihr geraten hatte, so schnell wie möglich zu verschwinden. Die weder ihren Namen noch ihre Adresse hatte wissen wollen.

Sie ließ den Hörer fallen und rannte auf die Veranda. Als sie die Tür aufstieß, fiel ihr Blick auf Mollys Haus am Ende des Blocks, wo Trina allein unter der nackten Glühbirne auf den Eingangsstufen kauerte. Sie wirkte verängstigt und verfroren.

»Ich komme, Trina«, schrie sie durch die stille Straße. Das kleine Mädchen schien sich zu ihr umzudrehen. »Ich komme und bringe Mami ins Krankenhaus.« Keine Ahnung, ob Trina ihre Worte verstanden hatte.

Sie drückte auf den automatischen Türöffner und lief zur Garage. Das Tor glitt gleichmäßig auf. Die Beleuchtung sprang an und ging gleich darauf mit einem leisen Knall aus. Die Birne verfluchend, tastete sie sich im Finstern vorwärts, bis ihre Hand das Schlüsselloch an der Fahrerseite fand. Sie schob den Schlüssel hinein, fuhrwerkte ein Weile vergeblich damit im Schloß herum. »Mach schon«, beschwor sie den Schlüssel, als sich nichts tat. »Mach schon! Nicht jetzt!« Ein letztes Rütteln, dann sprang das Schloß auf. Sie öffnete die Tür und rutschte hinein. Ihr Bauch schabte am Lenkrad entlang.

»Es wird alles wieder gut«, sagte sie zu den Babys, während sie das Hackmesser auf dem Beifahrersitz deponierte. Sie drehte den Zündschlüssel um, der Wagen sprang an. Ein Verkehrsbericht dröhnte ihr entgegen. Sie stellte das Radio aus, dann die Schweinwerfer an, so daß die Garage plötzlich in helles Licht getaucht war. Die Besen, Rechen, alten Schläuche an den Wänden starrten sie neugierig an. Joys Augen versuchten die Schatten zu durchdringen. Der Motor klang seltsam, als liefe er viel zu schnell, viel zu laut. Ein rotes Lämpchen am Armaturenbrett teilte ihr mit, daß die Fahrertür nicht geschlossen war. Sie zog am Griff, um sie zu öffnen. Nichts.

»Nur keine Panik«, redete sie sich gut zu und probierte es noch einmal, aber die Tür ging nicht auf. Sie zog den schwarzen Knopf hoch, was normalerweise einen Entriegelungsmechanismus in Gang setzte, doch trotz des entsprechenden Klickens rührte sich nichts.

»Du hast die Schlösser präpariert, du Schwein!« brüllte sie den nicht vorhandenen Lanny an, fegte das Messer auf den

Boden und hievte sich mühsam über die Sitze zur Beifahrertür, um dort ihr Glück zu versuchen. Sie zerrte am Griff, und die Tür sprang auf, jedoch nur einige Zentimeter. Der Wagen stand direkt an der Wand. Unmöglich, ihren schwangeren Körper durch den schmalen Spalt zu quetschen, nicht mit diesem Bauch.

Als sie schwerfällig auf den Fahrersitz zurückrutschte, hörte sie ein Geräusch. Sie drehte sich um und sah, wie sich das Garagentor langsam senkte. Draußen in der Einfahrt stand Lanny und beobachtete sie, dann war das Tor zu und er verschwunden. Er hatte sie bei laufendem Motor eingesperrt.

»Nicht jetzt!« schrie sie verzweifelt und packte den Zündschlüssel. Sie wollte ihn umdrehen, aber er rührte sich nicht von der Stelle. Er klemmte. Der Wagen röhrte weiter.

Blitzartig erinnerte sie sich an Lannys Ausflüge in die Garage, an seinen ölverschmierten Werkzeugkoffer. »Du hast den ganzen Wagen präpariert«, schrie sie wieder, drückte hektisch auf den elektrischen Fensteröffner, doch die Fenster blieben zu.

Sie zog einen Schuh aus und drosch damit auf die Seitenscheibe ein. Nichts. Sie ließ den Schuh fallen, riß das Handschuhfach auf, wühlte Straßenkarten, kaputte Stifte, fleckige Notizblöcke, ein Bedienungshandbuch hervor. Plötzlich purzelte ein Eiskratzer auf ihren Schoß.

Obwohl er nicht größer war als eine kleine Haarbürste, packte sie ihn wie ein Schwert und ließ ihn gegen das Fenster krachen. Der Plastikgriff brach auseinander, die Scheibe blieb unversehrt. Sie wischte sich die blutende Hand an der Wange ab, fuhr dann mit der fieberhaften Durchsuchung des Handschuhfaches fort. Es war leer.

Einen Moment lang saß sie da wie erstarrt – bis ihr das Hackmesser vor dem Beifahrersitz ins Auge fiel. Sie packte es und schlug damit auf das Seitenfenster ein, als würde sie es Lanny in den Rücken stoßen. Drei Hiebe waren nötig, ehe die Scheibe zersprang. Mit Hilfe des Messergriffs katapultierte sie die geborstene Scheibe auf den Garagenboden, wo sie in tausend winzige Glassteinchen explodierte. Das Messer landete obenauf.

Sie stemmte sich hoch, paßte jedoch nicht hindurch. Der Bauch war zu groß. Ihr Blick heftete sich auf die Windschutzscheibe.

Sie setzte sich aufrecht hin und unterdrückte ein Gähnen, schüttelte den Kopf, um die bleierne Müdigkeit loszuwerden.

Ihre Augen schossen durch die Garage, über die Wände, die defekten Stühle, die an den Dachbalken hingen, die alten Holzbretter, die Gartengeräte. Sie rutschte auf den Beifahrersitz, drückte die Tür auf und quetschte einen Arm durch den Spalt. Ihre Hand bekam den Griff einer Axt zu fassen. Sie zog und zerrte, bis sie sie im Wagen hatte.

Sie schleuderte die Axt gegen die Scheibe, einmal, zweimal – dann verwandelte sich die Glasfläche in ein tausendfach gesprungenes Mosaik. Ein letzter Hieb ins Zentrum sorgte dafür, daß sie in einem einzigen Stück auf die Wagenhaube krachte.

Sie schob den Oberkörper hinaus, zog die Beine nach und ließ sich an der Haube hinuntergleiten. Sie stürzte zu dem Schalter, der die Garagentorautomatik in Gang setzte, wußte jedoch im selben Augenblick, daß die Verbindung unterbrochen war. Benebelt stolperte sie zum Wagen zurück, steckte einen Arm durchs Fenster und holte die Fernbedienung heraus. Das Tor rührte sich nicht vom Fleck.

Als ihre Magenkrämpfe allmählich wieder abflauten, rappelte sie sich hoch und trat im Zorn der Verzweiflung gegen einen Stuhl. Er kippte scheppernd auf die Seite.

»Hilfe!« Doch niemand hörte den Schrei.

Aus einem Gewirr von Gartengeräten pickte sie die größte Schaufel heraus, hob sie hoch über den Kopf und schmetterte sie gegen das Garagentor. Sie prallte daran ab und landete auf ihren Zehen. Erschöpft lehnte Joy sich gegen die Wand. Sie ließ sich an dem glatten Beton hinuntergleiten, hockte sich auf die Fersen. Und da vernahm sie ein seltsames Pochen. Jemand klopfte ans Garagentor.

Sie sprang auf, warf sich dagegen, trommelte mit den Fäusten und schrie: »Hilfe! Ich bin hier drinnen eingesperrt. Ich kann den Motor nicht abstellen. Bitte, helfen Sie mir!«

Das Pochen wurde lauter. Sie rannte zum Wagen, schob eine Hand durchs Fenster und drückte auf die Hupe. Als sie die Hand wieder wegnahm, begann der Raum sich zu drehen. Sie wankte zur Tür, preßte sich fest dagegen. »Können Sie mich hören? Ich sitze hier drinnen fest. Verstehen Sie mich?«

»Hilfe, Hilfe!« drang Lannys spöttischer Singsang durch die Türritzen. »Mein Frau ist da drinnen eingesperrt. So helft mir doch!«

»Du verdammtes Schwein!« Sie versetzte der Tür einen Tritt und brach auf dem Fußboden zusammen. »Ich hasse dich!« Sie spürte, wie ihr die Lider zufielen, kämpfte dagegen an, zog sich mit aller Kraft hoch und schleppte sich zum Wagen. Noch einmal versuchte sie den Zündschlüssel umzudrehen.

»Hilfe!« hörte sie Lanny sagen. »Warum hilft mir denn keiner!«

Schwerfällig kletterte sie über die Haube durch die Windschutzscheibe und ließ sich rückwärts auf den Beifahrersitz fallen. Sie zog die Beine nach, rutschte hinters Steuer und legte den Rückwärtsgang ein. Sie löste die Handbremse und trat das Gaspedal bis zum Anschlag durch.

Der Wagen schoß durch das solide Garagentor, raste rückwärts die Einfahrt hinab und krachte gegen die Eiche auf der gegenüberliegenden Straßenseite. Sie blieb einen Augenblick wie versteinert sitzen, beugte sich dann aus dem Fenster, um sich in hohem Bogen zu übergeben. Während sie versuchte, gegen die Krämpfe anzuatmen, suchten ihre Augen den Wagen nach irgendeiner Waffe ab, die sie notfalls gegen Lanny einsetzen konnte, wenn er kam.

Aber er kam nicht. Ihr Magen beruhigte sich etwas. Er kam nicht. Sie atmete tief durch, stieg aus und schaute sich um. Von Lanny keine Spur.

Am Ende der Straße lösten sich ein Krankenwagen und drei Streifenwagen mit heulenden Sirenen von der Bordsteinkante vor Mollys Haus. Nicht mehr lange, dann war die Polizei hinter ihr her. Ihr Blick fiel auf die Meute Schaulustiger, die in Grüppchen zusammenstanden und Informationen austauschten.

Sie tastete nach dem Kleingeld. Nach einem raschen Blick auf die Uhr knöpfte sie den Mantel zu, entschied sich für den längeren Weg zum Bahnhof, um nicht an Mollys Haus vorbei zu müssen, und marschierte los. Sie ging mitten auf der Straße, vergewisserte sich alle paar Sekunden mit einem Blick über die Schulter, daß ihr auch wirklich niemand folgte.

## Siebenunddreißig

Der Mann klingelte, klopfte, klingelte wieder. Lanny drückte sich im Dunkeln an die Wand und wartete.

Der Mann sagte ein paar Worte zu dem Polizisten, richtete den Blick dann nachdenklich in die Ferne. Aber Lanny wußte genau, was gespielt wurde. Der mit den unauffälligen Klamotten war der, der das Sagen hatte. Er merkte es an der Art und Weise, wie der Mann seinen Kopf hielt, wie seine Arme locker herabhingen, während seine Hände in ständiger, leichter Bewegung waren, jederzeit bereit, zur Waffe zu schnellen.

Lanny beobachtete aus der Tiefe der Schatten, wie der Mann erst auf die Haustür, dann auf die andere Straßenseite deutete, wo der völlig ramponierte Wagen am Baum klebte. Anschließend warf er einen Blick auf die Uhr, als hätte er noch etwas vor. Dann gab er dem Bullen offenbar letzte Anweisungen. Lanny spitzte die Ohren, doch alles, was er hörte, war das Geräusch stabiler Schuhe, die den Bürgersteig heraufgerannt kamen.

Da stand also ein Bulle vor seinem Haus, die Beine gespreizt, den Kopf starr geradeaus gerichtet, und wartete auf ihn.

Lanny schlich langsam ins Schlafzimmer, zog sich im Dunkeln lautlos an. Ich hätte es wissen müssen, überlegte er. Ich hätte wissen müssen, daß sie einen Weg finden würde, davonzukommen. Warum hab' ich nicht daran gedacht? Warum hab' ich nicht daran gedacht, daß sie anders ist als Buddy? Sie war nie wie er gewesen. Noch nie. Nicht im entferntesten.

Er verschwand durch die Kellertür, die nicht bewacht wurde. Dann glitt er durch den Hinterhof, benutzte die Mülltonne, um über den Zaun zu klettern. Er wußte genau, was sie vorhatte. Es gab nur noch einen Ort, wo sie hin konnte.

Das Telefon in Mikes Delikatessenladen war frei. Noch war das Glück auf seiner Seite.

»Hallihallo!« rief er fröhlich, als sie ran ging. »Ich hab' eine Überraschung für dich.«

»Wer ist da?« fragte sie scheu, obwohl sie es genau wußte.

»Dein Lieblingsjunge«, spielte er den Ball zurück. »Dein einziger und absoluter Lieblingsjunge. Und er hat eine Überraschung für dich.«

»Lanford«, erwiderte sie in einem Ton, der ihm verriet, daß sie nicht allein war. »Wo bist du?«

»Wir sind bei Freunden im Village. Wir möchten dich ausführen. Du mußt denjenigen abwimmeln, der gerade bei dir ist, dein bestes Kleid anziehen, dich in ein Taxi setzen und zum Russian Tea Room kommen. Wir treffen uns vor dem Eingang. Es gibt phantastische Neuigkeiten. In einer halben Stunde sind wir da.«

»Nun...« Sie zögerte. Zögern durfte nicht sein.

»Warum wirfst du dich nicht in das rote Kleid? Du siehst umwerfend darin aus. Und es ist wirklich eine besondere Gelegenheit, Ma. Du mußt dich mit uns treffen. Du wirst dich wahnsinnig für uns freuen. Stimmt's nicht, Schatz? Joy nickt, Ma. Sie findet auch, daß du nicht nein sagen darfst.«

»Na gut. Dann bis gleich.« Er wußte, sie überlegte bereits, welche Schuhe, welcher Hut, welche Tasche.

»Du bist die Beste«, sagte Lanny. Er legte auf, bevor die automatische Telefonvermittlung ihn auffordern konnte, mehr Geld einzuwerfen, und ihn somit verriet.

# Achtunddreißig

Der Zug fuhr in dem Moment los, als sie die oberste Treppenstufe erreichte. Jetzt mußte sie eine halbe Stunde warten. Frierend lief sie auf dem Bahnsteig auf und ab. Der eisige Wind trug ihren bellenden Husten davon. Von unten dröhnte ohrenbetäubender Straßenlärm herauf. Irgendwo in ihrer Nähe gurrten unsichtbare Tauben. Sie stellte sich an den äußersten Rand des Bahnsteigs, beugte sich vor und spähte angestrengt an den Gleisen entlang, als würde der Zug dann schneller kommen.

Gleich neben dem Bahnhofsgebäude war ein kleiner Antiquitätenladen, der noch geöffnet hatte. Dorthin wollte sie flüchten, falls Lanny erschien. Sie würde einfach hinrennen und sicher Hilfe finden.

Der Bahnsteig war nur schwach beleuchtet. Sie wich an die Wand zurück und horchte in die Finsternis. Als sie kurz darauf das leise Tappen nahender Schritte vernahm, sprang jeder Muskel ihres Körpers in Alarmbereitschaft. Sie lauschte auf ein Bimmeln, doch nichts geschah. Die Schritte kamen näher. Jemand stapfte die Treppe hinauf.

Mit angehaltenem Atem, den Rücken fest gegen die Wand gepreßt, sah sie sich nach einer potentiellen Waffe um. Nichts. Keine zerdrückte Bierdose, keine leere Flasche. Sie verfluchte die Stadt für ihren übertriebenen Sauberkeitsfimmel.

Die schleppenden Schritte kamen näher, doch wegen des Echos durch den Überhang war schlecht zu orten, aus welcher Richtung sie kamen. Plötzlich sah sie auf der anderen Seite der Gleise eine Gestalt. Ein alter Mann, gebeugt und gebrechlich, in einen dicken Tweedmantel verpackt. Um seinen Hals waren mehrere Schichten eines leuchtendroten Schals gewunden, auf seinem Kopf saß ein so tief in die Stirn gezogener schwarzer Filzhut, daß sein Gesicht in dem schummrigen Licht nicht zu erkennen war.

Obwohl sie seine Augen nicht sehen konnte, spürte sie deutlich, daß er zu ihr herüberstarrte. Sein Mund verzog sich zu einem Lächeln.

Sie lächelte schwach zurück. Dieser Alte kam als Retter nicht in Frage. Erstens stand er auf der anderen Seite, außer Reichweite also, außerdem war er zu alt. Sie reckte den Hals, um nach dem Zug Ausschau zu halten. In dem Moment rief das Männchen ihr etwas zu.

»Was haben Sie gesagt?« schrie sie über die Gleise.

Ihre Frage wurde vom Wind verweht, seine Antwort von dem Getöse eines heranbrausenden Zuges verschluckt. Er wiederholte die Bemerkung, lauter diesmal, doch da fuhr der Zug in den Bahnhof ein und versperrte ihr die Sicht. Als er hinausrollte, war sie wieder allein.

Sie setzte sich in Bewegung. Ein anderes Paar Füße fiel in ihren Schritt ein. Der Laden hatte inzwischen geschlossen.

Die Schritte kamen näher. Erst sah sie nur den Rand einer schwarzen Mütze die Treppe heraufschweben, dann den Umriß einer Frau mit einer kleinen Einkaufstüte. Noch eine Schwangere. Wieder jemand, der keine Hilfe darstellte, aber wenigstens war sie nicht mehr allein. Ihre Schultern entspannten sich ein wenig.

Sie bemühte sich um Blickkontakt, doch die Frau drehte ihr den Rücken zu. Sie kramte eine Weile in ihrer Handtasche, ging weiter und ließ im Vorbeigehen eine Zigarettenkippe fallen. Joy trat sie aus. Erst da fiel ihr auf, daß ihr ein Schuh fehlte. Er mußte noch in der Garage liegen. Der weiße Strumpf an ihrem unbeschuhten Fuß war kohlrabenschwarz.

Sie versuchte sich durch die Augen der Frau zu sehen, als diese immer weiter von ihr abrückte. Ein Schuh fehlte, ein Ärmel ihres Mantels hing in Fetzen, die Aufschläge waren mit angetrocknetem Erbrochenem verklebt. Mit ihren Haaren, die wüst nach allen Seiten abstanden, mußte sie stark an eine Vogelscheuche erinnern, zudem zierte geronnenes Blut ihre Wangen wie eine Kriegsbemalung. Sie spuckte sich in die Hände, um ihr Gesicht provisorisch zu säubern. Jetzt waren auch ihre Finger blutverschmiert. Beschämt wandte sie sich ab, als das vertraute Rumpeln die Ankunft des nächsten Zuges ankündigte.

Es war ein kurzer Zug mit nur drei Waggons. Der Schaffner half erst der anderen Frau hinein und streckte anschließend auch Joy eine Hand entgegen.

»Ganz schön fruchtbare Gegend hier«, scherzte er gutgelaunt, ehe er einen Blick auf sie geworfen hatte. Dann kehrte er ihr den Rücken und ging weg.

Die Frau setzte sich auf den Fensterplatz einer Viererbank im mittleren Teil des fast leeren Waggons, also ließ sie sich ein paar Reihen weiter vorn auf einem Fensterplatz ihr gegenüber nieder. Sie würde versuchen, es ihr zu erklären. Sie würde ihr die ganze Geschichte erzählen, von Anfang an. Doch die Frau hielt ihren Kopf abgewandt. Abgewandt von dem wenig erfreulichen Anblick, den Joy bot.

Nach einer Weile drehte auch Joy den Kopf weg, schaute durch ihr eigenes schmutziges Fenster auf den verlassenen Bahnsteig hinaus. Es dauerte viel zu lang. Wenn der Zug sich nicht bald in Bewegung setzte, schaffte sie es nicht mehr. Man würde sie holen. Irgendwer würde sie holen.

Der Zug fuhr ruckartig an, beschleunigte dann rasch auf die

normale Fahrtgeschwindigkeit. Als er um die Kurve glitt, warf Joy einen letzten Blick auf den Bahnhof zurück. Eine blaue Gestalt rannte über den Bahnsteig, aber sie konnte nicht erkennen, ob es sich dabei um Lanny handelte oder einen Polizisten – oder lediglich um jemand, der den Zug verpaßt hatte.

An der nächsten Station stieg ein Teenagerpärchen zu. Der Junge hatte den Arm besitzergreifend um die Schultern seiner Freundin gelegt, die sich an ihn schmiegte, als würde sie am liebsten mit in seine Bomberjacke kriechen. Beim zweiten Halt kam eine alte Frau mit zwei Plastiktüten durch den Gang gelatscht, völlig ins Gespräch mit ihren Füßen vertieft. Als der Zug zum drittenmal hielt, stieg niemand ein oder aus.

Sie lehnte sich zurück und versuchte sich zu beruhigen. Als sie einen Blick in die Runde warf, drehte die Schwangere ihr langsam den Kopf zu. Ihre Blicke trafen sich. Lanny! Lanny in ihrem alten schwarzen Wollmantel. Die rotblonden Härchen auf ihren Armen stellten sich kerzengerade auf, als sie sah, wie seine Füße zur Hälfte über ihre Lackschuhe mit den Fersenriemen hinausragten. Mühsam unterdrückte sie einen Schrei.

Die Verbindungstür glitt klappernd zur Seite, der Schaffner kam ins Abteil. Seine Bewegungen erschienen ihr viel zu langsam, wie unter Wasser, als er zu dem Teenagerpärchen ging, um das Fahrgeld zu kassieren. Joy stand schwerfällig auf und wankte auf wackligen Beinen durch den schmalen Gang auf ihn zu.

»Wie heißt die nächste Haltestelle?« flüsterte sie gehetzt.

»Was haben Sie gesagt?« brüllte der Schaffner zurück. »Auf dem Ohr hör' ich schlecht. Sie müssen lauter sprechen.«

»Wie heißt die nächste Haltestelle?« flüsterte sie ihm direkt in sein gutes.

»Wo wollen Sie denn hin, Ma'am?«

»Ich will wissen, wie die nächste Haltestelle heißt. Ich will an der nächsten Haltestelle aussteigen. Und ich will nicht, daß Sie irgendwem sagen, wo ich geblieben bin.«

Er trat einen Schritt zurück, um sie besser ins Visier nehmen zu können. Sie stank nach Erbrochenem, sah aus wie aus der Irrenanstalt entsprungen. »Lady«, sagte er betont leise, »es ist den Leuten schnurzpiepegal, wo Sie aussteigen. Nehmen Sie das nicht persönlich, aber ich weiß, wovon ich spreche. Solange Sie zwei Dollar fünfundvierzig haben, können Sie den Leuten erzählen, was immer Sie wollen.«

Sie wühlte Kleingeld aus der Manteltasche hervor und hielt es dem Mann auf flacher Hand entgegen. Er nahm sich das Fahrgeld, verdrehte die Augen und ging weiter zu der Frau, die Lanny war.

Joy wandte den Kopf gerade weit genug, um beobachten zu können, wie der Schaffner sich tief zu Lanny hinunterbeugte. Er lauschte eine Weile, schaute sie dann mit hochgezogenen Brauen an und kam wieder zu ihr zurück.

»Sie kriegen noch Wechselgeld raus«, meinte er hinreichend laut, daß jeder im Abteil es mitbekommen mußte. »Hören Sie«, fuhr er anschließend um einiges gedämpfter fort, »die Lady da hinten, die mit der Mütze – sie hat mich gefragt, an welcher Station Sie aussteigen.«

Der Flaum in Joys Nacken sträubte sich.

»Nein, nein, keine Angst. Ich hab' ihr gesagt, Grand Central.« Er bückte sich, als wolle er etwas vom Boden aufheben, und wisperte kaum hörbar: »Aber wenn Sie mich fragen – eine Lady ist das nie im Leben. Ich an Ihrer Stelle wäre auf der Hut.« Er richtete sich wieder auf, schaute sie noch einmal prüfend an. »Brauchen Sie die Polizei?«

Sie dachte an die Fragen, die man ihr stellen würde. Was war mit Molly geschehen? Was mit Buddy? Sie dachte an die Babys, die sie in sich trug, die sie verlieren konnte. Und dann dachte sie an Lanny. Lanny auf der Viererbank, Lanny in ihren Lackschuhen.

»Ja.«

Sie schleppte sich hinter dem Schaffner her durch den Gang, während der Zug bereits abzubremsen begann.

»Keine Angst«, versuchte er sie zu beruhigen, bevor sie ausstieg. »Sehen Sie zu, daß Sie hier wegkommen. Ich werde den Bullen sagen, sie sollen sich diese Frau mal ordentlich vorknöpfen. Diesen Kerl!« korrigierte er sich.

Sie hörte nicht mehr, wie Lanny unter dem Vorwand, sich verletzt zu haben, den Schaffner zu sich rief, noch wie er zu der Plattform zwischen den Abteilen humpelte. Und sie hörte auch den Schaffner nicht fragen: »Stimmt was nicht?«, ehe er einen Schlag auf den Hinterkopf bekam.

Der Bahnsteig war menschenleer. Es war niemand da, dem die Frau aufgefallen wäre, die im letzten Moment absprang, Wollmantel, Mütze und Schuhe auszog und sich als Mann in marineblauem Anzug entpuppte.

Lanny rollte die Hosenbeine herunter, schlüpfte in die Turnschuhe, die er in der Einkaufstüte deponiert hatte, ließ Joys Sachen achtlos auf dem Bahnsteig liegen und rannte gerade noch rechtzeitig die Stufen hinab, um Joy in einem Taxi verschwinden zu sehen. Er versteckte sich hinter einem Laternenpfahl, bis sie die Tür zugeschlagen hatte und der Wagen losgefahren war. Sie sah nicht, daß Lanny gleich darauf in ein anderes Taxi stieg. Sie sah es nicht, weil sie die Augen geschlossen hatte. Sie wähnte sich in Sicherheit. Der Schaffner würde Hilfe holen. Bald war alles vorbei. Die Polizei würde bei Dorothy auf sie warten.

## Neununddreißig

Der Taxifahrer versuchte den Eindruck zu erwecken, als hätte er nicht geschlafen, als wäre sein Kopf nicht nach hinten weggekippt, sein Mund nicht sperrangelweit offen gestanden. Lanny knallte die Tür zu.

»Alles klar?« fragte der Taxifahrer das Gesicht im Rückspiegel.

Lanny starrte auf den wulstigen Nacken, auf die fast waagerecht abstehenden Ohren.

Der Fahrer stierte ungerührt zurück. »Wo soll's denn hingehen, Kumpel?«

»Manhattan, Ecke Siebenundsiebzigste und West End Avenue, und –«

»Ich weiß. Und drücken Sie auf die Tube! Jaja, immer dasselbe. Ich fahre nur Typen wie Sie. Alle haben's immer furchtbar eilig. Anscheinend muß jeder unbedingt ganz schnell irgendwohin – jeder außer mir.«

Er quatschte eine Zeitlang in diesem Stil weiter, aber Lanny setzte eine vollkommen ausdruckslose Miene auf. Er wollte weder nett noch unfreundlich sein. Man sollte sich nicht an ihn erinnern.

»Prima. Sie können mich hier rauslassen«, rief er nach vorn, als eine rote Ampel sie zwang, an der Ecke Siebenundsiebzigste Straße und Riverside Drive anzuhalten. Er gab dem Mann fünfzehn Prozent Trinkgeld und beugte sich hinunter, um die Schleifen seiner Turnschuhe noch einmal zu binden, bis der Wagen außer Sichtweite war.

Niemand war im Foyer, niemand im Fahrstuhl, als er im trüben Licht der insektenverschmierten Leuchtstoffröhre nach oben glitt. Lautlos steckte er den Schlüssel ins Schloß und öffnete die Tür. Dorothy knöpfte ihren Kaschmirmantel zu, war im Begriff zu gehen.

»Lanford! Ich wollte gerade aufbrechen. Tut mir leid, irgendwie ging alles schief. Deshalb bin ich auch so spät dran. Ich habe versucht, im Restaurant anzurufen, aber das Telefon funktioniert nicht. Habt ihr schon lange auf mich gewartet? Bist du mir sehr böse?«

Er hatte nicht damit gerechnet, sie in ihrer Wohnung vorzufinden. Sie redete viel zu schnell. Wie sollte ihm da eine passende Erklärung einfallen?

»Nein«, war alles, was er zustande brachte.

»Fein. Gehen wir? Wo ist Joy?«

Moment, dachte er, Joy müßte eigentlich hier sein. Schon seit geraumer Zeit.

»Ich weiß es nicht.« Etwas Besseres fiel ihm nicht ein.

»Soll ich im Restaurant anrufen?«

Er konnte sich nicht konzentrieren. Dorothys Worte drangen nicht zu ihm durch. Zwar verriet ihm ihr Tonfall, daß sie eine Frage gestellt hatte, aber welche, war ihm ein Rätsel. Er hatte nur einen Gedanken: Warum ist Joy nicht hier? Wo kann sie sein?

»Einverstanden«, sagte er und seine Augen durchforschten unterdessen jeden Winkel. Wo konnte sie sein? War sie vielleicht doch hier?

»Ist sie nicht hier?« wollte er wissen.

»Wie bitte?« Dorothy stand am anderen Ende des Raumes,

direkt neben dem kleinen Telefontischchen. Sie hatte bereits den Hörer in der Hand und einen spitzen Finger zum Wählen ausgesteckt. Hatte sie ihm nicht eben erst erzählt, das Telefon funktioniere nicht?

»Wo ist sie?« fragte er, um einiges ruhiger jetzt.

»Ich rufe sofort im Restaurant an, Lieber. Müßte sie nicht dort sein?«

Als wäre die Welt vor seinen Augen schlagartig scharf geworden, sah er überdeutlich, wie sehr ihre Hände zitterten. Ihre Kiefer waren in ständiger Bewegung, schienen die Luft in ihrem Mund wieder und wieder durchzukauen. Sie hatte Angst.

»Mach nur. Ruf an.« Er setzte sich in erreichbarer Nähe des Telefons auf die Couch.

Sie sagte: »In Ordnung«, rührte jedoch keinen Finger.

»Mach schon. Ruf an und frag, ob Joy dort ist.«

Mit bebender Hand begann sie zu wählen, merkte, daß er es sah.

»Sei nicht so barsch zu mir!« flehte sie ihn an.

»Barsch?« fragte er liebenswürdig. »Ich will dir bloß helfen.« Er nahm ihr das Telefon ab. Sie wich langsam vor ihm zurück. »Dein erstes Problem ist, daß du ein Telefon benutzen willst, welches laut deiner eigenen Aussage nicht geht.« Sie wich noch weiter zurück. Er hörte die Schlafzimmertür leise ins Schloß fallen. Joy.

»Wenn du jemand anrufen willst und dein Telefon ist kaputt«, fuhr er fort, »mußt du zuerst folgendes tun.« Er riß das Telefonkabel aus der Wand.

»Und anschließend das.« Der Apparat flog in hohem Bogen gegen die Glastüren vor dem Kamin. Sie explodierten in lange, spitze Scherben.

»Dann rufst du an.« Er formte die Hände zu einem Megaphon und brüllte in einer makabren Nachahmung von Dorothys Stimme hoch und schrill: »Du kannst rauskommen, Joy. Alles in Ordnung.«

»Nicht, Lanny«, wagte Dorothy einen verzweifelten Vorstoß.

»Nicht, Lanny«, schrie er. »Ich habe es satt! Ich hab's satt, daß alle Leute mich loswerden wollen.«

»Niemand will dich loswerden«, erwiderte sie sanft.

»Und du!« übertönte er sie. »Du solltest meine Mutter sein! Tja, scheiß auf dich, Mutter!«

»Lanford«, jammerte sie mit dieser verhaßten Kleinmädchenstimme.

»Spar dir das. Versuch's gar nicht erst. Diesmal verkaufst du mich nicht für dumm.«

»Niemand will dich für dumm verkaufen«, flötete sie ekelhaft süß. »Wir lieben dich.« Sie stand auf und ging langsam auf ihn zu. »Joy liebt dich auch. Du bist nur nicht ganz gesund. Du brauchst Hilfe. Das ist alles. Du brauchst bloß ein bißchen Hilfe.«

»Ich glaube, es ist genau umgekehrt«, spie er ihr ins Gesicht. »Ihr seid diejenigen, die Hilfe brauchen.«

»Wir lieben dich, Lanford. Wirklich, das tun wir.« Ihre Stimme ging leicht in die Höhe. Als sie die Arme ausbreitete, sah er, daß sie zitterten.

»Komm zu mir, Lanny.«

Er blickte sich um. Von Joy keine Spur. Er ließ sich von Dorothys Armen umfangen, ging in die Knie und zog sie mit sich in den Scherbenhaufen. Die Splitter schlugen sich in seine Haut wie winzige Zähne, aber der Schmerz tat gut. Er hielt ihn wach. Er beobachtete jede ihrer Bewegungen. Dorothys Nasenflügel blähten sich auf, als sie sich mit einem tiefen Atemzug für das Ende wappnete.

»Ich will dich nicht umbringen, Ma«, sagte er, als sie anfing, ihm wie einem Baby den Rücken zu tätscheln.

»Na, na«, flüsterte sie besänftigend auf ihn ein. »Na, na.«

Es fühlte sich so gut an.

»Ich will es nicht tun.«

»Schhh.« Sie streichelte seinen Kopf. »Schhh.« Wiegte ihn sacht. Dann spürte er, wie sich ihr Arm bewegte.

»Ich will dich nicht umbringen, Ma«, wiederholte er mit tränennassem Gesicht, »wirklich nicht«, rückte von ihr ab und sah ihr in die Augen. »Aber was bleibt mir anderes übrig?«

Er packte ihren Hals und drückte zu, bis ihre Augen sich weiteten, ihr Körper zu zucken begann. Und plötzlich spürte er es. Einen Stich in seinem Rücken, als hätte ihn eine Biene erwischt. Da schoß ihr Arm zum zweitenmal vor, und er sah die Glasscherbe in ihrer Hand.

Es war nicht schwer, sie zu entwaffnen. Lachend verstärkte er den Druck seiner Daumen, bis ihre knochige Hand die Scherbe losließ und sie mit einem feinen *Ping* auf den Glashaufen fiel.

Fast mitleidig schaute sie ihn an. Er schloß die Augen, drückte noch fester zu. Sie fuchtelte mit den Armen herum, als hätte sie die Absicht wegzufliegen.

Als er sie wieder ansah, war ihr Gesicht blaurot. Ihrer Kehle entrang sich ein heiseres Knarren. Ihr Körper bäumte sich auf. Sie zitterte und zuckte, dann plumpste ihr Kopf auf die Seite. Er befreite sich mit einem kräftigen Schubs von ihrem Körper, stand auf und machte sich auf den Weg. Zu Joy.

## Vierzig

Sie musterte den massiven Schrank, spielte mit dem Gedanken, ihn vor die Tür zu schieben. Dann betrachtete sie ihren Bauch und dachte an die Babys. Sie lauschte in die Stille, wünschte zu wissen, was sie zu bedeuten hatte. Vielleicht war ihre Mutter ihn tatsächlich losgeworden und holte gerade Hilfe. Oder er lag vor der Tür auf der Lauer. Plötzlich hörte sie einen dumpfen Fall, gefolgt von wuchtigen Schritten. Dieser Gang war ihr bestens vertraut.

Auf der Suche nach einem schweren oder spitzen Gegenstand riß sie sämtliche Kommodenschubladen auf. Sie hatte gerade eine Hand in der Schreibtischschublade, als Lanny die Tür aufwarf. In ihrer Verzweiflung griff sie nach einem dünnen Pinsel und preßte ihn entschlossen an sich, als wäre er der Retter in der Not.

»Na, Schatz?« rief er vergnügt. Den Läufer im Flur zierte Blut. Er ließ sich auf das Bett plumpsen. »Gibt's was Neues?«

»Bitte, laß mich gehen«, sagte sie vorsichtig, während sie sich langsam mit dem Rücken zuerst auf den Flur zu bewegte.

Er sprang wieder auf und plazierte sich in der Türöffnung.
»Warum? Wo mußt du denn hin?«
»Wo ist Mutter?«
»Sie macht ein Nickerchen.«
»Ich verspreche dir, dich nie wieder zu belästigen, wenn du mich jetzt gehen läßt.«
»Woher diesen plötzlichen Sinneswandel? Ich dachte, wir wären glücklich verheiratet.«

Joy schloß die Augen und wünschte sich, Hauptfigur in einem Alptraum zu sein, doch als sie sie wieder öffnete, war er immer noch da. Er hockte auf der Bettkante und grinste von einem Ohr zum andern.

»Du bist ein Schwein«, flüsterte sie gepreßt.
»Komm, Joy, mach kein Drama daraus. Was passiert ist, ist passiert«, gab er leichthin zurück. »Außerdem könntest du dir ruhig mal an die eigene Nase fassen. Ohne deine Hilfe wäre Buddy gar nicht in diese prekäre Lage geraten. Und denk dran – du warst diejenige, die auf die Idee mit der Entführung gekommen ist. Dein hellster Moment überhaupt, schlauerweise im selben Augenblick wieder vergessen, wie ich gerne hinzufügen möchte. Alles in allem, würde ich sagen, sitzt du ganz schön in der Scheiße.« Seine Stimme war zunehmend schärfer und schriller geworden. Sie beobachtete, wie er einen Pullover vom Boden aufhob und fahrig an den Ärmeln zupfte.

»Du hast recht. Mich trifft genausoviel Schuld wie dich, Lanny. Mehr noch sogar. Also laß mich gehen. Ich werde dich nicht verraten. Das kann ich gar nicht.«

»Was willst du denn damit?« Seine Augen hingen an dem langen dünnen Pinsel in ihrer Hand. »Ein Bild malen, vor dem ich mich zu Tode fürchte? Nein, warte. Du könntest mich mit den Borsten zu Tode kitzeln. Das wär doch lustig! Los, fang an.« Er stand auf. »Probier's.« Er kam näher. »Unter den Achseln ist eine gute Stelle. Oder unterm Kinn. Fang schon an.« Das Gesicht nur noch Zentimeter von ihrem entfernt, funkelte er sie herausfordernd an.

Beide starrten sie auf den Pinsel. Er steckte fest in ihrer Faust. Und plötzlich stieß sie ihm das Ende abrupt in den Hals, knapp unterhalb seines Adamsapfels. Es gab einen seltsam hohlen

Knall. Im ersten Moment glotzte Lanny sie fassungslos an, dann löste sich in seinem Mund ein gurgelnder Schrei, der dem eines verwundeten Tieres glich.

Er riß den Pinsel heraus. Seine Augen färbten sich rot, als wäre das Blut bis zu ihnen hinaufgestiegen – dasselbe Blut, das ihr nun ins Gesicht spritzte, als er sie packte.

»Ich hätte dich damals gleich mit umbringen sollen«, knurrte er. Seine Spucke rann ihr über die Wangen, aus der Wunde schossen in regelmäßigen Rhythmus Blutfontänen. Er schleuderte den Pinsel gegen die Wand, wo er einen leuchtendroten Abdruck hinterließ. »Aber besser spät als nie.« Während er sie mit einem Arm im Schwitzkasten hatte, benutzte er die freie Hand, um den Pullover um ihren Hals zu schlingen.

Sie spürte, wie sich etwas in ihren Bauch bohrte, und erinnerte sich schlagartig, was es war. Aus der Tasche ihres Umstandskleids zog sie langsam ihr X-Acto-Messer heraus, verzweifelt bemüht, die engsitzende Plastikkappe von der Klinge zu schieben.

Unter Aufbietung ihrer letzten Energiereserven spießte sie ihn auf, rammte sie ihm die flache, dreieckige Stahlschneide in den Unterleib und riß sie nach oben, als würde sie einen festen Karton aufschlitzen.

Er stöhnte auf, sein Griff lockerte sich leicht. Joy schlüpfte aus der Umklammerung und rannte hinaus.

# Epilog

»Sie können die Epiduralanästhesie haben, aber Dr. Hammani und ich fänden eine Vollnarkose unter den gegebenen Umständen angebrachter.« Das Haar unter einer lindgrünen Haube verborgen, die Hände einsatzbereit in Handschuhe verpackt, ragte Dr. Wayne meterhoch über ihr auf.

Dann beugte sich auch Dr. Hammani über sie, um mit dem breiten Akzent eines Mannes aus dem Mittleren Osten hinzuzufügen: »Die Entscheidung liegt selbstverständlich bei Ihnen. Wir sind hier, um Ihre Wünsche zu erfüllen. Was immer Sie möchten, wird gemacht.« Seine Finger zwirbelten das Ende einer Subkutannadel.

Der Schmerz kam mit der Wucht einer Dampflock, die mitten in sie hineinraste. Der Raum löste sich auf. Sie war verloren, der Qual hilflos ausgeliefert.

»Weiteratmen!« hörte sie die Hebamme rufen. »Ist gleich vorbei.« Ein Waschlappen legte sich auf ihre Stirn. »Sie läßt nach. Die Wehe läßt nach.«

Molly beförderte ihren Rollstuhl näher ans Bett und drückte Joys Hand. Joy erwiderte den Druck, während ihr Verstand sich blitzartig auf die wundersame Genesung ihrer Freundin konzentrierte. Dann brachte der Schmerz sie in die Gegenwart zurück.

»Wie meinen Sie das – unter den gegebenen Umständen?« fragte sie, als sie aus dem Zentrum der Wehe wieder in den Raum glitt, um sich zu beiden Seiten des Bettes von Ärzten eingekreist zu sehen. »Was hat das zu bedeuten?«

Dr. Wayne flüsterte Dr. Hammani etwas ins Ohr.

»Entschuldigen Sie uns bitte einen Moment.« Dr. Hammani gab der Hebamme ein Zeichen, ihnen zu folgen. »Kein Grund zur Sorge. Wenn ich zurückkomme, mixe ich Ihnen einen schönnen Schmerzcocktail.« Er schob die Hebamme am Ellbogen hinaus.

Die nächste Wehe rollte an. Es war die bisher schlimmste. Joy wollte nur noch sterben, spielte mit dem Gedanken, aus dem Fenster zu springen oder sich mit dem Kissen zu ersticken. Als der Schmerz nachließ, stellte sie fest, daß Dr. Wayne die ganze Zeit mit ihr gesprochen haben mußte.

»Das andere Baby ist gesund. Konzentrieren Sie sich nur darauf. Wir sind sehr zuversichtlich, daß es dem anderen Baby gutgeht.«

»Was?« Wieder eine Wehe. Sie wollte nicht in dem Schmerz verschwinden, bevor sie den Sinn seiner Worte begriffen hatte. »Was hat er gesagt?« fragte sie Molly.

»Lanny und ich hatten nichts anderes im Sinn, als das gesunde Kind zu schützen«, fuhr der Arzt eisern fort.

»Wovon sprechen Sie eigentlich?« brüllte sie schmerzverzerrt.

»Versuchen Sie bitte, sich auf das Positive zu konzentrieren.

Ein Baby haben Sie verloren, aber dem anderen geht es gut. Verstehen Sie das? Wir glauben, dem anderen Kind wird nichts fehlen.«

Er hat Geheimnisse vor mir, dachte Joy, während die nächste Wehe kam und diesmal, Gott sei Dank, rasch abklang.

»Ich muß pressen«, schrie sie plötzlich. Könnte sie doch Lanny bloß mit herauspressen! Aus ihrem Gedächtnis, aus ihrem ganzen Leben.

»Hank!« rief Dr. Wayne. Die Hebamme und der Narkosearzt stürzten herein. Das letzte, was Joy sah, war Molly. Hektisch versuchte sie ihren Rollstuhl aus dem Weg zu schaffen, damit Hank Hammani ans Bett konnte. Dann senkte sich Schwärze über den Raum.

Sie hatte keine Ahnung, wie lang sie hier schon lag in diesem Dämmerzustand zwischen Schlafen und Wachsein. Schlangen von Schwestern und Ärzten paradierten an ihr vorbei, alle in die gleiche grüne Uniform gehüllt, aus der lediglich unterschiedliche Gesichter mit unterschiedlichen Augen und unterschiedlichem Stirnrunzeln herausschauten. Man schob ihr Tabletten unter die Zunge, versenkte Nadeln in ihren Venen, zapfte ihr Röhrchen um Röhrchen Blut ab, aber sobald sie zu sprechen versuchte, wurde sie getätschelt und beruhigt wie ein kleines Kind. Alles, was ihr einfiel, waren Lannys entsetzte Augen, die sie anstarrten.

»Zeit, ihn wegzubringen«, sagte eine Stimme. »In einer Minute fängt die Besuchszeit an.«

Joy öffnete die Augen. Neben ihrem Bett stand eine kleine, spindeldürre Schwester.

»So. Sag auf Wiedersehen«, meinte sie zu dem winzigen weißen Frotteebündel in ihrem Arm.

»Es ist ein Junge?« flüsterte Joy.

»Man hat Ihnen wohl zuviel Stoff verpaßt, Herzchen. Sie waren ziemlich lange im Land der Träume. Das ist Ihr kleiner Sohn, wissen Sie das nicht?«

Die Schwester zog das Bündel auseinander, bis der weiche rote Flaum auf dem Kopf eines Säuglings zum Vorschein kam. Joy strich über die seidige Haut, atmete tief den frischen Duft von neugeborenem Leben ein.

»Wir haben's satt, immer nur Baby Bard zu dem süßen kleinen Fratz zu sagen. Wie soll er denn heißen?«

»Bobby«, erwiderte Joy wie aus der Pistole geschossen. Buddys richtiger Name. Etwas, das Lanny nie gewußt hatte. Ein Geheimnis, das sie bis zum Schluß vor ihm hatte bewahren können.

»Dann verabschieden Sie sich jetzt mal von dem kleinen Bobby. Ich muß ihn ins Säuglingszimmer zurückbringen. Draußen vor den Aufzügen stapeln sich die Leute schon. Sie sind ganz versessen drauf, all die winzigen Bündel in die Finger zu kriegen.«

»Bringen Sie ihn wieder, sobald die Besuchszeit zu Ende ist«, rief Joy ihr nach.

»Klar doch, Herzchen. Sie sind ja auch die einzige Mutter hier, die ihr Kind sofort zurückhaben will. Jede denkt, sie ist die einzige Mutter hier.« Die Schwester schüttelte den Kopf, lächelte und schob Klein-Bobby in seinem gläsernen Bettkasten hinaus.

Die Flure füllten sich schlagartig mit lärmenden Besuchern. Joys Zimmernachbarin wurde mit Blumen, Früchten und Süßigkeiten überhäuft.

Joy schloß die Augen, um den forschenden Blicken zu entgehen.

»Joy?« fragte jemand zaghaft.

Sie schlug die Augen wieder auf und lächelte.

Molly bugsierte ihren Rollstuhl ans Bett. Dann ergriff sie Joys Hand, drehte sich um und rief dem Mann im Türeingang zu: »Ich bleibe nur fünf Minuten, Raoul.«

Der muskulöse, dunkelhäutige Hilfspfleger winkte und verschwand.

»Ich bin am Kinderzimmer vorbeigefahren«, sagte Molly. »Er ist wunderschön. Richtig zum Anbeißen.«

»Welche Farbe haben seine Augen?« fragte Joy leise.

»Am Anfang sind sie doch immer blau, nicht wahr?« Molly drückte ihre Hand.

»Sie werden auch blau bleiben. Wie seine.« Joy wandte sich ab.

Molly strich ihr über die Wange. »Tut mir leid, daß du das andere Kind verloren hast.«

»Ich hab' ja Bobby«, erwiderte Joy, weil das die Schwestern gesagt hatten. Wenigstens hat sie den kleinen Jungen. Diesen winzigen, niedlichen Jungen.

»Die Wunden werden heilen«, sagte Molly. »Genau wie meine werden sie heilen.«

Joy betrachtete die Freundin, die in dem Rollstuhl saß, als hätte sie zeit ihres Lebens nichts anderes getan. »Versprich mir, daß du mit Trina zu mir ziehst, sobald ich mich zu Hause eingerichtet habe und du hier wieder draußen bist. Ich werde dir bei deinen Bewegungsübungen helfen. Jeder kann sich um den anderen kümmern.«

»Gern.« Molly lächelte warm.

Befangenes Schweigen breitete sich zwischen ihnen aus. Joy zerfledderte ein Papiertaschentuch. Ein schmales Rinnsal bahnte sich seinen Weg über Mollys Wange und versickerte im Kragen ihres Morgenmantels, doch sie wischte es fort, ehe Joy etwas davon gemerkt hatte.

»Ich muß jetzt gehen«, erklärte sie schließlich. »Der Arzt meint, meine Überlebenskünste stünden denen von Robinson Crusoe in nichts nach. Und wenn ich immer schön auf ihn höre und genau das tue, was er mir befiehlt, werde ich wieder ganz gesund. Was unter anderem beinhaltet, mich nicht aus meinem Stockwerk zu entfernen.«

»Na, dann mach mal, daß du hier verschwindest«, sagte Joy.

»Haben wir alle Platz in der Wohnung deiner Mutter?« fragte Molly, während sie auf die Tür zurollte.

»Wir müssen einfach. In das Haus setze ich jedenfalls keinen Fuß mehr. Auch wenn es sich nicht verkaufen läßt.«

»Meins sollen sich vergangene Woche zwei Interessenten angesehen haben.«

Raoul kam herein, um sie abzuholen.

»Passen Sie gut auf sie auf«, riet ihm Joy. »Sie ist alles an Familie, was ich habe.«

Molly schüttelte lachend den Kopf. »Vergiß Bobby nicht. Den hast du jetzt auch.«